T0041501

Lo que no sabe Medea

Ignacio Padilla

Lo que no sabe Medea

El papel utilizado para la impresión de este libro ha sido fabricado a partir de madera
procedente de bosques y plantaciones gestionadas con los más altos estándares ambientales,
garantizando una explotación de los recursos sostenible con el medio ambiente y beneficiosa para las personas.

Lo que no sabe Medea

Primera edición: septiembre, 2022

penguinlibros.com

ISBN: 978-607-381-690-8

Impreso en México – *Printed in Mexico*

I

Giovanna: el lugar de tus apariciones

Aviones, grullas, quizá palomas. Una parvada alucinante de figuras de papel me abraza mientras caigo en el vacío, tan despacio que el aire podría ser agua, y las papirolas, peces que me empujan hacia abajo. Cuando estoy por tocar fondo abro los ojos y me incorporo bruscamente en una habitación que desconozco. Me incomoda no reconocer la cama en la que yazgo ni el techo que me cubre, ni siquiera la mente que me piensa. Me inunda por instantes el temor de que se me haya hecho tarde para bajar a la calle, donde creo que me aguarda el coche que me conducirá a la sierra. Distingo entonces mis zapatos en el suelo y, sobre una silla, mi camisa manchada con algo que no sé si es sangre o barro; leo en el reloj despertador que son apenas las cinco de la madrugada y por fin comprendo que mis sueños de papirolas y barrancos no son presagios sino reminiscencias de cosas que viví el día de ayer en una aldea de espanto llamada Malombrosa.

Me apresuro a despejar mi irrealidad de pesadilla rescatando la solidez de lo que me rodea: el tapiz floreado sobre una pared que presiento muy blanca, la cama en la que me derrumbé hace apenas unas horas, la puerta entornada del baño, las maletas que el botones colocó sobre un bastidor que todavía me parece demasiado frágil para sostenerlas. Erguido al fin en este lecho elegante y seco, procuro acompasar mi aliento con la calma de la noche citadina. Más que al cansancio de esta última jornada, decido atribuir mi confusión horaria y mi mal sueño al influjo de un resplandor eléctrico que entra por la ventana como queriendo desbaratar las pocas certezas que aún pudieran restarme: tanta luz en horas tan oscuras me habrá encabritado la mala yegua de la fiebre.

Apelmazado en sudor intento convencerme de que estoy a salvo, aunque no sabría decir hasta cuándo o de qué. Te has librado, me digo, estás entero y a salvo en un hotel de Milán. Pero mi propia voz no acaba de convencerme, no me parece cierta ni mía: ya soy otro, me ha usurpado la conciencia de otro hombre. No soy más que una oquedad donde una voz ajena a mí retumba te equivocas, Herbert Quandt, aún estás en Malombrosa, y lo que ahora crees que eres es sólo un estertor, la reverberación de un hombre que agoniza, la proyección ansiosa de lo que hubiera sido de ti si no hubieses muerto ayer mismo en el corazón viscoso de la serranía lombarda. Acéptalo, me insiste la voz del otro, acéptalo y entiende de una buena vez que no eres más que el deseo que tuvo anoche un moribundo de escapar a su destino; eres la pura ansia de un retorno a casa que no ocurrió jamás porque allá quedaste, Herbert Quandt, aniquilado en el fondo de un barranco, expuesto al hambre de los lobos, amortajado con abrojos y avioncitos de inesperado papel.

Calma, estoy despierto, me digo. Y extiendo la mano para alcanzar mis cigarros y el encendedor de oro que en mala hora me heredó mi padre. Recuerdo entonces que dejé de fumar hace diez años, cuando murió mi hermano Harald, y que el encendedor lo perdí en una apuesta alcoholizada en Mónaco. Recordar tales cosas me apacigua porque me confirma que aún existo y que estoy aquí. Invoco ahora otras escenas de mi vida, las recito y me aferro a ellas para ubicar en qué día y en qué lugar preciso me encuentro. Vuelvo a decirme que estoy despierto, ahora con más bríos, más consciente y más seguro en esta habitación de techos altos, ya lúcido y afortunadamente lejos de las lunas negras y los marchitos saucos de Malombrosa. Aquí nadie esperará que te hundas o te pierdas tras los pasos de Hedwig Johanna Goebbels, o de quien crees que fue Hedda Goebbels;

ningún labriego calvo y montaraz te llevará esta mañana a su aldea a bordo de una furgoneta tísica; acá no tienen por qué herirte más las confesiones del sacerdote ciego con el que conversaste hace unas horas, ni cómo atravesarte sus pupilas con glaucoma ni asquearte aquel olor a vino rancio que impregnaba su sacristía. Dentro de nada, me digo, cuando hayas vuelto a Hamburgo, te sabrás aliviado enteramente de la fiebre, libre ya de tener que humillar la vista ante hombres con navaja al cinto y ancianas claramente convencidas de que también tú has venido a arrebatarles sus posesas inmaculadas, sus niñas santas o sus vírgenes de piedralumbre. Mañana quedarás al margen de cualquier sospecha, olvidarás con autos y aeroplanos de verdad los avioncitos de papel que cubrían tu cadáver en la cañada. Mañana sabrás de nuevo en qué día vives y tu nombre y la fecha de tu nacimiento y tus costumbres, y te verás rodeado por gente viva y sólida, y te sabrás autorizado para no pensar más en tu hermano Harald ni en Hedwig Johanna Goebbels ni en los otros niños. Sólo allá y sólo entonces volverán a sus sepulcros los fantasmas que tú mismo has convocado en Malombrosa y que honestamente esperas no volver a presentir en el tiempo que te reste de vida.

Jurarás que al abrir los ojos te acompañó el ulular de una lechuza. De bruces todavía sobre tu soñado lecho de hojas muertas notaste que por el filo de la pesadilla se filtraba a tu vigilia un haz de luz que alumbró tu habitación en el hotel milanés: tus zapatos al pie de la cama, tu camisa en la silla sugiriendo una presencia semihumana, la mesita con su lámpara de ónix y el reloj despertador abatido para siempre a las cinco en punto de la madrugada. Entre el vaso y el reloj notaste también un blíster de somníferos que te hizo pensar en la piel de una serpiente, o en tu propio cadáver abandonado en la montaña como un suvenir reptil de tus vidas y tus muertes anteriores.

Anestesiado o enfermo, puede ser que malherido, percibiste un susurro al otro lado de la puerta de tu habitación: definitivamente alguien te espiaba desde el pasillo, oías con claridad crujir sus pasos sobre la duela y sus ojos acechar por la cerradura; sentiste una multitud de ojos entremetidos en tus sueños, iguales a los que supiste que te observaban horas atrás mientras oías al párroco de Malombrosa hablarte de Hedda Johanna Goebbels.

Allá también nos vigilaban. Todavía siento que alguien nos vigila desde afuera de la sacristía. El sacerdote me habla en un susurro, tan bajo y tan cerca que puedo percibir su aliento en mi cara. Apesta, carraspea el nombre de mi hermano como si llevara muchos años esperando su retorno o mi visita. El viejo me llama alternadamente señor Quandt o teniente Quandt, a veces inclusive enmaraña mi apellido con el de los Goebbels. Deduzco entonces que piensa que yo también me llamo Harald, o que soy él: un Harald Quandt envejecido, obeso y calvo que ha venido de ultratumba para exigirle razón de lo que hizo o dejó de hacer con su media hermana, la pequeña Hedda, traída a Malombrosa en una tarde como ésta hace casi treinta años.

El cura me pone al día hablando en un tiempo pasado que me cuesta mucho esfuerzo conjugar con él. Me habla desde su guerra, o desde las muchas guerras que habrán pasado por su calvario de confesor de camisas negras y párroco de partisanos. Me arrastra sobre los baches de su desmemoria como si quisiera alejarme de la sacristía; me hipnotiza más allá del presente con ese alemán torpe con que alguna vez debió de consolar a mi hermano Harald y a otros jóvenes oficiales en un campo de prisioneros no muy lejos de aquí. Yo me esfuerzo por seguir su cuento deshilado sin perderme en mis propias remembranzas, y hago como que le creo cuando me llama teniente Quandt y palidece y calla unos segundos, opaco contra la claridad de la ventana que van filtrando los visillos de la sacristía, prendido en el viento de la desgracia que sopla afuera sobre un sigilo súbito de pájaros parados en las ramas peladas de un sauco.

El viejo cura toma aire y vuelve a hablar. Dice que no recuerda gran cosa del día en que le trajeron a la niña. Musita palabras aprendidas en la Biblia, a la que sigue siendo fiel aunque haya dejado de estudiarla. Me explica que se hizo efectivamente cargo de ella, y que le temía, señor Quandt. Finalmente cruza las manos sobre el pecho, vuelve la cara hacia mí y asegura, en voz muy baja, como para que no lo escuche nadie, que esa niña, teniente, era el demonio.

Un viento gélido silba entre nosotros cargado de sabe Dios qué misteriosas sugerencias. De pronto, sobre la voz amortiguada del cura, me alcanza un eco que sé que viene del barranco donde los habitantes de Malombrosa alzaron hace años el santuario en memoria de la Santa Niña de Malombrosa. Es apenas un arrullo aterrador, un gemido entre las rocas que sin embargo parece hecho de infinitas voces, todas ellas femeninas y todas muy cercanas, ninguna de ellas indiscutiblemente viva. Algunas de esas voces vibran súbitamente en mi cabeza y me conducen despacio hasta mi propia infancia. De repente soy el hombre que escucha la historia de una huérfana asustada, pero soy también un niño que oye las historias de fantasmas que me contaba un aya polaca que habitó brevemente mis días cuando murió mi madre al terminar la Guerra del Catorce.

En ese entonces acababa de nacer mi hermano Harald, mi padre amaba aún a Magdalena Ritschel, luego Magda Goebbels, y yo extrañaba a mi madre con esa mezcla de rencor y adoración que sólo saben sentir los huérfanos tempranos. Una infección retiniana, contraída poco después del nuevo matrimonio de mi padre, me había dejado casi ciego y a merced de aquella buena aya polaca que hizo lo que pudo por hacer más llevadera la intromisión de mi madrastra y la llegada de mi nuevo hermano.

Cada noche, refundido en mis tinieblas de enfermo niño ciego, jugaba a pensar que era un soldado cautivo de mi propia pena y que un ángel o un hada vendrían pronto para conducirme hasta el lugar dichoso al que había ido mi madre cuando se la llevó la influenza española sin darme tiempo siquiera para aprender a amarla. Mi fiebre de entonces no debía ser muy distinta de la que comencé a sentir cuando volví de Malombrosa: también ésa olía a tierra mojada y daba escalofrío, también entonces el sudor me empujaba bajo las sábanas queriendo, y no, pensar en muertos y fantasmas, gimiendo mis propias fantasías vertidas en leyendas de hadas azules, perros negros y exhalaciones desabridas.

Llamaba entonces a mi aya para que me contase sus historias, y ella me cobijaba y comenzaba a hablar como si encerrándolos en sus cuentos mis miedos fueran a atenuarse y adquirir sentido. Mi aya era de esas personas que saben aliviar el miedo con miedo y que necesitan contar cosas que las iluminen, narrar horrores que serán más llevaderos si se comparten, si se sufren, si rompen el hechizo de la insustancia o las paradojas del dolor. Podía quedarse hablando de sus terrores hasta la medianoche, y yo escuchándola y preservando los míos. Aún no había llegado a mi cuarto y yo anticipaba ya el momento de cerrar los ojos y preguntarle si de verdad existen los fantasmas. Claro que existen, respondía ella, los muertos vuelven porque temen que los olvidemos, ya me entiendes, Herbert, se aparecen en las minas o donde hay mucha agua, pasan por los puentes que hay sobre los ríos o por debajo de lagos helados, y andan y andan y nos miran, decía mi aya. A veces la buena mujer se interrumpía con un suspiro, se llevaba la mano al pecho y volvía a contarme que en Silesia, niño mío, los muertos se encarnizan con una como lo hace el invierno, porque allá las noches son más densas y con trabajos las alumbran los fuegos fatuos en los cementerios. ¿Tú nunca has visto un fuego fatuo, Herbie? Cómo ibas a verlos, si los muertos temen la luz eléctrica, y acá en la ciudad a los vivos se les va borrando la mirada como se te está borrando a ti. En el campo es distinto, niño mío, allá tenemos modos de mirar lo que está del otro lado, y algunos hasta tienen otra visión, lo juro, y pueden ver dos soles y estrellas negras y a señoras blancas penando por los bosques. Las pueden ver a través de una hoguera, las ven si vienen cuando están en celo los grajos, unas calladas y otras cantando con voces dulcísimas. Pero no hay modo de saber si son buenas o malvadas, niño mío, pues las hay que en vida fueron ángeles y otras demonios, espíritus malvados que ahora vienen a robarse a los niños desobedientes o a los bobos que atraviesan por los puentes para hacer sus cochinadas lejos de la iglesia, decía. En mi pueblo, Harald, había muchas damas blancas de las que mataron a sus hijos cuando los prusianos sitiaron Vilijampole. Una prima que tuve estaba mal de la cabeza y podía verlas, la pobre. Una noche se asomó a la ventana y vio que afuera la miraba una señora muy alta y muy pálida que vestía un velo muy sutil. Mi prima, decían, no reconoció odio ni amor en sus ojos, sólo una tristeza muy grande, como si la señora quisiera y no pudiera decirle algo importante, y decían que mi prima se moría por preguntarle por qué andaba por el bosque y a esas horas con ropa tan liviana. Pero la mujer seguía callada y quieta, y mi prima ya iba a irse con ella cuando sintió que mi abuelo venía a su cuarto. Entró el viejo y mi prima le gritó que allí está otra vez la señora, abuelo. Dicen que entonces cantó un gallo, y que se persignó mi abuelo, y que la mujer se hizo humo y que la nieta no volvió a decirle nada a nadie de las muchas otras veces en que fue a visitarla la dama blanca.

Una historia similar me contó años después el párroco de Malombrosa, lejos ya de Polonia y aún más lejos de mi infancia. Como el abuelo de mi aya, el cura entró una noche en el granero donde dormía la pequeña Hedda, y la encontró señalando afuera y jurando que allá había estado una señora alta y muy pálida. Ignoro si el cura entonces se santiguó como decía mi aya que había hecho su abuelo polaco, o si uno y otro acabaron por creer en las visiones de sus niñas. Sé al menos, porque así me lo dijo él mismo, que esa noche el párroco no vio a nadie afuera del granero, aunque fingió haberlo hecho y siguió fingiéndolo a partir de entonces cada vez que la niña le juró haber sido visitada por fantasmas.

El viejo se acordaba también del hombre que era él mismo en la época en que le llevaron a la niña. Me contó que a esas alturas de su vida había perdido el ímpetu de su juventud y que daba solamente misas de ocho y se iba a la cama con una culpa cada vez más ligera y una falta de devoción cada vez más acendrada. Era un cura espiritualmente anémico, me dijo, incapaz para la solidaridad y desprovisto de la energía que antaño lo había llevado a dar alivio a los enfermos y esperanza a los cautivos alemanes de la guerra. Me confesó que en el campo de prisioneros había comenzado a perder la fe, de modo que cuando le llevaron a la niña apenas le quedaba un vestigio de su antigua compasión. No le interesaba lo que pudieran creer sus feligreses, menos aún lo que pudieran decirle la curia, las escrituras y los responsos. Ya no creía en nada cuando la niña comenzó con sus visiones, me dijo, ni pensaba que Dios tuviese fuerza bastante para impedir que el universo entero se poblase de fantasmas ni que una niña venida de tan lejos pudiese verlos.

Porque dígame usted, teniente Quandt, me preguntó el cura años después en un tono de disculpa tan tardío como innecesario, quién no ha visto o soñado alguna vez un fantasma, o quién no ha sido un poco, a su manera, un alma en pena. Dígame, señor Quandt, cómo iba yo a desmentir a la niña cuando no había modo de saber a ciencia cierta si su dama blanca era una exhalación del infierno o un mensaje divino. La veía siempre, señor, despierta o sonámbula, o simplemente en ese estado de rara ausencia en el que se instaló desde el primer día. La dama no hablaba con ella, al menos no al principio; miraba solamente a la niña con su enorme tristeza a cuestas, digamos que la castigaba con su silencio. Uno podía saber que la niña la había visto porque al despertar temblaba y abría mucho los ojos como si esperara que viésemos a la dama prisionera en sus pupilas. Durante un tiempo la pequeña renunció a hablarnos de sus visiones pero igual sabíamos que seguía teniéndolas: despertaba arrinconada en el tapanco del granero, la ropa a veces escarchada, pidiéndonos perdón en voz muy baja por maldades que naturalmente no podía haber cometido.

No es que Giovanna mintiera, insistió el cura. Era sólo que pensaba que era mala, y que por eso la señora de sus visiones no se la llevaba consigo. Pero no mentía, señor, no podía hacerlo: nuestra Giovanna no era más que una niña solitaria que había sufrido mucho y que vivió siempre enclaustrada en su melancolía. Jamás reía ni jugaba con otros niños, andaba en lo suyo y en su mundo, y por lo visto se dedicaba a hacer figuras de papel. Al terminar la misa recogía las hojas de la liturgia y se las llevaba al granero para doblarlas y escribir en ellas plegarias sueltas y mensajes a su madre muerta o ausente. Luego subía al campanario y desde ahí lanzaba al viento su parvada de papel. Finalmente bajaba a la hora del crepúsculo, recogía del suelo sus papirolas y se perdía con ellas en el bosque cantando en alemán una canción sobre el porvenir de un gran imperio o una redondilla que sólo el diablo habría sido capaz de comprender.

Tendría que haberla visto cuando la trajeron, teniente Quandt, siguió diciendo y confundiéndome el cura de Malombrosa. Giovanna era un costal de huesos, dijo, un animalito asustadizo que traía sólo una carta de su hermano Harald. Cuídela bien, páter, pedía la carta, y no le cuente a nadie quién es la niña ni de dónde viene. Así decía, señor Quandt, pero no hacía falta que nos lo pidiera: de cualquier modo la pobre niña era incapaz de articular su aflicción, no digamos de recordar lo que le había pasado antes de venir a Malombrosa, me dijo el cura en un susurro y yo entonces pensé que cómo iba a acordarse si la habían abandonado en aquella aldea miserable, refundida en un granero tiñoso adonde venía a amedrentarla un espectro todavía más triste que ella, apartada de sus hermanos y encomendada por el mío a ese párroco cobarde con el que yo ahora conversaba a reculones y con creciente indignación.

Me pregunté luego cómo sería para ella llegar a ese pueblo insalubre y mísero luego de haber sido arrancada de los suyos y de haber visto tanto horror en su trayecto desde Berlín hasta Malombrosa, más de un año pasando de mano en mano, por ciudades expectantes o ya derruidas, a través de campos devastados, por no hablar de los arriates montañeses de Italia, y de las horas infinitas que habría tenido que pasar encerrada como un cadáver o un arma secreta en vehículos camuflados o en bodegas sucesivas por las que apenas se alcanzaría a asomar el sol. Recordé que hasta entonces Hedda sólo había conocido el ámbito cerrado e irrealmente feliz de la casa que tenían sus padres junto al lago, la frondosidad domesticada de los árboles que eran idénticos en todas las fincas de gente acomodada de Alemania. Pensé en ella y me pregunté cómo habría visto el campo agreste de Italia quien no ha vivido nunca a la intemperie, quien tiene el rostro ya picado de viruelas y respira por primera vez en su vida los olores de un chiquero, quien no ha tenido tiempo de ver el mundo desde el maletero de un auto en fuga o desde la avioneta que la llevó hasta Italia, quien tal vez viajó narcotizada y de noche y oculta casi todo el camino agobiada por la fiebre, las pústulas y la comezón de la enfermedad. Cómo habrían visto sus ojos lo mismo que yo vi cuando me trajeron a este pueblo, tan ajeno como ella a esta naturaleza que tiene al parecer la perniciosa costumbre de canibalizar a sus hijos. Ahora mismo me pregunto qué habrá sentido al llegar acá esa niña de mirada torva, rostro careado y cabeza ausente extraída de un lugar remoto, si su piel acribillada de cicatrices habría espantado a quienes la recibieron, si sus ojos o sus oídos habrían captado algo que yo no noté cuando estuve en Malombrosa, algo más allá del sigilo del paisaje, o si aun antes de llegar al pueblo también ella sintió, siquiera por un instante, que nada ahí le era familiar, y que afuera se extendía ese mismo bosque desolado, cubierto por hierbajos altos y marchitos. Si intuyó, como intuí yo, que a su paso iban naciendo rocas de formas inusitadas y colores sombríos que parecía que hablaban entre sí intercambiando miradas de incómoda significancia, fraguando malévolas conspiraciones. Todo ahí debió de ser para Hedda Johanna Goebbels una amenaza y un presagio, todo un resplandor de maldad, un indicio de desastre. Se habrá extrañado como yo de que en Malombrosa no se oyera la presencia de aves ni de bestias, sólo insectos zumbadores y exasperantes. Y de que el viento suspirase con tal ímpetu en las ramas desnudas de los saucos y que una hierba gris se curvase para susurrar horrorosos secretos a la tierra sin que ningún otro sonido o movimiento rompiese el reposo siniestro del paisaje.

Cómo habrá sido para Hedwig Johanna Goebbels entender de pronto que estaba entrando, como había entrado yo, en un lugar fuera de este mundo. Qué habrá visto o pensado quien lo había visto casi todo en su corta vida; quien no llevaba tu sangre y sin embargo insiste en llamarte desde el otro mundo como si le pertenecieras o como si sólo tú fueses capaz de arrancarla de su condena; quien se va adueñando ya de este hombre que una madrugada se incorpora bruscamente en un hotel de Milán y escudriña la penumbra con la atención de una bestia acorralada, el hombre que hace horas se removió en un sudario de papirolas buscando aún los pasos de los guardias en el corredor y la voz del cura que le contaba la historia de una niña agreste que era visitada por damas fantasma y parecía dispuesta a irse con ellos; quien un día volverá a Milán remontando una parte del camino por el que ella había llegado a Malombrosa, quien se acercará a la ventana y cuando vea salir el sol no sabrá si ha regresado o está a punto de irse, si ha muerto en la cañada y piensa que si se vuelve a dormir perderá el avión en el que habría podido llevarse consigo a casa el espectro pesaroso de una niña llamada Hedwig Johanna Goebbels.

Catalina: la torre del sarraceno

Apenas rasgue el avión las nubes y abajo se borre el mar, Holdine Kathrin Goebbels recordará el frío de la pasada noche, la silueta de la torre a sus espaldas, el lodazal que la tormenta había dejado en el embarcadero mientras ella ofrecía el peor recital de su vida a la más incómoda de sus audiencias. Se acordará de una negrura súbita en el río, del renqueo del motor fuera de borda y de un ventarrón de mala entraña descolocando el bote que por fin la regresaba a Bariloche. Le faltará el aire por momentos y sentirá el estómago revuelto como entonces, y eso que ni siquiera había probado la cena que le ofrecieron en la torre, en parte porque estaba muy asustada y en parte por no entender qué esperaban de ella sus anfitriones. Le mareaba preguntarse aún de cuál rincón de su pasado regresaban ahora esos viejos oficiales con prótesis, ese obispo con cien anillos, las señoronas que la interrogaron hasta hartarse mientras ella se esforzaba por parecer segura, no apocada todavía por tanta cubertería de plata y tanto colmillo de oro listo para destriparla al menor descuido.

Recordará también que esa noche, por primera vez en muchos años, llegó a sentirse de verdad nerviosa, asilvestrada casi, incapaz de ejecutar las lecciones de etiqueta que le inculcaran sus padres o los rudimentos de canto que le enseñara la señorita Grimm. Desde el primer instante reconoció en su pecho los vahídos de sus primeras apariciones en sociedad, cuando era sólo una niña y su voz, no más que un ramillete de notas quebradizas. Recordó que tampoco entonces le gustaban los obispos ni las viejas maquilladas en exceso y que recelaba por igual de los oídos hipócritas que de los aplausos condescendientes, tan parecidos a los que ahora le otorgaba su público en la torre. Por más que se escondieran, por más que polvearan su decadencia, aquellos seres atrincherados en el tiempo podrían perfectamente ser los mismos que asistían hacía veinte años a sus conciertos primordiales en Berlín y Baviera, el mismo público vulgar de antaño vaciado hoy en el molde torvo de arrugas mal previstas y fracasos peor sobrellevados en el exilio sudamericano. Aunque esa noche en la torre no vistieran ya uniformes negros ni ostentaran cruces de hierro, y aunque en sus discursos en alemán se filtrase ahora un basto español de putas y estibadores, persistía en sus maxilares una idéntica dureza militar, y en sus pómulos la enhiesta grosería de quien todavía se quiere amo del mundo, y en sus ceños una soberbia igual a la que mostraban cuando se reunían hace decenios para oír a Holde Goebbels y sus hermanos cantar a coro en los cumpleaños del Führer.

Ya desde entonces aquellos coroneles y prelados y señoras escuchaban a los hijos del ministro de propaganda con la impaciencia zalamera de los cortesanos, los halagaban como a micos amaestrados por la madre Magda, que agradecía los parabienes con sonrisas no menos forzadas. Poco o nada difería esa gente de la que muchos años más tarde, en una mansión torreada bajo la tormenta, escucharía a Holde Goebbels interpretar dos o tres arias de Wagner con una Brunilda apocada y tímida. Sin embargo ahora sus miserias estaban más expuestas: el destierro los había empujado hasta un ultramar de fondo desde el que todavía intentaban perpetuar el esperpento de vidas que nunca consiguieron vivir y de glorias que no acabaron de alcanzar en el Viejo Mundo. Refugiados en el espejo deformante de Argentina, jugaban a creerse en un porvenir alternativo donde los jaleos y los mazazos de la derrota podían aún no haberlos golpeado. Ahí estaban por fin los espectros del Reich, reanimados por una chispa lucífera y efímera, grotescos, desecados, exhibiendo con menos garbo que impudicia vergüenzas que habrían disimulado mejor en tiempos de guerra. Cuando podían y hacía falta, se congregaban en casonas discretas o en hoteles decrépitos para emular las mascaradas y las fiestas que otrora habían gozado en Alemania y a cuyo inexacto simulacro sumaban esa noche a esa mujercita tímida y algo rolliza en la que se había convertido Holdine Kathrin, la hija predilecta de nuestro llorado doctor Goebbels. A lo mejor pensaban que allí dentro, en las entrañas mercuriales de sus fiestas cóncavas, también esa muchacha aportaría lo suyo a tanta rara plenitud simiesca, y que les daría el regalo de seguir siendo sólo para ellos la pequeña Holde, joven todavía aunque perversamente henchida, con la voz y las caderas amplificadas de pronto por la irregularidad artera de los tiempos. Quizás esa noche aquella mujer rolliza y casi madura fuese capaz de fingirse otra vez niña, otra vez coqueta y frágil, un juguete disputado por otros viejos niñatos tristes. Quizás entonces Holdine Kathrin Goebbels accedería a ser la bailarina de cuerda suspensa en precario equilibrio, de nuevo a punto de caer y de romperse con el más ligero error, persiguiendo cada tarde el escurridizo compás que le dictaba una invisible pianola mecánica, perpetuamente huyendo de la nota demasiado aguda que no pasaba inadvertida para el crítico de moda, medida siempre por la presencia oscura de un invisible devoto que la contemplaba cada tarde desde el palco en el Teatro Colón, constantemente asediada por la multitud que ansiaba en secreto su caída aunque mendigara asimismo una mirada de sus ojos zarcos, delineados para ser falsos y perfectos.

Cada noche de concierto, recluida en su camerino, Holde Goebbels se decía que al menos el maquillaje la protegería de la censura y de la envidia. Invocaba su infancia mientras iba repitiendo en carne propia la mutación protectora que una vez vio ejecutarse en su madre. Paso a paso espolvoreaba y delineaba sus facciones como si no fueran suyas, representaba en el escenario de su rostro el ritual carnavalesco de Magda Goebbels al comenzar sus jornadas, su milagrosa metamorfosis en una versión más despierta y aceptable de sí misma. Con minucia de impostora Holdine Kathrin Goebbels, o quien yo quisiera que fuese Holdine Goebbels, imitaba a su madre antes de cada concierto o de cada entrevista, y no menos la invocó esa noche en la torre, cuando le dijeron que debía cantar para generales y obispos de ultratumba. Contra ellos se pertrechó al rizarse las pestañas y delinearse las cejas con una pinza diminuta y al pasarse el pintalabios con firmeza castrense por la trinchera de la boca, la misma boca de Magda Goebbels de repente enrojecida para lanzar besos fugitivos al espejo y torcerse luego hacia sus hijas y gritarles qué miran, niñas, anden ya a acostarse, se hace tarde, hoy no cenaremos con ustedes porque la señora Wagner nos ha invitado a su palco para escuchar *Tristán e Isolda* junto al Führer.

Sentirá el avión torcerse para alcanzar altura de crucero pero el cansancio le hará sentir que aún no han despegado. Jalará aire y cerrará los ojos para sacudirse las memorias del fantasma de su madre multiplicado en los espejos de su camerino. Los mantendrá cerrados un buen rato, y la imagen que entonces vendrá a su mente será la de otra mujer, en este caso más cercana en el tiempo, presidiendo el conciliábulo en la torre como una deidad precisa y ominosa.

Esta mujer es sensiblemente más vieja que su madre en sus recuerdos, aunque luce más guapa y mejor resguardada contra las servidumbres del tiempo, la voz meliflua y el cuerpo aún firme pese a las fatigas por las que dicen que ha pasado desde que acabó la guerra. Holde la conoce muy bien, mejor incluso de lo que jamás conoció a su propia madre. La conoce bien y sabe que en cierta forma le debe la vida, y que ha venido a la torre sólo para complacerla. Se lo advirtió apenas ayer: Hazlo por nosotras, Catalina, hazlo mejor que nunca, le dijo, y la conminó a ser amable y concentrarse en su canto, como si a esas alturas hiciera falta que se lo dijera.

Ya antes, muchas veces, Holde ha visto a gente más tímida que ella someterse a la tiranía de esa mujer legendaria. Ha visto a generales déspotas, atletas engreídos y oradores enardecidos plegarse al talento de esa artista genial para convertir lo banal en sacro y lo monstruoso en épico. Ya antes ella misma, demasiadas veces, ha sido capturada por la voluntad y la lente de Leni Riefenstahl, aunque esta noche, ya se sabe, la cacería será distinta, más cruel si acaso. Esta noche no habrá cámaras en la sala, pues así se lo ha prometido la propia Leni. Esta noche la función podría ser la última de una parte de su vida, podría representar la parada definitiva en esa lenta progresión de ensayos, recitales y conciertos que han minado su existencia desde que llegó a Argentina, o aun desde antes, cuando la misma Leni y sus secuaces comenzaron a paralizar en el presente los instantes de su infancia y las escenas de una época de gloria que de otro modo se habría extinguido tan precozmente como quizá se extinguieron sus hermanos. Esta noche la sublime artista del Reich fantasma no filmará un desfile legionario con antorchas ni un discurso inflamado del doctor Goebbels en los templetes gigantescos que Albert Speer ha diseñado pensando en ella. Hoy no habrá podios ni proclamas ni ejércitos de cámaras estratégicamente colocadas. Nadie arengará a millares de civiles alemanes ni habrá grúas de filmación ni tal vez llanto. Esta noche Leni Riefenstahl dirigirá tan sólo un recital de ópera privado a la luz fingida de las velas en una torre bajo la tormenta en el último lugar del mundo.

El día de su partida Holdine Kathrin Goebbels guardaba en el bolso una hoja de periódico de provincias con la fotografía de la Torre del Sarraceno y otras, más pequeñas y al margen, de quienes habían estado en su concierto aquella noche, los más de ellos retratados cuando eran jóvenes esposas y rigurosos coroneles con un futuro promisorio en las fuerzas vivas del Reich. La televisión nacional seguía sin hablar de lo ocurrido la otra tarde en el Teatro Colón y prefería distraerse en el discurso amodorrado de un político en ciernes o en los beneficios que para el país iba a acarrear la reciente nacionalización de las minas en Santa Fe. A nadie más parecía preocuparle el hallazgo de un nido de nazis en Bariloche y la posible fuga justo a tiempo del doctor Mengele.

Entretanto Holde se había esmerado por seguir las instrucciones que le habían dado para pasar inadvertida. Había que viajar con lo puesto, cortarse el pelo o teñírselo de plano, maquillarse poco y agradecer que la ópera no fuese popular entre la gente común, la policía, el taxista que la condujo al aeropuerto, el agente de migración sobornado que revisó su pasaporte y le indicó que siguiese adelante con un gesto de falsa amabilidad parecido al que había dibujado Leni la otra noche, cuando por fin salieron de la torre y le dijo sin mucha convicción lo has hecho bien, Catalina, quedaron encantados contigo, y diciendo esto la cogió cariñosamente del brazo para avanzar a trompicones por el embarcadero enfangado.

Ya en el bote se ensimismaron en un silencio incómodo porque sabían que no era cierto que las cosas hubieran salido enteramente bien, y que al terminar la velada se notaba a leguas que los comensales estaban desilusionados, molestos casi de que Leni les hubieran aguado otro aniversario del Führer con esa soprano de virtudes cuestionables, demasiado joven para granjearse su respeto y demasiado vieja para corregir sus taras. En vano había soportado Holde la acidez del vino y la loción acre del obispo. En vano había intentado ser locuaz y amable con las señoras mientras el muslo blando del general le rozaba la rodilla por debajo de la mesa. De balde había dejado que los comensales la emponzoñaran con preguntas viles y que la obligasen luego a cantar a Wagner para finalmente desecharla como si hubieran esperado de ella que hablase un alemán más fluido o que se mostrase al menos interesada en sumarse a su conventillo, mejor dispuesta a compartirles sus memorias de los últimos días del búnker, no sé, algún detalle morboso del suicido del Führer o de su huida de Berlín, alguna de esas anécdotas horribles que ella sinceramente apenas recordaba y de las que Leni, hasta esa noche, le tenía prohibido hablar.

Aun así la habían atropellado con halagos íntimos y bromas zafias, la escucharon sin apenas disimular su desencanto, la ofendieron llamándola sencillamente Holde, mientras ellos se interpelaban con vagos títulos nobiliarios o castrenses, almirante o duquesa, doctor o querida, rara vez un nombre propio, no digamos creíble. Amaestrados por la clandestinidad, sabían evitar las pistas de su pasado, aunque igual se resistían a usar los nombramientos ínfimos que su nueva patria les exigía para ocultarlos, los apellidos húngaros o los patronímicos vulgares que les recordaban su condición de trásfugas y vencidos. Acaso sólo en un recodo de la cena, llevado al descuido por el alcohol o la llovizna, alguno de los viejos dejó escapar su nombre primitivo, después una blasfemia risueña con alusiones más bien despectivas a la ruta genovesa por la que casi todos los presentes habían cruzado el mar provistos con salvoconductos de la Cruz Roja, hacinados entre cíngaros, eslavos y judíos en cubiertas de segunda clase, rebautizados después con pasaportes vaticanos que debían agradecer al obispo que allí estaba o a uno igual de anillado y repelente que aquél. Sólo hasta esa noche Holdine Kathrin Goebbels supo a ciencia cierta quién era esa gente, y aceptó de mal talante que en cierto modo les pertenecía como si la hubiesen creado y esperasen a cambio nada menos que su resignación a convertirse en parte de ellos. O a servirles eternamente y sin reparos, cantando arias de Wagner o lo que le pidieran como la esclava resignada de una corte que se resiste a desaparecer en el agua salobre de los tiempos.

Así los recordó más tarde en el trayecto de regreso a Bariloche, y así los recuerda todavía en el avión que la separa de ellos para siempre. Tanto en la vigilia como en el sueño la acosa el eco de esos ojos y esas bocas desdentadas que la juzgan pronunciando cosas que penosamente le conciernen, remembranzas veraces o ficticias que se añaden a las muchas que ha forjado su conciencia desde el día ya lejano en que su barco amarró en Buenos Aires. A partir de entonces lo inventado y lo vivido se le enciman en una nebulosa de mudanzas, solfeos infinitos y ensayos para un recital perfecto que jamás llegará a ejecutarse porque nada en su existencia llega a parecerle enteramente cierto ni a quedarle perfectamente claro.

En esa niebla del pasado incierto las palabras y las cosas se disuelven como bañadas en ácido, se retuercen y se reconforman invariablemente a medias, indecisas, con esa esquivez chocante que caracteriza el recuerdo de los sueños. Ahora mismo Holdine Goebbels duda si el recital de la otra noche en la torre sucedió de veras o si fue tan sólo una premonición, una escena extraída de un libro que leyó en la adolescencia, cuando aún no se acababan de borrar de su memoria los diez días como siglos que pasó en el búnker. Ni siquiera está segura de que Leni Riefenstahl sea auténtica, ni de si en verdad le debe la vida o solamente su titubeante gratitud por haberla salvado con el propósito hoy muy evidente de aprovecharse luego de ella. La recuerda estólida en la cena de la torre, precisa y dura al anunciar que era el momento de pasar al salón. Los generales y las señoras la obedecen en un acto de sonambulismo. Ella misma se levanta de la mesa como impelida por el resorte de la voz de su madrina, se deja llevar mientras repican en sus oídos los golpes de la losa removida por criados con guantes, algunos tan viejos como los comensales. Sus pasos se confunden con el tintineo de los cubiertos, la aturden como hace apenas unas horas hizo la voz ampulosa del obispo al recibirla, buenas noches, señorita Goebbels, y ella entonces tuvo que estrechar su mano blanda y dar las gracias en ese idioma que no termina de sentir suyo.

El resto de la velada lo ha transitado sin apenas fuerzas, bien consciente de cuánto le repugna estar allí aunque, claro, no podía haber rechazado la convocatoria de Leni, tan atenta siempre a su carrera, tan cuidadosa, ubicua en su perpetuo trajinar por residencias y conservatorios, resurgida invariablemente en el momento menos pensado para enmendarle la plana y para ocuparse de que haya abundantes flores al final de sus conciertos, minuciosa para elegir a sus maestros y hasta su repertorio. Llegaba Leni de Nairobi o de Los Ángeles con suvenires cada vez menos acordes con la edad de su ahijada, irrumpía en su vida repartiendo órdenes o caricias acartonadas, torpe madrastra sin hijos, arraigada en sus méritos pasados y en sus abracadabras presentes, hechiza hada madrina que se largaba al cabo de una semana de vagas gratificaciones y de severas reprimendas. Se iba como había llegado y como volvería al cabo de unos meses, deprisa, un poco fastidiada, lista para intervenir si hiciese falta conseguirle a su pupila el papel más codiciado en una producción en ciernes, o para rabiar si un crítico se excedía en sus censuras, precario canto, coloratura estrecha, cien mil defectos que el mismo crítico enmendaría después, cuando viniera Leni, reubicando inesperadamente en la estratósfera a la señorita Catalina Herschel, nuestra diva, qué registro, señores, y cuánto talento. Bastaba que la señora Leni Riefenstahl volviese a Argentina para que reverberasen los halagos y para que los directores se mostrasen entusiastas con su ahijada Catalina. Sólo entonces los críticos se abstenían de condenarla porque habían recibido a deshoras una llamada de la diócesis o la amenaza de un devoto con notorios amigos en la oficina del presidente Perón, o simplemente porque una de tantas noches un sombrío aficionado en el palco de honor había hecho una señal perentoria con su mano firme y blanca, y el mundo entonces se había detenido para todos. Cualquier tarde Leni se materializaba como por sortilegio en su camerino para presentarle a un general con dignidad de cuchillero o a un tenientillo enamorado que la ahogaba con arreglos de mariscal de campo, o la escoltaba perseguida por parvadas de señoras semejantes a las que luego vieron en la torre, las mironas quizás envidiosas de su condición de hija de Magda Goebbels e hijastra rara de la señora Riefenstahl, nuestra querida Leni, gran benefactora de las artes, sibila perpetua de la Asociación Argentina-Alemana, hierofante incontestable de esos chupasangre arrugados a los que Holde Goebbels se sabía unida por lazos que más le vale no entender aunque igual los cultive con mansedumbre impropia de una diva.

La sublevaba en el fondo tener que doblegarse ante Leni a despecho de la enemistad que al parecer había tenido con su padre, o a lo mejor precisamente por eso. A nadie más que a ella debía estarle agradecida por haberle dado algo semejante a una vida más allá de la guerra, por bruñirle con paciencia las acciones y las ideas, por no dejarla caer en la torre y por corregir la suspicacia de los comensales respondiendo a sus preguntas como si su Holde fuese muda y no estuviese ahí para defenderse sola, mire usted, doctor, cómo se parece a su madre, escuche usted, Su Eminencia, qué bien canta, y para qué insistir, señoras, si ya ustedes la han visto en el Teatro Colón, y saben que no exagero si les digo que mi Catalina, quiero decir, nuestra Holde, es digna hija de quien ustedes ya saben y apostaré que, con la ayuda generosa de todos ustedes y de nuestro querido doctor, pronto la veremos triunfar en Hollywood con Orson Welles o en La Fenice mano a mano con la Callas.

Christian: dinámica de suelos

De la vida detrás del Muro de Berlín me habló una tarde el dramaturgo Georg Wetzel, que hacía apenas dos años había escapado de Alemania Democrática en un aerostato de fabricación casera. Me contó sobre el mercado negro de barras de chocolate y de las severas penas con que se le castigaba y de las argucias para desactivar micrófonos ocultos y sobre una táctica para pintar grafitis en los pedestales de los monumentos a los caídos en la lucha antifascista. El sistema era tan eficaz como estrambótico, y requería la pericia sobrehumana que sólo puede cultivarse entre los desesperados y los dementes. Me contó asimismo que en los ductos del tren subterráneo de Berlín florecía tenaz un lirio blanco justo en el lugar donde fracasaron los primeros intentos de fuga hacia el sector oeste, y que desde el pie de la muralla infame alcanzaban a verse dos caballos de la cuadriga que corona la puerta de Brandemburgo. Me aclaró, eso sí, como quien emite una sentencia de muerte, que las cosas allá no eran sustancialmente peores que las de este lado, y yo entonces pensé que eso mismo debió de sospechar hace más de quince años Helmut Christian Goebbels, centinela celoso de esa misma ciudad presidio y después testigo asqueado de los guiños de los informantes, de la indiferencia del río, de la absurdidad de los muchos túneles que habría tenido que descubrir, registrar y denunciar durante el tiempo en que prestó sus servicios a la Stasi.

En el recuerdo que me he inventado de él a partir de los relatos de mi amigo Wetzel, el único hijo varón de Joseph Goebbels se recarga en el umbral de un edificio ruinoso donde sus hombres acaban de encontrar precisamente uno de esos túneles. Ha salido un momento para despejarse y ver la noche abalanzarse sobre el muro. De repente una mano invisible enciende los reflectores y su luz brutal alumbra las espirales de púas, los viacrucis de acero, las siluetas de soldados aburridos en sus atalayas de control. El fogonazo ilumina también el rostro de Helmut Christian Goebbels, o de quien yo quisiera que fuese Helmut Goebbels, quien fuma todavía en la entrada del edificio esperando no sabe qué, calibrando las voces de los hombres que trasiegan en el sótano, sus expresiones de estupor o rabia frente a la boca abierta del túnel. Un guardia imberbe se detiene de pronto junto a él y se dispone a reprenderlo porque lo ha confundido con un mirón. Christian se inmuta apenas, alza la cara, se muestra y exhala en el rostro del guardia una voluta de humo. El joven lo reconoce, farfulla una pálida disculpa y se adentra al fin en el edificio seguido por otros guardias cargados con kaláshnikovs, azadones, alguna cámara fotográfica. Christian extingue su cigarro en el canto de la puerta, justo encima de las marcas de las ascuas que ahí mismo extinguieron los soviéticos cuando tomaron Berlín una mañana de abril de hace más de veinte años. Luego suspira y desciende al sótano corrigiendo mentalmente el informe que deberá rendir a más tardar mañana: la aritmética de la burocracia policial, la secuencia implacable de las fojas, el cálculo de personas que esta vez habrían logrado escapar, el estado de salud del único sobreviviente y el número exacto de las que ojalá hayan muerto al colapsarse el túnel.

Hasta el momento han hallado a un trásfuga malherido y sólo dos cadáveres, si bien esperan que la cifra crezca según avance la jornada. Así lo anticipó el oficial en turno que hará diez horas llamó a casa del capitán Christian Leverkunt para confirmarle que la denuncia de sus informantes era por fortuna cierta aunque por desgracia tardía. La llamada lo despertó a las cinco, cuando él al fin había ingresado en un sueño reparador de ceniza y nieve. Con éste van dieciocho, le dijo a mansalva el oficial en turno, y entonces Christian tardó en hacer sus cálculos, la mano transpirando abatimiento y modorra en el auricular. Sin aguardar respuesta, el oficial en turno hizo una mala broma sobre Berlín ahora transformada en un queso suizo. Christian encajó la burla lo mejor que pudo y finalmente, resignado a nunca recuperar su sueño de ceniza y nieve, puntualizó: Veinte, camarada Shliepner, con éste van veinte túneles.

En efecto, con el de esa noche sumaban dos decenas el número de túneles excavados bajo la ciudad, por no hablar de los que seguramente eran abiertos en ese preciso instante para engrosar la cifra de alemanes fugados a occidente, esa nómina penosa nutrida cada día por quienes escapaban también por el desagüe o por el metro, a bordo de veleros o de aerostatos tan endebles como efectivos como el de mi amigo el dramaturgo, dentro de cajuelas de coches o a bordo de autobuses embestidos contra el muro, cuando no en funambulismos temerarios por encima de las alambradas. Veinte túneles, a lo menos. Definitivamente, pensó Christian colgando el auricular, la estadística estaba cada vez más lejos de favorecerle. Once túneles por debajo de la Friedrichstrasse y el resto en áreas más apartadas, unos abiertos desde el sector occidental con taladros de diez velocidades y excavadoras americanas, y otros desde el corazón mismo del sector oriental con palas de jardinería, cubos para leche y hasta cuchillos de mesa, siete u ocho ductos precarios aunque suficientes para la fuga, los más de ellos agujeros tímidos y sin apenas mérito de ingeniería, ninguno reblandecido con dinamita, alguno derruido al parecer por una botadura de agua y vuelto a excavar una vez desaguado, los más de ellos rodeados por carretillas, alambres, bultos de ropa que los fugitivos no habían tenido tiempo de llevarse consigo. Por lo menos cinco túneles habían sido horadados en el barrio de Wedding, donde la arcilla era menos blanca y la vigilancia acaso menos eficaz.

¿Cómo no supo preverlo?, se pregunta ahora Christian Leverkunt mientras avanza a gatas por el túnel vigésimo de su ignominia. Querría también saber por qué ya no le importa ni lo ofende que sean dos túneles o doscientos, o cuándo comenzó a resignarse y hasta a sentir por su debacle un callado regocijo, como si cada alemán fugado de Berlín oriental fuese parte de un castigo eterno y merecido. Nadie como el coronel Christian Leverkunt conoce las calles, las casas y las entrañas de esta ciudad, y nadie más que él presiente y siente los túneles que la profanan semana tras semana como si horadaran su propio cuerpo: cada túnel una herida nueva en el ya blando y poroso edificio de su prestigio, cada fugitivo una quemadura de cigarro en su ánimo, ese muro sin carne ni hueso del que su cuerpo físico es una mera proyección, una pared firme sólo en apariencia aunque por debajo frágil, pantanosa, ultrajada. Sin detenerse a pensarlo Christian habría podido señalar la ubicación de cada uno de los túneles; si se lo pidieran sus superiores habría sido capaz de enumerar las medidas exactas de cada pasadizo, la técnica empleada para alzar los contrafuertes, los nombre de los fugitivos que habían sido capturados y llevados a las celdas del Ministerio de Seguridad, los métodos utilizados para interrogarlos, el tiempo que tardaron en doblegarse y confesar, el voltaje de las descargas eléctricas con que los castigaron, los decibeles del zumbido con que los privaban del sueño hasta enloquecerlos.

También habría podido recitar, como en un tardío *mea culpa*, la bitácora de su red de informantes espontáneos o inducidos, el monto de las gratificaciones o la naturaleza de los amagos con que los habían reclutado, sus destinos atroces o apacibles engavetados con tres copias junto a los expedientes de aquellos a quienes habían denunciado. Habría podido, en fin, erigirse él mismo como un archivo viviente de la ignominia, y amurallarse o borrarse diciéndole al oficial en turno Shliepner que vete a la mierda y déjame volver a mi sueño de ceniza y nieve, porque un día, camarada, tanta solidez de hormigón y tantos vigilantes rigurosos nos desvaneceremos en el aire, y porque una noche, camarada, cuando menos lo esperemos, habrá bajo Berlín más túneles que tierra donde excavarlos, y entonces nuestro mundo se desplomará y ni siquiera nos quedará para consolarnos la belleza de la ruina, camarada, ningún registro en piedra o en hierro de lo enormes que habríamos sido de haber hecho las cosas de otro modo.

En un recodo de la noche el túnel comenzó a crujir y los guardias corrieron fuera dejando armas y picos en el fango. Alguno gritó que salga de ahí, Leverkunt, pero él se quedó dentro, la linterna sorda en una mano y su libreta de cálculo en la otra, el cerebro enfrascado todavía en sus estadísticas de infamia, calculando resistencias y desenterrando memorias de pasados laberintos más oscuros.

Aún a gatas, empapado en la penumbra y el lodo, Christian dejó cimbrarse el pasadizo como a un gran monstruo que se aprestara a digerirlo en una abreviatura súbita del tiempo. En mitad del temblor le pareció escuchar en la negrura un vago golpeteo mecánico, un claquido que bien podía venir de los resortes de su infancia, fuera el metrónomo que su maestra de música colocaba sobre el piano en la casa junto al lago, fuera la marcha trepidante del automóvil en que a veces lo paseaba el ministro Albert Speer, fuera la avería en los extractores que tosían dentro del búnker dos decenios atrás y treinta metros por debajo del jardín del edificio de la nueva cancillería.

Si se concentraba, él mismo podía de pronto ser una máquina milimétrica suspendida en ese dilatado inframundo de piedra y lodo, un diapasón hipersensible a la proximidad de las bombas soviéticas o al arañazo de los tanques y las ratas al otro lado de los techos de hormigón. También entonces el monstruoso dédalo se cimbraba y se estrechaba por instantes, y había gritos de miedo y agua hedionda y tuberías rotas borboteando por doquier. Si caía cerca un obús, parpadeaban las bombillas y las lámparas, el técnico de comunicaciones del búnker se refugiaba debajo del tablero de su radio y desde ahí ordenaba al pequeño Helmut Goebbels que se resguardase de inmediato. Pero él se quedaba fuera, mesmerizado por aquella compleja red de cables y clavijas que mascullaba noticias de derrota y fuego, el avance cada vez más preocupante de los soviéticos, la muerte de Roosevelt o el linchamiento de Mussolini en una plaza de Milán.

Años después, suspendido en una encrucijada similar a la del búnker, Helmut Christian Goebbels vuelve a ser un animalillo hiperacúsico en el interior de un laberinto amenazante y semivivo. Cobijado por los crujidos del subsuelo, alza la linterna sorda y siente como si estuviera aún en el búnker de la cancillería y acabara de apartarse unos pasos del radio donde el técnico de comunicaciones se ovilla petrificado de miedo o de plano desmayado. Todavía se acuerda de la consola de la que manaba una débil claridad y del súbito silencio del aparato. Y se acuerda también de que la luz entonces iluminó su rostro de niño autómata y fascinado por la fuerza destructiva de los obuses. Recuerda que así permaneció un instante hasta que la señorita Junge lo arrancó del pasmo, le enfundó el abrigo sobre su piyama y lo arrastró sin darle tiempo para preguntar qué pasa ni adónde vamos. Simplemente se lo llevaron, lo empujaron por la madriguera de cemento y acero que por nueve días con sus noches había sido su solar de juegos y su escuela y su anticipada tumba.

Ascendieron al antebúnker pero no se dirigieron hacia la puerta principal sino hasta la torre de ventilación, en cuyo extremo superior había una rejilla por la que Helmut pasó con cierta dificultad. Al otro lado lo esperaba el capitán Axmann vestido de paisano. Las explosiones se habían intensificado como si los rusos celebrasen ya la victoria con fuegos de artificio. La luz de los reflectores sobre la ciudad, dispersa en polvo y humo, cegó a Helmut mientras Axmann lo conducía en volandas hacia la boca del tren subterráneo. Aún ahora, oscurecido en su otro túnel, Helmut siente repulsión al remembrar esa mano que tiraba bruscamente de la suya, tan áspera y distinta de las manos suaves de la señorita Junge, diferente incluso de las manos mínimas y algo venosas de la capitana Hanna Reitsch, que apenas anteayer había visitado el búnker y le había enseñado a doblar papirolas y acariciado el pelo prometiéndole que volvería pronto para llevarlo en un avión de vuelta a la casa junto al lago. Pero la capitana se había ido sin despedirse, y la señorita Traudl Junge, que a pesar de ser menuda no cabía por la ventanilla de ventilación, acababa de entregarlo sin reparos a las manos gélidas de Axmann, quien tiraba de él por la avenida en ruinas como si pretendiera arrancarle el brazo.

De pronto Helmut se sintió llevar de nuevo hacia abajo, esta vez por la escalinata que conducía a la estación del tren subterráneo, y pensó que era un sinsentido haber dejado el búnker para ingresar enseguida en otro inframundo aún más frágil y sombrío. En éste cabía apenas la luz de las linternas de otros fugitivos que se desplazaban allá abajo en todas direcciones. De repente Helmut sintió el golpe de una explosión y vio cómo la estación del metro se bañaba con una cascada de claridad lunar: una bomba sobre el subterráneo había abierto un boquete por el que ahora los soviéticos disparaban y arrojaban granadas de mano. Se multiplicaron los alaridos, las explosiones, las esquirlas. Helmut notó de pronto que Axmann le soltaba la mano para después perderse en la penumbra de los túneles.

Helmut Christian Goebbels comprendió entonces que estaba definitivamente solo, y no le desagradó la idea. Ahora al menos podría detenerse, renunciar, alcanzar la paz cuando viniese el derrumbe definitivo del túnel bajo el muro o de la ciudad entera sobre su cabeza. No estaría mal, pensó, quedar al fin aplastado por la devastación, libre ya del hambre y la fatiga de la huida, sus diminutas manos azuladas y sus ojos negros eternizados en el asombro de que tanta gente allí insistiera en sobrevivir y en seguir soñando con un improbable porvenir donde todos pasearían por una Berlín como él sólo la había visto en las maquetas que durante la guerra fabricaba el ministro Speer, una ciudad vertical, aséptica y muy blanca, con estadios y amplias galerías y cúpulas inmensas donde todos recordarían el momento en el que él mismo, niño todavía o niño para siempre, quedó mortalmente abandonado en un túnel que se cimbraba en torno suyo como una serpiente lista para estrangular a un roedor.

El oficial Shliepner contó después que el túnel dejó de estremecerse al cabo de unos segundos, pero los guardias, añadió, no acabaron de relajarse porque el imbécil de Leverkunt seguía dentro, quién sabe si muerto, o peor todavía, aprovechando la ocasión para escapar hacia el sector occidental. Lo cierto es que Christian estaba todavía en mitad del túnel, sorprendido él mismo por la sangre fría con la que había aguardado el derrumbe, puede que un poco decepcionado de seguir con vida. Aunque la oscuridad le picase ligeramente los ojos, aunque el frío y la humedad le calaran los huesos, el túnel en cierto modo lo confortaba, lo conducía más allá de las tinieblas hasta los días dichosos en que el ministro Speer lo paseaba en su coche descapotable por las sinuosas carreteras del Berghof. El bólido rompía a gran velocidad el aire alpino mientras Helmut y sus hermanas se aferraban como podían a aquel vértigo de libertad y espanto hasta entonces ignorado. El ministro Speer aceleraba o fingía hacerlo al compás de los gritos de los niños Goebbels, y sólo aminoraba la marcha al avistar un puente maltrecho en mitad del bosque o la boca de un túnel abierto en la montaña. Entonces jugaban al desastre: el espigado conductor se ponía muy serio y los pequeños contenían la respiración mientras avanzaban muy despacio por el túnel o sobre el puente que en sus fantasías podían colapsarse en cualquier momento. En aquellos pocos metros de imaginaria tensión y penumbra los crujidos de la madera podían durar una eternidad, y había que ver el gusto con el que los niños desahogaban sus imaginarios miedos en cuanto el auto dejaba atrás la negritud del túnel o la ominosa endeblez del puente.

Ahora, sin embargo, Helmut sentía que ese pasado le era ajeno. Aquello formaba parte de la vida o de la fantasía de otros, y procedía de un tiempo demasiado distante, o peor aún, del universo de lo que no ocurrió nunca, del reino de los recuerdos inventados con que muchas veces nutrimos el presente. Veinte años después de que el auto del ministro Speer desapareciese a máxima velocidad en los efluvios de la guerra, Christian Leverkunt recordó la infinitesimal plenitud del miedo que fingía cuando era niño y la secreta ilusión de que un día el túnel o el puente por el que pasaba el auto de Speer se derrumbasen de veras. La ilusión de que su vida breve acabase bruscamente de modo que su ausencia y la de sus hermanas sirviesen al menos para conmover un poco a sus padres, a quienes casi nada estremecía y a los que iban viendo menos según se adensaba la guerra. Pensó que tal vez, si avanzaba unos metros más en la negritud semoviente del túnel, podría alcanzar el otro lado de una especie de espejo cóncavo. Buscaría entonces su suerte en una ciudad que sin embargo, como decía mi amigo Wetzel, no podía ser muy distinta de la que habría dejado atrás. Una ciudad que por lo visto seguiría siendo irremediablemente Berlín, pues allá también habría muros y pasadizos que un día sería preciso penetrar para emerger de pronto en otro espejo y encontrar allí su propio cuerpo bajo el lodo, o su cadáver infantil sobre el auto de Albert Speer o abandonado por el cobarde Axmann en las vías del tren subterráneo, esperando allí también el colapso del cosmos, ansiando en vano una oportunidad para dejar de ser perseguidor o perseguido, para ya no estar a medias muerto ni precariamente vivo en la tiniebla.

No estaría mal, se dijo el teniente Leverkunt, gozar la paz de los sepulcros. Renunciar a la elusiva luz que dicen que hay al final del túnel. Quedarse decididamente en un cruce de caminos, dejarse oprimir por la tierra hasta asfixiarse como otros, allá afuera, se dejaban embobar por la rutina o por los cantos del partido, algunos resignados, otros distraídos en no dejarse matar, no por ahora, o calladamente asqueados de hacer filas frente al kosum para recibir sus tres hogazas mensuales y en Navidad raciones extra de leche y pan, siempre hambrientos pero hartos, claro que sí, del sobreabasto de inextricables frutas cubanas en verano y de los tumultos uniformes y del servicio militar en las fronteras, y cuánto óxido y cuánto andamio en una urbe en reparación perpetua, las botellas de soda ineluctablemente pegajosas, los amores apresurados en el asiento trasero de autos azulosos de fabricación soviética, los estanques en los parques enturbiados con la mierda de mil patos, cada objeto cotidiano con letreros de no funciona, cerrado por inventario, prohibido el paso. La humanidad en pleno clausurada, descompuesta y concentrada en esperanzas mezquinas o épicas.

Ahora a Leverkunt le daba igual corroborar si en verdad el otro lado era diferente, y menos aún saber qué cambiaría si él partiese o se quedase en Berlín. Nada, pensó Christian en su crisálida hundida de noche y tierra, ninguna diferencia haría que él o nadie desapareciesen o huyesen, tampoco si saliese ya mismo del túnel fingiendo calma para que sus camaradas a su vez fingiesen alivio al verle. Como si no supieran que si Leverkunt o cualquier otro oficial faltasen por muerte o fuga, alguien más continuaría con su labor en esa maquinaria inmensa donde ningún engranaje era imprescindible, no digamos fiable. Como si no supiéramos todos que al morir el coronel Leverkunt en honroso cumplimiento de su deber vendrían otros ingenieros, otros guardias y otros soplones para ocupar su sitio en la fila de la gasolinera o en el cubículo más recóndito en el edificio de seguridad del estado.

Marcharse de ahí era casi tan baldío como quedarse. Vivir lo mismo que ahogarse en barro. Apretar la mano que te guía por el subterráneo o dejar sencillamente que te suelte, denunciar un túnel o excavarlo, alzar un muro o transponerlo. De cualquier modo mañana, en el mejor de los casos, el partido exaltaría al teniente Leverkunt como a héroe caído contra el fascismo. Le darían una medalla póstuma, le pondrían su nombre a una calle de las afueras de la ciudad, y su reemplazo redactaría un informe que entregaría después al jefe seccional, quien a su vez lo archivaría en la última gaveta del sótano más hondo. Y un día por fin alguien entraría sin pudor en su cubículo del edificio de la Stasi y apenas se molestaría en reordenar los compases, los lápices de colores, los teodolitos que dejara ahí su antecesor ya muerto, ya huido, ya preso. Algún hombre semejante a él estudiaría con atención o mofa el plano de Berlín que el extinto teniente Leverkunt había clavado en la pared detrás de su escritorio, registraría las zonas vulnerables y las coordenadas azimutales y los puntos de escape potenciales o reales, marcados éstos con chinchetas negras y aquéllos con rojas. Y quién sabe, siguió pensando Helmut Christian Goebbels, quién sabe si de pronto ese Leverkunt de imitación, en una suerte de arranque místico, uniría los puntos en el mapa hasta trazar una constelación arcana y arbitraria como un nombre divino, la cifra justa requerida para comprender no el universo sino tanta necedad, los veintitantos túneles, el fugitivo malherido y sobreviviente, el muro, la vacuidad mareante de los interrogatorios, los mandobles en la nuca que reducen el espíritu más recio a un guiñapo, polvo de estrellas y escoria, todos triturados bajo el aluvión furioso del sistema, los brazos extendidos entre alambradas y costales que nunca bastaron para detener las filtraciones del agua al túnel en construcción, las uñas negras de excavar día y noche, los puños apretando una maleta, los ojos desorbitados y clamando aún desde la tumba Quiero irme, no soporto esta opresión, o Volveré pronto por ti, amor mío, o Estoy cansado de las reuniones del partido y de sólo fantasear que al otro lado las piscinas son más cristalinas y los hombres mejores y los libros más sabios. ¿Lo serían de veras? No, se dijo finalmente Christian Leverkunt tanteando la penumbra hasta que dio en el fango con un objeto informe del que salía el tic tac que venía persiguiéndolo. O a lo mejor sí, se corrigió al reconocer con sus manos una mochila militar enterrada en el barro. Quién sabe, suspiró al fin, y lentamente comenzó a desplazarse por el túnel sin saber a ciencia cierta si avanzaba o retrocedía.

Susanne: marea de espejos

Otra cosa diríamos hoy si nos lo preguntase el señor juez. Diríamos por ejemplo que todos contribuimos en buena medida a que Helga Susanne Goebbels terminase sus días numerables resignada a no ser nadie, y que hacia el final de su vida deseara haber muerto en verdad cuando tenía trece años en vez de consagrar otros veinte a convencernos de que había sobrevivido a la matanza del búnker. Ahí está para confirmarlo esa última fotografía que le tomaron en el transbordador que tendría que haberla traído a nuestra cita en Hamburgo. Basta escudriñar sus frente yerma, sus zapatones de monja laica y su pelo encanecido a destiempo para reconocer en ella el cansancio de los vencidos, el abatimiento de una vida entera malbaratada en argüir verdades en las que ella misma, podría jurarlo, nunca creyó del todo. También el arco de sus hombros, recargado sobre un cráneo ahíto de mentiras o de medias verdades, revela cuánto llegó a agotarla hacerse pasar por quien realmente era. No hallaremos en su imagen una mínima señal que la redima o descanse, si acaso apenas la mano izquierda aferrada con firmeza a la baranda del barco y esos ojos de obsidiana que traslucen bajo el ceño una firme voluntad de extinguirse sin remedio.

Ignoro por qué se dejó hacer esa fotografía. Ni siquiera estoy seguro de que en verdad sea ella ni de que aprobara que la retratasen justo en la antesala de su muerte. Sólo sé que para entonces había vuelto a llamarse Susan Grey y que estaba sinceramente harta del tumulto de escándalos y mudanzas que la venían abrumando desde el instante mismo en que anunció que era o había sido Helga

Goebbels. Cuesta creer que esa mujer marchita al filo de las aguas sea la misma que por tanto tiempo se dejó mimar por quienes tuvimos fe en su impostura, la misma que primero habría escapado de otra muerte en un agujero berlinés cercado por los soviéticos y señalado para la infamia.

Observo ahora su imagen borroneada por la niebla del Mar del Norte y siento que también yo comienzo a disolverme. Quedo trunco de repente, asaetado por dudas semejantes a las que ella debió de tener por aquel entonces. La veo de pie junto a la baranda del transbordador, ajena a quien la retrata, no sé bien si ya calmada o aún ansiosa por alejarse cuanto antes de la costa escocesa y de los resabios que desde allá la asedian como un escualo a un pez indefenso. Distingo bajo su abrigo un esqueleto quebradizo y un cuerpo mal ceñido y peor alimentado, y se me ocurre que la identidad oculta de Susan Grey bien puede ser otra de mis quimeras, una más de las que vengo persiguiendo desde que murió mi hermano Harald. Esta mujer apenas parece que existe, no dice adiós ni sonríe para la cámara, sólo tuerce un poco la mirada hacia el objeto que está a sus pies, un maletín sucio y tan anacrónico como ella, estampado de flores rancias, resignado a que su dueña pronto habrá de abandonarlo sobre la cubierta del barco.

En el mar a sus espaldas se erizan morosas cúspides de espuma, ascienden por el casco del transbordador, y finalmente tiran de ella para sumergirla en las aguas turbulentas de otros tiempos. Quizás ahora mismo, remecida por el inminente abrazo de las aguas, también ella recorra en su memoria los recortes de periódico, los expedientes judiciales y las demás fotografías que una tarde, poco antes de matarse, decidió enviarme por correo hasta a Hamburgo. Uno a uno los sopesa y los descarta como han hecho con ella las personas que ha tenido que encarar en su fugaz carrera de impostora: los antiguos sirvientes de la casa junto al lago, sus compañeras de juegos, los tutores que más tarde la negaron, las tías y las abuelas que la mimaron siendo niña y que tendrían que haberla reconocido décadas después como estaba en razón que hicieran con un ser amado milagrosamente vuelto de ultratumba. Piensa en ellos y vuelve a resentir los muchos kilómetros que ha tenido que viajar para encararlos, las muchas veces que ha debido responder preguntas sobre pasajes de su infancia que no recuerda con nitidez convincente, las interminables antesalas que ha sido obligada a hacer en mansiones de exiliados alemanes sólo para ser humillada con la suspicacia o de plano con el desconocimiento.

En la foto Susan Grey contempla el mar y se incomoda al descubrir que alguien pretende fotografiarla. Inclina la cabeza para sacudirse de la frente un imaginario mechón de pelo y revive su impaciencia en un salón suntuario donde ella y su abogado esperan a que los reciba mi tía Eleonor Quandt, una anciana medio ciega que no se entera de maldita la cosa y a quien claramente le da igual esa mujercita que asegura ser Helga, nuestra pobrecita Helga. He sabido que, cuando al fin accedió a recibirlos, mi tía sólo habló de su cuñada Magda y que invocó sus recuerdos de la guerra con una seriedad de parvulario y la piel tan arrugada como las fotografías familiares que conservaba en el recibidor de su casa: una de ella misma tomando el té con Eva Braun, otra de su sobrino Harald la tarde en que éste llevó a los niños Goebbels al aeródromo de Frankfurt, otras en un día de campo y una más donde aparece Helga Susanne Goebbels cuando tenía siete u ocho años y el mundo parecía mejor y más amable.

Muchas veces vi esa fotografía en casa de mi tía Eleonor. Aunque la imagen ha sido muy reproducida a toda plana en revistas y páginas centrales de anecdotarios íntimos y públicos del Reich, la original tenía un formato más reducido, visible apenas detrás de otras imágenes que se hacinaban sobre la repisa de la chimenea en casa de mi tía. En ella Helga abraza un ramo de flores que sin duda pesan más de lo que aparentan. La niña que una vez fue Helga Goebbels sonríe para las cámaras al lado de Edda Goering, también niña aunque más rolliza, también vestida de tirolesa. Están de pie en la rivera de otro cuerpo de agua, seguramente el lago de Wannsee, donde vivieron los Goebbels hasta los últimos meses de la guerra. En esta imagen el sol no calienta pero bien que sofoca mientras Susan Grey la contempla años después en la casa de mi tía. También las niñas Goebbels y Goering se achicharran bajo sus vestidos vaporosos, no muy distintos del que su abogado le ha pedido que se ponga para encararse con esa anciana que alardea de haber sido la mejor amiga de su madre. También hoy hace calor en casa de Eleonor Quandt. Quema el aire, bullen las aguas en la memoria de Helga Goebbels y queman con ellas sus pies dentro de unos zapatitos de charol blanco. Hierve la sangre de los invitados y los guardias del ministro Goebbels, que lo preparan todo para la llegada del Führer. Fuera del marco de la foto flamea la madera de un templete improvisado junto al embarcadero en ese idílico jardín de la memoria donde abundan los himnos marciales, los falansterios victoriosos y las órdenes de mando a voz en cuello resurgidos de otras fotos que mi tía Eleonor, esa bruja, guarda seguramente en otra parte, a salvo de miradas indiscretas o de cazadores de nazis que no deben enterarse de hasta qué punto la familia Quandt estuvo involucrada con el Reich.

A Susan Grey literalmente la asfixia intuir que la niña en esa fotografía es ella misma y se esfuerza en recordar qué aniversario festejaban ese día: la debacle de Hindemburg, la anexión de los Sudetes sin apenas un disparo, el cumpleaños del Führer, tanto da. Recuerda claramente, eso sí, que en aquellos tiempos campeaban por toda Alemania incontables blasones, relumbrantes hebillas y gestantes oriflamas que más tarde, cuando ella crezca y ese universo al fin se desvanezca, le parecerán vulgares, aunque entonces la fascinaran con su pueril boato de negro y sangre.

Las flores que carga la niña en la foto son blancas. Helga las pensaría tulipanes si en su memoria no le hubiesen espinado ya las manos. No te confundas, tonta, le dice en voz muy baja la rolliza Hedda Goering, son rosas, docenas de malvadas rosas como le gustaban a tu madre Magda, tres docenas de rosas con sus espinas para pincharte los recuerdos y las manos. En algún momento buscas a tu madre en el jardín para decirle que este ramo pesa mucho, madre, pero al oírte Magda Goebbels se enfada y te advierte que mucho cuidado, Helga Susanne, ni se te ocurra soltarlas, y no dejes de sonreír, mira, así, y le da el ejemplo torciendo sus labios paralíticos, su boca de hemipléjica dada de alta a reculones por el médico del Führer, su sonrisa invisible de las fotos, las otras, las que has visto en las revistas y en los libros de historia, las que no llegaron a la repisa de la tía Eleonor pero que tú, Susan Grey, de cualquier modo has estudiado hasta el hartazgo y hasta hacerlas tuyas, las que recuerdas mientras la multitud en el jardín enmudece de golpe y la madre te empuja para que alcances a la rolliza Edda Goering en el templete, donde tu padre y varios oficiales flanquean al Führer. Las niñas obedecen, suben a la tarima, entregan las flores a Hitler para recibir a cambio un beso desganado y maloliente.

Helga Susanne Goebbels nota con tristeza que el tío Adolf ha pronunciado su nombre completo. No la ha llamado cariñosamente Helga, como solía hace apenas unos meses, cuando iban todos a su casa en la montaña y la guerra estaba aún lejos. De cualquier modo la niña en la fotografía se esfuerza por sonreír para las cámaras y para su madre, sobre todo para su madre. En el recuerdo auténtico o hechizo de Susan Grey los fogonazos son cada vez más intensos y continuados. Su madre entonces surge de las sombras como un gran monstruo abisal, llega hasta su hija, la coge del brazo y la aparta del templete justo a tiempo para sostenerla porque ha notado que la niña, qué vergüenza, está a punto de desmayarse. De repente la mano de Magda Goebbels es un témpano cincelado en las canteras de un país gélido como ella, una garra polar como las aldeas de Groenlandia y de Noruega adonde llevarán a Helga Susanne Goebbels para ocultarla de sus perseguidores cuando termine la guerra. Es una mano ya sin dueño que en este instante nos arrastra de vuelta al día de mucha sangre en que miraremos las imágenes de Susan Grey y empezaremos a creer sinceramente que Helga Goebbels en verdad murió cuando era sólo una niña asfixiada por un ridículo vestido de tirolesa angélica.

Cuando ahora estudio sus fotografías y sé más de su final que de su origen, me pregunto si Susan Grey llegó a entender jamás la magnitud de su tragedia o las razones para su breve triunfo en el papel estelar de Helga Goebbels rediviva. Ya en los primeros partes médicos que se conservan sobre ella se alude a una suerte de tara extática que no la abandonaría en el resto de su corta vida. Incluso en la foto del transbordador hay una cierta ausencia en su mirada, un dejo de insania o de retraso que algunos atribuyeron a un golpe contundente recibido en la adolescencia o hasta infligido a posta como estrategia de sus abogados para justificar su torpor lingüístico y las numerosas lagunas en su memoria.

En las Cortes de Bonn su abogado arguyó que la señorita Grey jamás mostró mucho interés por su causa ni se mostró muy anuente a los trabajos, estrategias y recursos que sus partidarios invirtieron para determinar que era Helga Susanne Goebbels. Una tal apatía, dijo el abogado, tendría que dar a su reclamo un sello de autenticidad, pues una auténtica impostora, señores, habría hecho lo que fuera para probar una identidad que no fuese la suya.

No creo que haga falta ser tan retorcido para comprender un caso como el de Susan Grey. Bien mirados, tanto su éxito fugaz como el encono de aquellos a quienes decepcionó se explican sobradamente cuando recordamos que ella surgió de la nada cuando menos la esperábamos y más la necesitábamos. Por un tiempo su pantomima ofreció a nuestro siglo asendereado la ilusión de que todavía eran posibles la reparación y la dicha para cientos de vidas que la guerra había fracturado de la peor manera imaginable. Su cuento de hadas trágico y efímero encarnó las inquietudes de una parte significativa de la humanidad a la que la barbarie había negado no sólo su derecho a ser alguien sino a responsabilizarse por haberlo sido. El reclamo de Susan Grey fue sembrado en una tierra estercolada por el dolor y removida por las orugas de los tanques, y germinó después nutrido por la culpa, la decadencia y la putrefacción de ilusiones que habían muerto demasiado núbiles y demasiado aprisa.

Tanto sus partidarios como sus detractores hicieron siempre gala de encarnizamientos como sólo pueden verse en quienes están profundamente lastimados. Que una mujer de aspecto tan elemental y tan visiblemente maltraída pudiese ser una de las delicadas hijas de Joseph y Magda Goebbels resultó tan afrentoso para algunos cuanto necesario para muchos. En buena parte Susan Grey dio cara y voz a los sobrevivientes de una nación derrotada, no sólo a aquellos que justo a tiempo saltamos del acorazado herido del nazismo sino también los que lo hundimos, todos mezclados, todos necesitados de una señal, así fuera mínima, de que éramos capaces de piedad, cada cual emparejado después ante la evidencia del horror y desesperado por hallarle algún sentido a la tragedia por la que habíamos pasado y que acaso habíamos favorecido.

La caótica espiral de las técnicas para falsificar documentos y la creciente suspicacia entre americanos y soviéticos desataron sin duda un alud de fantasías sobre las cosas ocurridas en la guerra, y si bien Susan Grey nunca demostró haber sido Helga Goebbels, tampoco hubo quien pudiese probar lo contrario. Su leyenda, nutricia para la imaginación y propicia para el morbo, creció hasta adquirir las dimensiones del mito. Desde el momento en que la prensa expuso por primera vez su caso hasta su defenestración ante la Suprema Corte de Bonn, Susan Grey protagonizó una historia más bien triste, signada por escándalos y recaídas en hospitales, aunque también por estancias breves en casas de millonarios excéntricos y crédulos sobrevivientes de la guerra que acaso vieron en ella una oportunidad para entrar en una tragicomedia en la que de otro modo habrían desempeñado papeles marginales.

Recluidos primero en Siberia y reinstalados luego en provincias europeas o americanas, los sobrevivientes del nazismo llevaban ahora vidas discretas, cuando no invisibles. Desempeñaban trabajos precarios o grises. Eran asistentes en consultorios dentales, capataces en fábricas de ladrillos, taxistas o granjeros. Los antiguos sirvientes del Reich atendían ahora en las barras de tabernas oscuras y las señoras otrora orgullosas lavaban ajeno en grandes centros suburbiales. Las antiguas institutrices daban clases particulares de alemán y algunos viejos coroneles podían lo mismo ser garroteros que funcionarios consulares en remotas aldeas latinoamericanas. Muchos de ellos se aferraban todavía secretamente a su pasado, y más de uno soñaba con que un día el antiguo régimen sería restaurado y que el encono contra los soviéticos obligaría a los occidentales a recuperar sus bienes. Pensaban que un día regresarían a habitar sus antiguos pisos berlinesas y sus mansiones campestres, y que sus fortunas embargadas les serían devueltas en agradecimiento por su paciencia y su virulencia contra las huestes del camarada Stalin. Imposturas y reclamos como el que vendría de Susan Grey eran tan comunes por entonces como los rumores de la salvación de Hitler o la de alguna de las hijas del zar Nicolás.

De la muerte de los niños Goebbels en el búnker se contaba sólo con testimonios oficiales del lado soviético, cuya credibilidad en Occidente se había debilitado durante la postguerra y casi desaparecido con ella. Se hablaba entre telones de espectrales informes clasificados, de partidas contradictorias y de testimonios retenidos en Moscú y expuestos confusamente en la prensa menos acreditada. Los tabloides citaban declaraciones de soldados rusos, diplomáticos trásfugas y prisioneros remisos que aseguraban que a los hijos del ministro Goebbels los habían evacuado del búnker para esconderlos en el Vaticano o en Sudamérica. Otros aseguraban que a algunas de las niñas las habían capturado los soviéticos y que ahora languidecían recluidas en monasterios griegos o en cabañas de la taiga siberiana. No eran menos estrambóticas las historias de quienes creían que los niños efectivamente habían muerto al lado de sus padres, pues hubo quien juró que los seis cuerpecitos momificados estaban expuestos en alguna oscura vitrina del Kremlin.

A principios de los años cincuenta, poco antes de que Susan apareciese en escena, la viuda del mariscal Goering y su hija Edda habían sido convocadas por los bolcheviques para que identificasen a una muchacha que decía ser Holdine Goebbels, quien al cabo fue desenmascarada como un fraude. En esa misma época, Armin Lhenam, antiguo correo de Hitler, registró en su diario que sabía de buena fuente que las niñas estaban vivas. Y una semana después, aludiendo a otro persistente rumor, añadió que a veces les llegaban noticias de que al menos una de las niñas se había salvado, pero enseguida aparecían otras que confirmaban sus muertes en el búnker. Sólo Dios sabe la verdad, escribió Lhenam, aunque no pierdo la esperanza.

Decía mi padre que hay momentos en la vida en que se nos revela para siempre quiénes somos. Bien mirado, sin embargo, dudo mucho que a Helga Susanne Goebbels le haya sido concedido un momento así. O se le concedió tan sólo para que pudiese entender quién ya no era ni podría jamás volver a ser. La suya no puede haber sido una iluminación ni un mero rapto. Tuvo que ser más bien un proceso lento, un paulatino enterarse para después esfumarse en la corriente salvaje de su existencia y de la nuestra. Así lo sugieren las muchas pausas y corrosiones que tachonan su biografía y que ella exhibe sin pudor en los muchos retratos que le hicieron entre su cuna de seda y su tumba de espuma.

No digo esto solamente por su última fotografía en el transbordador de Queensferry, menos aún por las que se conservan de sus primeros años de vida, imágenes de sobra conocidas que como sea describen una infancia aceptablemente feliz entre casas opulentas, almuerzos campestres y jardines de rosas blancas para las fiestas del nacionalsocialismo. Lo digo más que nada por las fotos que le tomaron y los testimonios que sobre ella se recabaron después de la guerra, los que dan cuenta de los trabajos y los días que sobrellevó como pudo luego de abandonar Berlín. Tengo ahora en mi poder una montaña de documentos del periodo negro que comienza con su adolescencia y se extiende hasta su desastroso juicio de acreditación en los años sesenta, y no creo exagerar si digo que la juventud de Helga Goebbels supera en acidez y espanto lo que sabemos de su infancia durante la guerra.

Conservo esos papeles en mi casa, archivados a su vez en un expediente más amplio bajo el nombre de Albert Cornwall, compañero y cómplice de Susan Grey en el periodo en que ésta clamó ser Helga Goebbels. Varios tumbos del azar y quizás el fantasma de mi hermano Harald me han allegado estos penosos documentos en los que sólo yo puedo o me atrevo hoy a buscar algo parecido a la verdad sobre la mujer que por un tiempo aseguró ser la hija mayor del ministro de propaganda de Hitler. Quizá deba añadir, para ser justos, que el propio Albert Cornwall y sus colaboradores contribuyeron en buena medida a que acabase en mis manos este fárrago de cartas, memorandos médicos, partes judiciales, recortes e inquietantes imágenes de la vida de Susan Grey, muchos de los cuales nunca fueron presentados durante el juicio de acreditación en Bonn. Después de todo, fue Cornwall, con su fervor de arribista y sus requiebros de farsante consumado, quien primero sembró en mí la idea de que Helga Goebbels había sobrevivido efectivamente al búnker y remendado su existencia en otras latitudes, con otros padres y con otros nombres.

Me acuerdo aún del infernal agosto en que mi hermano y yo tuvimos que soportar el asedio de Cornwall pidiéndonos o casi exigiéndonos que auxiliásemos a la desdichada señorita Grey, cuya salud, nos dijo, había acabado de quebrantarse desde el injusto dictamen de la Suprema Corte de Bonn. Si no recuerdo mal, desde el juicio Susan Grey se había dado por vencida en su reclamo y convalecía ahora en una casa de reposo en Aberdeen. Cornwall, no obstante, quiso todavía aprovecharse de su causa, y echó mano de sus mejores mañas para obtener de quien pudiera algún pago por su larga fe en la supervivencia de la hija mayor de Magda Goebbels. Aquel fulano de mala entraña nos escribió y nos llamó aun a sabiendas de que la familia Quandt, tras numerosos desengaños, había suscrito una bien conocida carta donde parientes y antiguos colaboradores de los Goebbels declarábamos de manera terminante que la supuesta Helga Goebbels era un fraude, y que seguir creyendo en su cuento sólo mancillaría la memoria de nuestra extinta sobrina, media hermana o nieta. Desesperado o cínico, Cornwall sin embargo insistió hasta que mi hermano Harald pudo ahuyentarlo con un cheque cuyo monto entonces me pareció desmedido aunque bastante para encender más de una disputa entre nosotros. Como sea, sólo así y sólo entonces Albert Cornwall se esfumó como había llegado, dejando tras de sí un montón de incógnitas que aún no consigo despejar. Sus afirmaciones de oportunista, su raro influjo sobre Harald y su avidez de cicatero habían arraigado en mi ánimo con la eficacia de una sanguijuela.

Por un tiempo pensé que había logrado olvidar a Cornwall, pero entonces murió mi hermano y hallé en sus estados financieros donativos regulares para una casa de reposo en Escocia, y otros más para Cornwall antes y después del juicio en Bonn. Ante esas cifras volvieron a mí, retorcidas y agrandadas, las importunaciones veraniegas de Cornwall, así como una serie de dudas sobre la ambigua posición de mi hermano en el engorroso asunto de Susan Grey. ¿Habría creído Harald alguna vez que esa mujer era efectivamente su hermana Helga? ¿Qué le habría hecho cambiar de parecer? ¿Se arrepintió de veras o sencillamente decidió llevar su fe en secreto, lejos de la prensa y del escándalo que marcó siempre aquella historia? Ese día las demandas y los apremios de Cornwall volvieron a sacudirme, no sé ya si por la súbita posibilidad de que Harald las hubiera creído justas, o sólo por mi obsesión recién nacida de hallarle a los niños Goebbels un destino diferente del conocido. Cualquiera que fuera el motivo, para entonces Albert Cornwall era mi único contacto más o menos accesible con la ya inasible Susan Grey. De modo que no tuve más remedio que volver a buscarle con la efusión asqueada de quien persigue su propia sombra en el fondo de una cloaca.

Como era de esperarse, mi charla telefónica con Cornwall fue atolondrada y breve, suficiente sin embargo para reanimar su ya menguante ambición y mi naciente obsesión por el destino de los niños Goebbels. De entrada, el inglés del abogado me resultó tan ilegible como torpe debió de parecerle el mío. Tras un breve intercambio de gruñidos y preguntas mal articuladas decidí acudir a mi secretaria para que nos sirviese de intérprete, y ella hizo lo que pudo por descifrar aquel cerrado acento de escocés arrabalero. Le dije primero que llamábamos de la oficina de la BMW en Hamburgo, y que nos interesaba establecer contacto con la señorita Susan Grey. ¿Por qué la buscan?, se relamió Cornwall traducido por mi secretaria. Dígale tan sólo que queremos hablar con ella, ordené. Mi secretaria transmitió el mensaje y Cornwall se tomó su tiempo para responder. Dice que la señorita Grey está internada en Aberdeen, tradujo al fin mi secretaria. Pues dígale que de cualquier modo queremos hablar con ella, dije, y añadí que deseábamos que viniese a Alemania tan pronto como fuera posible. Cornwall nuevamente tardó en responder. Hubo entre él y mi secretaria otro intercambio de monosílabos hasta que ella al fin me explicó, cubriendo la bocina con la mano, que ahora al parecer el señor Cornwall hablaba sobre gastos de representación y se ofrecía él mismo a acompañar a la señorita Grey hasta Hamburgo. Me hubiera gustado responderle que es usted un cerdo, señor Cornwall, pero me limité a asegurarle que preferíamos acordar los términos del viaje directamente con la interesada. Necesitará alguien que le ayude y la asesore, insistió Cornwall, pues la pobre Susan, quiero decir Helga, no recuerda bien la lengua alemana ni ha estado bien de salud últimamente, sabe usted, y además tendremos que cubrir algunos costes de su internamiento y otras gestiones para apaciguar a la prensa, que se mete siempre en estos asuntos. Sólo pregúntele cuánto quiere, señorita, interrumpí, y dígale que le haré dos pagos, el primero de ellos cuando haga las gestiones necesarias para que pueda yo hablar en persona con la señorita Grey. ¿Y el segundo pago?, se adelantó a preguntar mi secretaria. Dígale a ese cretino, señorita, que el segundo pago lo recibirá cuando me haya asegurado que se alejará definitivamente de nosotros y de ella, concluí dando un puñetazo en mi escritorio.

Giovanna: no su cuidado

Despierto náufrago en un mar de carpetas y recortes de periódicos. Alzo la vista y busco a los matones de Malombrosa para constatar que al fin se han ido, no alejados sino extintos de momento, como grajos ahuyentados por un disparo en la cañada. Me levanto aliviado, atravieso el cuarto hasta la ventana donde las farolas todavía combaten con la brillantez del alba. Quisiera ahora mismo deshacerme de las visiones que el sacerdote de Malombrosa intentó encajarme con su colisión de idiomas y su aliento alcohólico. Intento olvidar su aquiescente aceptación de lo que resulta imposible, su transitar constante entre lo sucedido, lo para él conveniente y lo claramente inventado por su devoción acomodaticia y mezquina. Nos recuerdo a ambos en su oscura sacristía y pienso que no puede haber existido un narrador más precario ni un escucha más lastimero. Vaya par, me digo, ni ese cura ni yo somos de fiar, él por su vejez y por su oficio, y yo porque estoy evidentemente enfermo. Ambos miopes, aquél porque un día decidió no ver lo obvio, y yo porque una infección retiniana me encadenó desde niño a una vida de borrones y me hizo vulnerable a creer en las visiones que pretenda imponerme cualquiera con mejor vista que yo.

Un día nos acostumbramos a Giovanna, me dice el cura. Finalmente aceptamos los dones de nuestra niña, la entendimos, teniente Quandt, y la hicimos nuestra, dijo exaltado esa tarde el viejo, y enseguida comenzó a toser como si se le fuera el alma en ello. Pensé por un instante que se me iba a morir allí mismo, ahogado en sus esputos y sus flemas, pero no me animé a tocarlo ni a ayudarlo.

Quizá hasta deseé que de verdad muriera frente a mí, en la sacristía, y que se me inculpase de esa muerte o de cualquier otra.

El viejo seguía tosiendo cuando se abrió la puerta y entraron dos hombres con sus escopetas en vilo y muchas ganas evidentes de hacer daño. El cura entonces dejó de toser y se recompuso. Bastó un gesto de su mano para apaciguar a los visitantes, que salieron en silencio pero sin bajar las armas. Perdónelos, teniente Quandt, me dijo el cura cuando volvimos a quedar solos. Estos muchachos no son malas bestias, señor, sólo quieren cuidarnos, sonrió limpiándose la baba de las comisuras de los labios. ¿Cuidarnos de qué?, le pregunté, y el cura entonces bufó como arrepentido de haber dado lugar a tal pregunta. En estos tiempos, dijo al cabo de una larga pausa, hay mucha gente sin fe, señor Quandt. Y hasta en Roma hay quienes darían su sombra por quitarle a los buenos cristianos los acicates de su devoción. ¿Usted tiene fe, señor Quandt? Tanto mejor, teniente, tanto mejor, en verdad espero que no sea usted como ésos que quieren que Nuestra Señora los haya visitado sólo a ellos y desconocen las humildes aldeas que también han sido bendecidas por Su Gracia. Tan pronto saben que en un lugar humilde hay una santa envían a sus tribunos y a sus exorcistas cargados de teorías y maquinarias para desacreditarlo.

Casi siempre son jesuitas, señor Quandt, añadió el cura. También lo era el que mandaron acá dizque para curar a Giovanna, aunque yo creo que en realidad sólo vino para destruirla. De nada sirvió que le explicase que la niña no hacía daño a nadie y que su presencia devolvía a estos desgraciados la fe que les quitó la guerra y que todavía les quitan las sequías, los masones, el escorbuto, las autopistas que van desecando nuestros bosques y nuestros ríos. Nada de eso pareció importarle a aquel jesuita de Satanás, señor Quandt. Igual me humilló, igual me trató como a un hereje y me ordenó guardar silencio mientras él examinaba a la pequeña. También tuve que callarme cuando dijo que iba a hipnotizarla. Aquí mismo, en la iglesia, el jesuita hundió a Giovanna en trance con sus malas artes y le ordenó sin más que se remontase al día en que vio por vez primera a Nuestra Señora. Pero no fue eso lo que ella le respondió, señor Quandt, no exactamente, fue otra cosa. La niña contó lo que hubiera sido mejor que callase. Giovanna recordó lo que no estaba en razón que recordase, y ese jesuita endiablado la entendió enseguida, vaya que lo hizo. Palideció cuando la niña comenzó a hablarle no de sus visiones sino de su madre y de sus hermanos, y de otras cosas que le pasaron antes de llegar a Malombrosa y puede que después, en sus largas noches metida en el granero. El jesuita me miraba como si yo tuviese la culpa de lo que la niña venía contando. Esta niña tiene que salir de aquí, me dijo, y ya no hubo modo de rebatirle nada porque entonces Giovanna comenzó a convulsionarse y a echar espuma por la boca.

Tuvimos que sacarla del trance y de la sacristía, de manera que todo el pueblo se enteró de que el jesuita había estado a punto a matar a nuestra santa, y que además quería llevársela de aquí. Y eso, teniente, no le gustó nada a esta gente ni pude yo hacer nada para tranquilizarlos. La verdad, señor Quandt, es que ni siquiera lo intenté, porque yo tampoco quería que se la llevasen, además de que le había hecho una promesa a su hermano Harald y era mi obligación cumplirla. Nada desmentí de lo que había confesado la niña en su trance aunque tampoco lo confirmé. Sólo dejé que los demás se hiciesen cargo y que las cosas tomasen su curso. Le confieso, señor, que miré hacia otra parte cuando se llevaron al jesuita y sólo volví a abrirlos para hacerme cargo de nuestra niña. La cobijé, la mimé, hice todo lo que pude por salvarla, pero ella nunca volvió a ser la misma. Se fue apagando como si las cosas que había visto o recordado cuando la hipnotizó el jesuita hubieran sido demasiado para ella. Sus visiones no volvieron, o tal vez fue tan sólo que ella decidió ya no contarnos lo que le decía Nuestra Señora. Todavía, algunas noches, despertaba alarmada porque afuera gritaban su nombre, pero la voz ahora era la voz de un hombre. Alguna vez, ya muy cerca del final, me dijo que un muchacho vestido con uniforme de la Luftwaffe había entrado en el granero y le había dicho al oído que estoy muerto, Hedda, y luego la visitó también un perro negro que quería llevársela muy lejos. Después de eso Giovanna acabó por extinguirse. Un día la encontramos cerca de la cañada con un corte profundo en la mejilla. Sangraba mucho, pero no parecía que le doliese. La niña no supo o no quiso decirnos cómo se había herido. Dijo solamente que había ido a cuidar al perro negro o al hombre que está allá abajo, dijo, el señor de traje negro que está solo y herido en el fondo de la cañada, desangrado, esperando que alguien vaya con él y lo acompañe en su difícil tránsito al reino donde estaban esperándola su madre y sus hermanos muertos.

Vuelva cuando quiera, tosió el cura al despedirme en el atrio de la iglesia. Será un honor recibirlo, señor Quandt, y no se vaya sin visitar el altillo de nuestra santa, dijo. Aquella invitación me pareció más bien una advertencia de que no volviese nunca. El cura que hacía sólo unos instantes me había inoculado sus recuerdos de Hedda Goebbels, me perdonaba ahora la vida aunque me entregaba a otro tipo de extinción esperando de mí, a lo menos, algún gesto de comprensión o gratitud por no haberme aniquilado y por darme a cambio la dudosa opción de huir de Malombrosa o de simplemente dejarme conducir por sus sicarios hacia el bosque donde estaba el santuario de su niña santa.

Atravesé, pues, la única calle del pueblo escoltado por niños vesánicos y ancianos hostiles que se quedaron en la orilla del bosque mientras los jóvenes me conducían hasta el lugar donde una tarde se habría esfumado la niña. El santuario no era más que una cueva en la maleza, un nicho primordial medio oculto en un paraje sumamente estrecho apenas separado de la boca abierta del barranco. Adentro, tapizada de exvotos y papelinas con rogaciones de milagros y agradecimientos por favores recibidos, estaba la figura en escayola de una Virgen Dolorosa incómodamente vestida de blanco, lo cual sólo acentuaba su aire macabro. Entre las oraciones había también algunas papirolas amarilladas y enmohecidas. No alcancé a leerlas ni tocarlas porque mis guías me alejaron aprisa de ahí para conducirme más arriba, hasta las ruinas de una suerte de ermita convertida en tendejón donde una anciana desdentada casi me forzó a comprarle unos cuadernillos que hablaban con candor de la santa de Malombrosa, sólo uno de ellos traducido a algo semejante al inglés. En la cubierta del cuadernillo estaba impreso el dibujo de una niña rubia que sonreía arrobada desde el borde de la cañada a una mujer vaporosa que se elevaba por los aires. Contemplaba aquel dibujo cuando sentí los primeros efluvios de la inconsciencia y el roce de muchas manos que no supe si me sostenían o me empujaban al barranco.

Debo haberme desmayado un instante, pues no recuerdo cómo acabé en la furgoneta que me llevó de regreso a Milán. Vagamente, entre sueños, invoco el movimiento del coche por la carretera y, antes o después, una caída, mis huesos maltrechos junto a otros huesos en el fondo de la cañada. Me acuerdo de que en el trayecto de vuelta a la ciudad hice lo que pude por recuperar la razón de lo que había ocurrido y escuchado en Malombrosa, pero me temo que nunca podré tenerlo enteramente claro. A la fecha sigo buscando un signo confiable de las apariciones y desapariciones de la niña santa de Malombrosa, una señal, una llaga donde hundir los dedos de mi escepticismo, un dato más tangible que temible, el que sea, de lo que fue de Hedda Goebbels o de lo que pasó por su cabeza de huérfana de guerra que una noche vio sus propias tinieblas disiparse con la figura de una dama pálida a la que no reconoció en seguida porque debía llevar muchos meses o muchos años sin querer pensarla, aunque igual acabó por llamarla madre, no en su italiano rupestre sino en su alemán nativo. Debió de llamarla con el mismo tono con el que yo le hablaba a mi aya polaca cuando estaba por dejarme solo en mi habitación a oscuras, no te vayas, quédate y protégeme de las brujas que me dijiste que vendrán a clavarme sus uñas largas y a sacarme estos ojos envilecidos por la enfermedad. Y mi aya entonces se volvía diciendo que no te asustes, niño mío, esa señora no te hará daño, basta que repitas conmigo un conjuro que yo me sé.

Pero a veces, aunque rezara aquel conjuro, el miedo persistía, y mi aya se iba y la dama de uñas negras se quedaba para torturarme y decirme cuánto me amaba y cómo una noche me llevaría con ella al lugar donde habitan todas las madres de todos los huérfanos como tú, hijo mío, allá donde se funden las ménades con las vestales, las brujas con las vírgenes alumbradas que pueden verlas. Avanzan unas con otras, cogidas de la mano, muy despacio entre las casas que no tengan luz eléctrica, se pasean en los pueblos vapuleados por sus miserias de guerrillas italianas, de invasiones rusas y de bombardeos ingleses. Caminan ligeras por los cementerios, casi flotan y casi riñen como viejas amigas en los barrancos y en los ríos que atraviesan puentes podridos que ya no atraviesa nadie. A veces, cuando hay suerte, se reparten a los hijos propios y a los ajenos, y van tristonas, acorraladas por la culpa, eso sí, arrepentidas como nadie por haber cometido el acto menos comprensible, el más atroz. Y lloramos siempre, niño mío, lloramos porque hasta en la muerte sentimos cómo nos taladran los tímpanos los berridos de los niños a los que arrancamos la vida o a los que abandonamos con una vida que no era vida, lloramos nuestros pecados de excesivo amor filial o despecho conyugal, nuestros adulterios de quimeras y nuestras fáciles venganzas contra el desamparo en que un día nos dejó el hombre al que amábamos y que nos abandonó después de que con tanto dolor le dimos hijos, niño mío. Las damas blancas vienen siempre y se cobran sus tardías retribuciones por el abuso que otros hicieron de sus cuerpos cuando ellas mismas eran niñas y se iban a dormir rezando a sus propias santas, o temiendo a sus propias damas blancas de uñas negras. También para ellas las mujeres de blanco habrán venido una noche helada, se habrán parado junto a sus ventanas y las habrán mirado unos instantes con sus muecas entre ausentes y dulces.

Todavía nos miran, todavía nos sonríen aunque nos escondamos bajo sábanas de seda o bajo costales deshilachados en un mísero granero mientras algo muy adentro nos musita que no hagas caso, no existen, no las mires. Pero igual asomamos los ojos y las tememos y las amamos a través de la cobija de los años, ahí está, padre, ahí está, teniente Quandt, la dama pálida o traslúcida, nuestra madre como la vimos temblar de influenza cuando apenas teníamos edad para acatar su partida, no digamos para perdonarla por haberse ido o para recordarla sin rencor. Allí está nuestra madre perfecta porque todas las madres lo son cuando están muertas, niño mío, hasta tu madre, Hedda Goebbels, tu madre dura y neurasténica, tu madre doblegada por la jaqueca en su cuarto del búnker, más preocupada por la extinción de Alemania que por compartir sus horas finales con los hijos a los que preferirá matar, a todos salvo a Harald y quizás a ti, Hedda Johanna Goebbels, la hija siempre enferma, la eterna alumbrada y autista, la niña que ahora alcanzo a ver cómo me mira desde el filo del barranco y me compadece mientras dobla papirolas y me dice adiós con su manita de santa, su mano pálida, semejante ésta misma a un avioncito de papel.

Catalina: el castillo de los Cárpatos

En la maraña de la memoria se asoman a veces hebras de ficción y testimonios de lo que fue sólo soñado. Relatos, novelas, teatro, cine constituyen también parte de la verdad. Descartarlos como registros de lo sucedido es yugular la historia y condenar buena parte del pasado a la inexistencia. Un relato imaginario no es una posibilidad ni una negación sino una categoría de lo factible que ocurrió en un universo paralelo. Una tarde de marzo me adentré en los expedientes de mi hermano con un buen presentimiento y me encontré de pronto con algo que no esperaba. Era un guion descuadernado donde Leni Riefenstahl proponía sumergir al espectador en la decadente atmósfera de las películas del expresionismo alemán. La secuencia inicial debía conducirnos sin apenas cortes hasta una torre que se alzaría lúgubre junto a un lago que lo mismo podría hallarse en Bariloche que en Bavaria. El guion, elaborado con la ayuda de Kurt Manheim, sugiere filmar en blanco y negro ante un diorama de reminiscencias transilvanas. Las tomas tendrían que ser prolongadas y melancólicas, y debían mostrar la construcción con rasgos arquitectónicos cercanos a la estética de la República de Weimar: el lago apacible, el bosque denso, el jardín descuidado, la fuente con querubines mohosos, el pequeño puente derruido sobre un estanque asfixiado por lirios prehistóricos. Sólo la torre parece marginada del tiempo, intocada por la rabia impaciente de las fuerzas naturales. A través de un amplio ventanal la cámara nos introduce en un salón donde una mujer canta el aria final de la *Medea* de Cherubini, o en su defecto, un réquiem. Nos parece al principio que la mujer está sola, pero al abrirse el cuadro vemos al fondo, sentado junto a un híbrido de gramófono y proyector de cine, al señor del castillo. No alcanzamos a ver más que sus piernas y parte de su torso enfundado en un elegante chaqué, su diestra reposando sobre el enigmático mecanismo, el rostro y la otra mano ensombrecidos por una cortina muy gruesa que debemos sospechar de un carmesí sanguíneo. Aunque tampoco vemos su rostro, entendemos que el hombre sonríe mientras contempla a la muchacha, quien interrumpe su canto abruptamente, como espantada por una horrible visión, y se desploma. El hombre no se inmuta, parpadea apenas mientras manipula su extraño proyector. La toma siguiente es un acercamiento casi impúdico al rostro exánime de la mujer, de cuyos labios brota ahora un hilo de sangre que no sabemos ya si es auténtico o sólo parte de la utilería operística. Entonces, con un prodigioso juego de espejismos eléctricos y reajustes mecánicos, el cuerpo en el suelo se borronea y el hilo de sangre se retrae. La mujer de pronto reaparece erguida en mitad del salón y vuelve a comenzar la última estrofa de su aria quebradiza. Entretanto el señor de la torre, su solitario testigo, palmea complacido su gramófono siniestro, del que ahora vamos entendiendo que proyecta incesantemente, a capricho de su amo, la imagen de la muchacha que canta, se interrumpe, resucita y recomienza su lamento musical por los hijos muertos de Medea y Jasón. Comprendemos asimismo que esta mujer y su imagen están cautivas en un remedo infernal de eternidad que se multiplicará en nuestras pupilas, tembloroso, triste, esperando siempre en vano a que venga Apolo en su carro de fuego para llevársela hacia el sol mientras ella se despide de Corinto como si mirara alejarse la tierra desde la ventanilla de un artefacto aéreo que bien podría ser un avión.

Así tendría que haber comenzado la última película de Leni Riefenstahl. Con esa escena la artista habría atrapado nuestro espanto si al cabo su mala suerte o su tornadiza voluntad no hubiesen determinado otra cosa. Y así también al parecer podría haber terminado el filme, variantes más o menos, sugiriendo la extinción perpetua de una muchacha que canta en los dominios de un señor fúnebre y cruel que la habría amado lo bastante como para preferir esclavizarla a la eternidad.

El guion que conservaba mi hermano no es muy claro en lo que toca al resto de la historia, como tampoco lo son los tratamientos y las tomas que de ese mismo proyecto me entregó hace meses la propia Leni. Desde luego, ninguno de esos documentos dice qué ocurrió con la actriz que la cineasta proponía para desempeñar el papel de la cantante. Sin embargo podemos sospecharlo. Podemos pensar, por ejemplo, que esa pobre muchacha pudo no compartir la suerte del personaje que le había sido destinado, soñar que sí logró evadirse de su propia condena dejando en prenda su sombra cautiva en el celuloide de aquella torre escalofriante.

Hasta en las vidas más encerradas hay resquicios para saltar del tren justo a tiempo, recodos en los que todavía es posible cambiar de rumbo antes de alcanzar el punto de no retorno. A mí al menos me complace imaginar que Holdine Kathrin Goebbels, o quien yo quisiera que fuese Holde Goebbels, se las ingenió en el último momento para arrebatarle a Leni Riefenstahl las riendas de su suerte y bocetar su propio guion en un acto de escapismo acariciado durante meses, o quizá desde mucho antes, en los indoloros tiempos de la casa junto al lago, cuando jugaba con su hermana Hedwig a ser una princesa encantada a la espera de un beso de amor que por una maldita vez fuese de veras.

Las niñas pasaban tantas horas en el invernadero simulando catatonias principescas que podían amodorrarse y parecer efectivamente muertas hasta que las llamaban a cenar. Incluso al acostarse, enfundada en sus sábanas de lino, Holde se desvelaba imaginando que durante el juego o el sueño la había aniquilado un fruto emponzoñado, y que ahora, desde el ultramundo, podría disfrutar la congoja de sus padres, el escándalo de su ausencia súbita estremeciendo la casona, el fastuoso sepelio en el que al fin se pronunciaría su nombre entero sin diminutivos dulzones ni la enfadosa compañía de los nombres de sus cinco hermanos. Soñaba con una lápida de mármol sólo para ella, asfixiada por tulipanes blancos y regada con las lágrimas de quienes se arrepentirían el resto de sus vidas miserables por no haberla amado como estaba en razón que hicieran. Entre almohadones como nubes anticipaba la impotencia de su padre cuando entendiera que su hija predilecta había partido en serio, y el desconcierto de sus hermanos cuando supieran que su Holde no jugaría ya más a ser una Julieta dizque muerta o una durmiente centenaria aguardando todavía a un caballero que le devolviese el aliento con un beso. Cerraba los ojos hasta que le dolían los párpados y se paralizaba en un ficticio ataúd de vidrio en torno al cual lloraban aquellos gnomos rubios que no habían sabido protegerla de las acechanzas de la envidia o del odio. Así y todo, al cabo de unas horas podía más la fatiga que la pena, y sus hermanos desleales se quedaban dormidos mientras que ella, alerta e inmóvil en su catafalco cristalino, volvía a sentir en la boca el sabor amargo del fruto venenoso. Percibía entonces la respiración dificultosa de sus hermanos en las camas de al lado y se aguantaba las ganas de despertarlos para reprocharles su descuido o preguntarles por qué tardaba tanto en llegar su príncipe a salvarla o por qué esa tarde su madre les había dado de cenar un chocolate tan amargo. Finalmente, atrapada ella también en algo parecido al sueño, comenzaba a temer que su padre no viniese ya más nunca a cobijarla, y que esa noche, como tantas otras, la despertaría tan sólo el ruido de los portazos al fondo del pasillo, la madre encerrada en el baño con su barahúnda de frascos y pastillas, el girar chirriante de la tapa de la botellita de láudano y sus sollozos de lárgate con tu puta, cerdo, y los pasos rengos del padre abandonando la casa para largarse efectivamente con su puta y volver solo al día siguiente, presto para el desayuno, con su chaqueta impoluta y sus botas ortopédicas y su cara de aquí no pasa nada.

Abría el padre el periódico, bebía su té con sorbos espaciados, preguntaba a sus hijos por sus estudios mirando de soslayo a la madre, que para entonces había dejado de dirigirle la palabra. En momentos como ése el soberbio doctor Goebbels dejaba de ser la mano derecha del Führer para ser no más que otro hijo desobediente, otro gnomo infiel de cuento de hadas al que la madre debía advertir que no juegues junto al lago, no vaya a ser que te ensucies el uniforme de ministro. O era un caballero degradado y culpable, temeroso más que nadie de sentir de pronto en la nuca la respiración déspota de su esposa si llegaba oliendo al perfume de sus amantes, o en el antebrazo un apretón de manicura nítida si insistía con sus desmanes en quebrantar la simulada armonía de la familia perfecta que el Reich esperaba de ellos. Cualquier mañana o con cualquier jaqueca la madre podía transformarse en una furia y abalanzarse sobre su marido o sobre sus hijos, más que nada sobre sus faltas, fuera la cinta perdida en la salita de cine privada, fuera la huella fangosa de los zapatos sobre la alfombra turca que les había regalado el general Rommel, fueran los tulipanes aplastados en el invernadero donde Holde y Hedwig habían jugado a desfallecer de tedio a la espera de un beso de amor verdadero.

En marzo de 1963 Catalina Herschel lleva casi treinta años fingiendo en el escenario muertes propias y ajenas y esperando su liberación. Es todavía una mujer joven pero sabe suficiente de la fatalidad como para entregarse a ella sin más. Por contraste con los personajes del cine, las personas reales pueden no resignarse a repetir eternamente las muecas de sus agonías posibles. A menudo imagino que al terminar la representación de su muerte en el Teatro Colón, Holde Goebbels tenía todo previsto para sortear con vida el escenario donde Leni acababa de capturar su imagen supuestamente agonizante. Podemos suponer que la ambulancia donde la subieron se detuvo luego en una callejuela para que ella, restablecida y embozada, se trasladase a otro auto que la esperaba en la penumbra para conducirla a toda prisa hacia una vida anónima pero quizá mejor en Tel Aviv o en Australia. Podemos asimismo creer que al llegar al aeropuerto esa misma noche sintió en las piernas el cosquilleo de la libertad recién adquirida y que estaba ya segura de que nunca más volvería a Argentina. Sin mucho esfuerzo podemos imaginar que en el control de aduanas entregó a un guardia bien prevenido un nuevo pasaporte con otro nombre falso, y que entró en el avión con suspiros de alivio que sólo serían hondos cuando el armatoste al fin emprendiese el vuelo. Con cierta perversidad podemos deducir que debajo de la gabardina llevaba aún puesto su atuendo de Medea empapado con sangre de utilería, y que para desplomarse en su asiento la extinta Catalina Herschel se arrancó en un solo efusivo gesto la bufanda, la peluca, la máscara que hasta entonces había empleado para representarse a sí misma y que esperaba no volver a necesitar.

Por segunda vez en su existencia la mujer que fue Holde Goebbels y más tarde Catalina Herschel se despojaba de su identidad y emprendía su camino hacia otra vida encubierta en gestos todavía teatrales. Así como las Medeas de Eurípides y Sófocles se perdieron una tarde entre las nubes griegas, esa noche Holde Goebbels despegó hacia el este dejando tras de sí, como una piel remota y ya inservible, su cuerpo y su voz grabados incontables veces por la cámara de Leni Riefenstahl. Abandonó como un envoltorio ya inservible su imagen interpretando a la hechicera cólquida en una torre lúgubre o a la Brunilda wagneriana impresa en las pupilas de quienes la adoraron o la escarnecieron mientras fue Catalina Herschel. Podemos entender que esa noche viajara sola y callada, distraídos los ojos en la ventanilla del avión o en revistas que la protegiesen de ser reconocida por los demás pasajeros. Juraríamos que en ese viaje preciso, quizás el último, agradeció que no la acompañase Leni Riefenstahl ni la cuidase su agente ni la asediase ya el bedel untuoso que iba siempre pegado a sus faldas cuando debía presentarse en un teatro apartado de la agobiante Buenos Aires. Apostaríamos inclusive que ninguno de ellos estuvo involucrado en su engaño ni en su fuga, y hasta es posible que ni siquiera supiesen que seguía viva y que había dejado en despedida una manzana envenenada a los exiliados alemanes en Argentina.

Seguramente esa noche Holde Goebbels se juró que nunca nadie volvería a someterla, y creyó que ahora al fin podría adormecerse un siglo en el vidriado ataúd de su memoria sin esperar a que la liberase un príncipe ni que viniese a cobijarla su padre rengo. Y un día, mañana mismo o muchos años más tarde, contemplaría otro mar desde una vida enteramente nueva y recordaría a salvo su último saludo al escenario, el instante ya lejano en que los aplausos de su público se habían desvanecido con ella y su cautiverio de marioneta se había hecho trizas con su fuga. Pasearía entonces largamente por otra playa, remontaría por mera diversión sus huellas rescatando caracolas y congratulándose de no tener que volver jamás a reverenciar carcamales en torres lúgubres ni a tomar cocteles en terrazas abarrotadas de mozalbetes dispuestos a cumplir sus caprichos igual que ella había cumplido antes los de su madre y como hasta esa noche cumplió también los de Leni Riefenstahl. Al caer la tarde la mujer que ya no sería Holde Goebbels ni Catalina Herschel se encerraría a leer novelas rosas o se perdería en barrios extraños agradecida de que ahora no hubiese ya nadie con ella para cuidarle la dieta ni enseñarle a caminar con la cabeza erguida y con tacones altos. Nadie a su lado para exorcizarle el mal hábito de comerse la cal de las paredes o los insectos que hurgaba en las jardineras de los hoteles por los que pasaba. Ningún guardia a sus espaldas para cuidarle ni prohibirle la goma de mascar ni gritarle ven aquí, querida, saluda al barón Sutano o al doctor Mengano. Ningún motivo para volver a sonreír ante las cámaras ni responder mucho gusto, señora, mientras gritaba en sus adentros quiero escapar de aquí, hacerme humo, abandonar a Leni. Vivir tranquila sin temer más su llegada ominosa o su partida impetuosa, peinarme sin el horror de que el pelo y las uñas se le iban cayendo cada vez que la filmaban y la fotografiaban. Acostarse tarde, dormir por fin a pierna suelta, sin sueños y sin ruido, sorda ya a los rapapolvos que se anunciaban en los timbrazos del teléfono o tras las puertas azotadas por el viento en Bariloche. Descansar de la amenaza de ser descubierta o raptada en el ronroneo de los automóviles negros que pasaban a toda velocidad por las avenidas de Buenos Aires como antaño habían pasado por las calles de Berlín. Aspirar el aire de un país flamante y árabe, y alegrarse al no reconocer en él el perfume de su madre ni el tufo del fruto emponzoñado que la acompañó muchas veces hasta los corredores del teatro y en los camerinos y en los desfiles. Guardar silencio, hacer las muecas de fastidio que no pudo hacer cuando los periodistas le preguntaban su opinión sobre la Callas, tan fea ella, sí, y tan talentosa pero no menos desdichada, rimbombante también entre lanzas de cartón y lentejuelas y escudos de madera mientras los directores, con la batuta bajo la axila, le ayudaban a recoger su bien merecido montón de flores, rosas, tulipanes, una cama entera de tulipanes blancos parecida al invernadero donde Holde y Hedwig Goebbels habían jugado a esperar el beso del más apocado y lento de los gentilhombres del Reich.

Christian: movimiento perpetuo

Más de una vez he paseado por el centro de Berlín queriendo distinguir desde el sector occidental la ciudad especular de la que una vez me habló mi amigo Georg Wetzel. Me aproximo al muro a la altura de la Puerta de Brandemburgo e invoco esa contraparte urbana de tragedia y gloria que nos presentan las películas y las novelas con crónicas de heroísmo y barbarie bajo un manto de opresión que se desata sobre individuos que en el fondo, ya sabemos, no son nada más que actores. Me he preguntado cómo sería volver a ver de frente la Victoria alígera con su guirnalda deshojada por la herrumbre y al frente los hocicos de los caballos cuyos cuartos traseros han sido nuestra ofensa y nuestra ofrenda berlinesa por espacio de dos décadas. Cómo será caminar por esas calles y respirar el agua olorosa a cieno y nieve que sólo aumenta la tensión de haber despertado muy temprano para hacer una fila en el metro o cumplir con el engorroso trabajo de excavar cuerpos en un túnel derribado. Dónde habrían pisado los zapatos de paisano o las botas soldadescas de Helmut Christian Goebbels, o de quien yo quisiera que fuese Helmut Goebbels, la madrugada en que descubrieron el vigésimo túnel bajo la ciudad.

Quién puede culpar a otros si nunca ha estado en su lugar ni en su conciencia. Cómo sería yo o quién sería exactamente el oficial Leverkunt cuando, a eso de las siete de la tarde, decidió abandonar el edificio de subsuelo expuesto y se echó al hombro la mochila que había hallado entre el cascajo acumulado en el sótano del edificio. Imagino que ascendió las escaleras como un colegial lodoso frente a la mirada exhausta y un tanto reprobatoria de sus camaradas, y que al salir tal vez no le sorprendió toparse con el camarada Shliepner, que venía a relevarlo, despeinado, los hombros caídos, la pupila enrojecida por las horas que transcurría en los separos escudriñando los mapas de su camarada Leverkunt o interrogando fugitivos, parientes o soplones. Al verlo, Shliepner disparó una sonrisa en la que Christian percibió enseguida un severo reproche, menos por su tardanza en detectar aquel túnel concreto que por un pecado más general, más abstracto, acaso una discordancia universal vinculada de algún modo con sus tropiezos en los últimos meses, con faltas técnicas o administrativas indignas de la bien ganada fama del oficial Leverkunt y de los privilegios que por ella recibía de las autoridades. En mala hora Shliepner le afeaba su displicencia y su más obvia resignación al fracaso, quizá también no haber previsto en otros tiempos, cuando juntos ayudaron a diseñar el muro, que cualquier barrera entre los hombres, por más sólida que sea, será a la larga vencida por lo alto u horadada en sus cimientos, sorteada por vías de agua o con túneles subterráneos que a esas alturas comenzaban a abundar vergonzosamente poniéndolos a ambos en serios aprietos frente a sus superiores.

No hacía cuatro meses que los habían convocado en los mandos centrales para reclamarles que la televisión británica estuviese transmitiendo como un triunfo la escapada de medio centenar de orientales por un túnel portentoso excavado bajo la Friedrichstrasse. Esa vez los camaradas oficiales Leverkunt y Shliepner habían salido indemnes arguyendo que aquel túnel había sido abierto desde el lado occidental y anunciando el progreso de sus planes para socavar ellos mismos un túnel que sirviese para vigilar a los del enemigo. Al dejar la sala, sin embargo, Christian supo que algo se había roto entre ellos. Shliepner había sido siempre diestro para olfatear las fisuras de cualquier dispositivo o sistema, inclusive en las personas, y sin duda había notado grietas irreparables en la voluntad del ingeniero Leverkunt, hasta entonces impenetrable. Aunque no se lo dijera expresamente, Christian sabía que su colega lo iba descifrando, pero nada podía hacer ya para impedir su propio resquebrajamiento, si acaso apenas apostar a que Shliepner no calibrase en su justa proporción el tamaño de su hastío.

No es que ahora festejara los túneles o envidiara a los fugitivos. Era otra cosa, algo que él mismo no acababa de entender. El destino de esos hombres y mujeres le resultaba más bien indiferente, si no era que patético. Trataba en vano de entender sus motivaciones, pero sobre todo su tesón para arriesgar tanto a cambio de tan poca cosa. Más que aborrecerlos, los despreciaba. Sentía pena por la precariedad de sus túneles y por la inanidad de sus ambiciones: una novia expectante y preñada en el sector occidental, la esperanza de un televisor con más canales, simple rabia, rara vez una idea, casi siempre la ilusión más bien imbécil de que al otro lado no hallarían las mismas miserias ni más refinadas traiciones. La ingenuidad de los fugitivos era en su opinión menos enternecedora que indignante, y sus túneles, tan precarios que a Christian a veces le daban ganas de ordenar la suspensión de los interrogatorios para reconvenirlos paternalmente y enseñarles a hacerlo mejor la próxima vez, como si fuera a haber próxima vez o como si en verdad fuera posible hacer entender a nadie que no tiene caso cavar un túnel para escapar de lo que no tiene salida ni explicación ni remedio.

Sin darse cuenta se le había hecho tarde para llegar a casa antes del toque de queda. Afuera señoreaba aún la noche electrizada de los reflectores, tan parecidos a los que usaron en la guerra los soviéticos para alumbrar la caída de Berlín. Pero esta noche las nubes no eran de ceniza sino ventiscas que cubrían despacio la ciudad con un principio de aguanieve. Las cortinas metálicas de los comercios comenzaban a cerrarse, y en las calles, resbalosas ya de escarcha, quedaban sólo las huellas de quienes se habían apresurado para alcanzar el último tren suburbano.

El hombre que fue Christian Helmut Goebbels apretó el paso por las calles aledañas al muro. Absorto en sus pensamientos, con la frente baja y al hombro la mochila recogida en el túnel, atravesó los haces de luz que salían de las torretas donde conversaban parejas de guardias somnolientos y ateridos. Al girar una esquina le pareció reconocer a una de las informantes de Shliepner, y se preguntó si también debían a ella el hallazgo de este último túnel. Vagamente recordaba que esa mujer, o una muy parecida, había participado en el desmantelamiento de uno de los túneles en el barrio de Wedding. Sí, sin duda esa mujer rolliza y baja que ahora lo veía pasar desde un balcón era la misma que hacía seis meses les había avisado que un grupo de civiles se reunirían por la noche en un café del centro con la intención de escapar por un túnel abierto desde el lado occidental. Ahora, en la luz torcida del crepúsculo, salpicada con suaves destellos de neblina, la confidente de Shliepner lo miraba con altanería estrechando su abrigo en ademán de complicidad y guiñándole un ojo con tabernaria coquetería, ufana tal vez del olor a carne ahogada que manaba del nuevo túnel mezclado con esa hedentina de heces y el horror que era ya habitual en todos los rincones de la ciudad.

Antes de pasar junto a la mujer ya daban asco el punzón de su mirada y la extensión abrumadora de su sonrisa. Por primera vez en mucho tiempo Christian sintió miedo, así que apretó el paso como quien pretende alejarse de un leproso. Ahora mismo veo su sombra descuidada avanzar por la calle de niebla, lo veo temer que la informante sospeche o descubra que también su alma está desierta mientras busca en el crepúsculo la pálida fuerza del hastío. Lo veo avanzar convencido de que lleva demasiados años caminando en círculos, no dejando que lo atrape la abulia, rechazando cualquier tipo de permanencia, buscando algo que se le ha perdido en la ruta: un cofre del tesoro, una salida de la mazmorra, una cápsula del tiempo enterrada en el jardín de la infancia, el centro esquivo de su propio laberinto. De cualquier modo sigue adelante, se desorienta añorando los tiempos en que compartió con otros la ilusión de llegar un día a alguna parte, lejos de esta ciudad donde ya se pudre el cadáver culpable de una multitud que antaño abrazó la ira alucinante y el sabor vivificante de la sangre, lejos de este invierno de muchos muertos más tarde donde al oficial Christian Leverkunt empieza a darle igual quiénes son o a dónde creen que van quienes insisten en cavar agujeros bajo el muro que él ha construido en buena medida para protegerse de sí mismo. Hace ya demasiados meses que revisa con desidia los objetos hallados o confiscados en sus operativos, las billeteras rasgadas, los cortaúñas rotos, las fotografías deslavazadas que siempre son iguales y hasta parecen tomadas en el mismo escenario por las mismas personas. Hace ya demasiados años que la crispación de los cadáveres extraídos de los túneles repite sin falta idénticas fases y rigores de la extenuación, y que los sobrevivientes interrogados gesticulan dolores semejantes y acaban irremediablemente por quebrarse si uno sabe preguntarles suficientes veces las mismas preguntas en todas sus formas posibles, no muchas: su número de registro en el partido, su ocupación y su nombre, quiénes y cuántos más estaban involucrados en el intento de fuga, quién es su contacto en occidente, qué sabe usted de otros planes de escape, por qué no se acordó de destruir el recibo de la pala y arrojarlo al retrete, de llevar un revólver o de prever que el túnel podría derrumbarse.

Hasta los cautivos más díscolos terminaban por ceder. Tarde o temprano acababan por responder que sí a todo girando la cabeza con la súplica, muy pálidos, rojos a veces o amoratados, irreconocibles para quienes volverán a verlos un día con la sospecha de que lo dejaron ir de donde nadie sale vivo si no es por haber accedido a ser soplones o por haber denunciado a otros tan inocentes y tan culpables como ellos: a la vecina que nunca soportaron, a la madre o al padre por los que hace mucho dejó de sentir afecto, a quienquiera que fuese con tal de salir de sus mazmorras aunque eso signifique iniciar el perpetuo ciclo de denuncias en un toma y daca de incriminaciones sucesivas donde todos son culpables o inocentes, figurones de blanco y negro, caballos encabritados de hierro sobre las aceras de la ciudad, expresiones esquivas y tristes, la culpa, la evasión, el vacío bajo las calles desiertas de Berlín.

Un sargento de garitas lo identificó meses después cuando le mostraron sus fotos, aunque dijo que esa tarde no parecía haber nada inusual o sospechoso en él. Recordó que Leverkunt, ese traidor, caminaba tranquilamente bajo la nieve y que no le pidió sus documentos porque lo había visto varias veces en los comités del partido y sabía que era un oficial de rango superior en los Servicios de Seguridad del Estado. Otro guardia recordó después su aspecto malogrado y sucio: insólito a aquellas horas de la tarde y por esos rumbos usualmente desiertos, desarrapado, vestido de paisano, caminando en mitad de la acera con una mochila enlodada al hombro, como si cargase piedras, oficial, la ropa manchada de lodo, las botas desatadas, el mechón de pelo largo y dos centímetros por encima del reglamento, el mohín en la boca y el gesto de descubrirse el rostro cuando le pidió sus documentos en la entrada del metro.

El propio Leverkunt confirmó luego que iba distraído cuando pasó junto al jardín de la cancillería, donde alguna vez estuvo el búnker, y recordó que efectivamente un guardia inexperto y asustado le habría gritado algo que él al principio no alcanzó a entender aunque instintivamente lo hizo detenerse. Recordó pero no dijo que mientras el guardia revisaba sus documentos se preguntaba hasta dónde habría llegado si alinease uno tras otro sus recorridos a pie por Berlín, o cuánto le faltaba de andadura para sumar el equivalente de una vuelta entera al planeta, como dicen que intentó hacer Albert Speer paseando por el patio cuando estaba prisionero en Spandau.

Christian llevaba ya varios años siguiendo como podía las noticias y los rumores que a veces circulaban sobre el polémico arquitecto de Adolf Hitler. Su posición de privilegio en los Servicios de Seguridad del Estado le había permitido acceder a algunos fragmentos de los diarios de prisión de Speer, a varias entrevistas después de su liberación y a dos o tres cartas dirigidas a sus hijos. Por ellos sabía ahora que Speer, condenado en Núremberg a veinte años de reclusión, había distraído buena parte de su condena caminando en círculos por el patio del presidio. En una entrevista para la televisión británica el arquitecto dijo que se había propuesto primero recorrer la distancia entre Berlín y su natal Heidelberg, y más tarde, según pasaba el tiempo y nada obraba para abreviar su condena, la circunferencia íntegra del planeta. En los últimos años de su cautiverio, declaró Speer, su periplo imaginario lo había llevado hasta el otro lado del mar, y que estaba por alcanzar una ciudad mexicana cuando lo liberaron.

Desde que supo todo aquello Christian Leverkunt acudía a un juego semejante para distraer su propio encierro berlinés. Sin notarlo al principio y gradualmente más consciente de ello, emulaba a Speer y lo comprendía mejor cuando por las noches registraba acuciosamente el número de kilómetros recorridos y los territorios vicariamente hollados durante la jornada. Imaginaba entonces que estaba prisionero en una celda cercana a la de Speer, y que se echaba en la catre un instante para seguir caminando en sueños, y que aunque se sentía cansado no se detenía. Mientras tanto Speer, en la celda de al lado o desde el jardín que él mismo había propuesto construir en Spandau con ayuda de los demás internos, le gritaba a voz en cuello y lo animaba a no darse por vencido.

Entonces Christian se veía como un peregrino tenaz hacia la vasta Roma entre las cuatro paredes de su habitación carcelaria, o buscando Inglaterra sobre el Canal de la Mancha como un Cristo fantasmal recién resucitado o como Edmundo Dantès transformado. El día de su trigésimo cumpleaños calculó que había llegado a Mongolia justo cuando pasaba frente a la antigua sede de Bellas Artes, donde Speer tuvo por un tiempo su despacho de arquitecto. Sin dudarlo un instante Christian ingresó en aquella enorme estructura oblonga, se perdió por sus intrincados pasillos y sus cubículos huecos, y finalmente se detuvo en el galerón central. Ahí, suspenso entre vidrios rotos, varillas oxidadas y columnas descascaradas, sintió que era nuevamente niño y que su padre lo había llevado ahí para mostrarle la maqueta de la Berlín ingente y futurista con que Speer pensaba acunar las fantasías milenarias del Führer. Junto a él, sus hermanas se empujaban preguntando dónde estaban los habitantes diminutos de esa casa de muñecas formidable, dónde los hombres y las mujeres que según Speer pasearían por esas calles los domingos y saldrían a trabajar los lunes por el progreso de la Germania victoriosa bajo la cúpula más grande del universo, dónde los tranvías cascantes que recorrerían la avenida Adolf Hitler cargados de héroes de guerra y estrellas de cine, dónde las multitudes que asistirían a justas deportivas en estadios olímpicos inmensos y los niños que correrían en esos babilónicos jardines, dichosos, inconscientes de su propia inexistencia, de su condena a poblar tan sólo las capas continuadas de aquel delirio augusto que un día de muchos años después no sería más que puro polvo en la cabeza del capitán Christian Leverkunt, sólo sombras, gentecita alucinada en la cabeza del prisionero Albert Speer, habitantes de una ciudad imposible transformada hoy en un simple utillaje de memorias, liliputienses invisibles en un cascarón de palabrería urbanística colocado sobre grandes mesas con ruedas rechinantes que los asistentes del ministro Speer empujaban solícitos para que los hijos del doctor Goebbels siguiesen retozando como pequeños gigantes en una ciudad que nunca se materializaría para ellos ni para nadie.

Activados por el fragor repentino de las sirenas antiaéreas, los asistentes de Albert Speer empujan las maquetas de Germania fuera del teatro de la memoria de Helmut Goebbels. El rechinido de las ruedas se aleja para fundirse con el de un tranvía herrumbroso que sube trabajosamente por la Friedrichstrasse. Helmut Christian Goebbels queda solo y callado en el galpón del antiguo edificio de Bellas Artes al que llegó en la mañana de su trigésimo cumpleaños; el oficial Christian Leverkunt queda también solo en su enésimo paseo imaginario alrededor del mundo, solo y asqueado años más tarde en la alborada fatal en que sus hombres acaban de hallar en un edificio abandonado otro túnel de escapatoria, asqueado por la perspectiva de tener que interrogar al maltrecho fugitivo que ha sobrevivido.

Atrás han quedado las fantasías derruidas de una ciudad mejor, nada que recuerde lo que Albert Speer llamaba la belleza de la ruina. No hay grandeza en los morros opacos de la cuadriga de Brandemburgo cuando las nubes se ciernen sin distingos sobre un lado y otro del muro. Tampoco hay quien se estremezca ante esos paredones grises y esos edificios desconchados en cuyo interior alguien seguramente planea una nueva forma de huida a espaldas del triste guardia joven que ha saludado al camarada Leverkunt desde una esquina o del que le ha pedido sus documentos en la entrada del metro.

Con la mochila del fugitivo aún al hombro, Christian Leverkunt prosigue su camino y le sorprende el trabajo que le da reconocer la ciudad cuya cartografía se sabe de memoria como si él mismo la hubiera diseñado. Nada queda allí de las cúpulas espléndidas de cartón piedra y las piscinas y los estadios que alguna vez diseñó Albert Speer. Berlín ahora es un yermo de orín, la excrecencia de una ciudad que no acabó jamás de reconstruirse. En este lugar cada edificio existe con ganas de caerse, cada ciudadano ansioso por irse o volverse aire o apenas nada. Apartada ya de la ambición milenarista de Hitler y de las maquetas fabulosas del ministro Speer, esta ciudad se parece más a la que habrían visto los niños Goebbels el día en que los llevaron apresuradamente al búnker bajo el jardín de la cancillería. También aquella Berlín era un vaticinio de la ausencia, era desde entonces el vestigio opaco de un tiempo más feliz aunque más bien breve. Al pequeño Helmut ahora no le da ningún trabajo reconocerse en la gente que se ahoga en el humo parecido a nieve ni en la nieve que recuerda el humo. No le cuesta asombrarse de asco con el olor a carne quemada que entraba por la ventanilla del auto donde viajaba con sus hermanas, con las hilazas de agua infecta que buscaban el cauce del río borboteando fuera de las tuberías rotas y arremolinando en los montones de papel, cartillas vencidas de racionamiento, instructivos sobre qué llevar y cómo llegar al refugio más próximo, los panfletos redactados por su propio padre convocando a los varones de entre quince y setenta años a la defensa última de la ciudad. Le parece que todavía zumban ahí los insectos que iban de la cocina al retrete en casas de pronto expuestas como jaulas en un zoológico, las ratas robustas guiñándole los ojos desde los balcones en ademán chulesco de coquetería y poder, en absoluto preocupadas por la proximidad de la langosta soviética, trepando por los muros y los ductos, colándose entre las teselas quebradas y los cadáveres despanzurrados por las metralla.

Desde el futuro ya arruinado de Berlín, el cerebro de Helmut Goebbels echa a andar su propio mapa neuronal y detecta el progreso de la carcoma en el corazón de Alemania. Todo adentro se escapa o se evapora, cualquier cosa se quiebra o continúa con la evolución morosa de la podredumbre, cualquier berlinés oriental ansía hoy bajar una escalera hacia el inframundo para ponerse a salvo de la realidad, meterse en un agujero sólo para abandonarlo al día siguiente en pos de refugio menos débil, viajar hacia el sur o hacia el norte con la vana esperanza de romper el cerco que van imponiendo los aliados, la tenaza fatal, la puerta gradualmente más estrecha del cuarto de campaña de Hitler en el búnker, los compases y las escuadras cada vez más angostados de modo que la marabunta de fugitivos no pueda pasar entre el punto A y el punto B del mapa donde ya no avanzan los tanques americanos, donde las chinchetas no aúpan a los libertadores que no llegan ni se empujan por un saco de harina o un bidón de agua potable, media litrona de bencina por cabeza, restos de pan para las navidades y embutidos saqueados de la carnicería porque cualquier cosa servirá a estas alturas para sobrevivir aunque pese para huir en la mochila, no traigan muchas cosas, niños, un solo juguete por cabeza, niños.

El pequeño Helmut Goebbels no acaba de decidirse. Se ha quedado dormido luego de meter en una mochila dos novelas de Karl May y otra copia de *El conde de Montecristo*, un avioncito de plástico, los húsares de plomo que le regaló su abuela Auguste y que tanto trabajo le dio pintar. De repente se adormece y sueña que es un oficial adulto en la Berlín futurista de Albert Speer. Sueña que le llaman por teléfono en una madrugada de mucho tiempo después, sale a la calle para cumplir con su deber, camina con su mochila llena de juguetes al hombro y entiende al fin que el sueño de ceniza y nieve que tuvo anoche, antes de que lo interrumpiese la llamada del camarada Shliepner, no transcurría en esa ciudad sino en otra suerte de maqueta. En el sueño un niño parecido a él caminaba en una bola de vidrio en cuyo interior nevaba sobre una ciudad que podría ser alemana, un pisapapeles rutilante y movedizo con el que iba jugando en el coche para distraer el miedo cuando los llevaban al búnker. Bañaban los espurios copos de nieve las agujas de una diminuta iglesia con la rara lentitud de un auténtico invierno. Su hermana Hedda lo miraba desde el otro extremo del coche y aguardaba impaciente a que él terminase de contemplar la nevada en la esfera de cristal, contaba con usura los segundos que le faltaban para ser, ella también, emperatriz provisional de ese universo pequeñito y más grato que el que ahora se extinguía afuera del coche bajo una lluvia de ceniza. Recitaba Hedda los números que apenas conocía, torpe, confundida y confundiendo siglas, recomenzando su precaria matemática del uno al doce mientras su hermano Helmut seguía girando la bola de vidrio para no mirar hacia fuera, soñando con París o con la ciudad idílica del ministro Speer. Los hechizos copos de nieve se aposentaban uno a uno sobre las ruinas cuando en vez de París era Berlín la que se ahogaba y caía bajo las bombas, y cuando en vez de nieve eran coágulos de ceniza los que se posaban sobre los cuerpos desollados de caballos o de ahorcados. Cuando no era más que polvo de ladrillo el que iba a cubrir los vestigios de la panadería o el interior recién desmantelado del edificio de Bellas Artes donde una vez estuvo la maqueta de la Germania de Albert Speer.

Pero hoy su hermana Hedda no está a su lado para ser la dueña de una ciudad burbuja que ya no existe. Hoy su hermana está seguramente muerta y ya no cuenta del doce al cero, ya no vuelve a comenzar para que su hermano por fin le entregue la bola de nieve ni ella mire por la ventanilla la porquería en la que se ha convertido Berlín, treinta y tres, treinta y cuatro, veinte años después, diecinueve o veinte túneles después, once golpes en las costillas del sobreviviente interrogado, dos o tres segundos hasta que Hedda rompa las reglas e intente arrebatarle a su hermano la ciudad esférica y prohibida. Helmut por fin la aparta de un empellón y se refugia en el asiento y cierra los ojos para no ver ni recordar Berlín bañada en cenizas. Su mano entonces abarca el universo entero y él lo aprieta con fuerza porque no quiere perderlo, no todavía.

Susanne: autopsias

Esta noche, este instante es sólo uno de los muchos futuros posibles que le fueron arrebatados a los hijos de Magda Goebbels. Me resisto a pensar que sea el peor o el único. Ahora mismo, a medida que me adentro en los papeles de su vida y de su muerte, acudo a mi cita con Susan Grey en una ciudad y un tiempo a los que ella nunca quiso llegar. Recorro como en una calle lluviosa sus últimas fotografías, me detengo a descansar en los archivos que me legó mi hermano Harald, me guarezco del olvido en las palabras y los sitios donde ella quiso que la buscara cuando hubiera muerto. No sé si con esto honro su memoria, si la sacio o la traiciono, si de verdad esperó que en este futuro sin ella yo me adentrase en los pasajes de esta historia que de unos meses acá ha adquirido para mí una consistencia de cristales rotos.

Cada lunes por la noche pisoteo su rastro y atesoro sus fragmentos, descifro su caligrafía y sus fotos y sus frases, las ultrajo y las recorro, las congrego y las remonto desde el dédalo difícil del ahora. Cuando se ha crecido en la miopía más aguda las palabras y las imágenes adquieren una dimensión casi sagrada. Es como encontrar una moneda antigua cuando se ha caminado mucho en la arena, o como escuchar de nuevo la sonoridad de los colores y las formas que aprendimos antes de perdernos en la niebla. Mis ojos ahora se consuelan con espiar a Susan Grey tras el visillo de unos lentes demasiado gruesos para poder percibir nada ni a nadie en su medida justa.

Cuanto más analizo estas imágenes tanto más crecen en mí las dudas sobre la supervivencia de Helga Susanne

Goebbels o de sus hermanos. Ya empieza a parecerme que hay algo de insensato en esta empresa, y que sólo he creído en ellos para seguir creyendo en mí mismo. Los rostros de los niños Goebbels en sus fotos, los recortes que me hizo llegar Susan desde su tumba de corales, los expedientes de su juicio en Bonn, todo se me presenta como figuras en un museo de cera amenazado por el fuego: escurridizo, penosamente propicio para esta edad de incertidumbre donde ya los asesinos y las víctimas de esa guerra tan concreta vamos siendo desplazados por los asesinos y las víctimas de guerras más frescas. O sencillamente vamos dejando de importar porque somos la última evidencia de sucesos que ya nadie quiere interpretar. Nosotros mismos hemos empezado a descreer de las fotografías que en esos tiempos hicimos o nos hicieron, de los actos propios y ajenos que por un tiempo recordamos y de las cosas que por entonces declaramos. Dudamos de nuestras memorias y nos vamos también borrando como viejas imágenes, sin pausa y sin haber resuelto gran cosa, resignados a no saber jamás qué sucedió realmente con aquellos a quienes amamos o aborrecíamos o creíamos muertos.

Con parejo escepticismo leo las cartas que entonces dirigí a mis propios hijos, así como las que Magda Goebbels escribió a Harald o las que envió Susan Grey a su agente. Fechas y saludos y despedidas encuadran nuestras vidas de esos tiempos, pero al final dudamos de ellas y sentimos que un periódico reciente es más respetable que cualquiera de nuestros recuerdos. La ordenada realidad de la prensa es más tranquilizadora, más rotunda en la amarillez del papel impreso, así se trate de tabloides, así se trate de revistas arrugadas y de páginas ya ajadas por la humedad y el polvo. Hasta las manchas de tinta y grasa dan a lo que cuentan los diarios una contundencia de la que carece nuestra memoria.

Ninguna de las cartas manuscritas de Susan Grey me parece hoy más verosímil que los periódicos y las revistas que he leído sobre ella y su familia en los años posteriores a su muerte. Nada perturba más su reclamo que el diario que una mañana llegó hasta Hamburgo para anunciarnos que al fin habían aparecido los cuerpos del matrimonio Hitler y de la familia Goebbels. Fue una noticia oficiosa en la sección internacional, no uno de esos reportajes de escándalo como los que antes afirmaban que habían visto a Mengele en una sala de conciertos de Bariloche o a Eva Braun en un crucero en el Mar Negro. Ese día, cuando más a salvo nos sentíamos de nuestras obsesiones, hojeamos el diario que nos había traído el bedel, recorrimos los anuncios de viajes a Estambul y fulgurantes aspiradoras, supimos que el presidente Nixon enviaría otras diez mil tropas a Vietnam y que Pasolini estrenaría su *Medea* en el Festival de Cannes. Nos detuvimos satisfechos en media plana fulgurante dedicada a los automóviles de lujo que fabricamos y por último nos paralizamos de asombro al pasar la página y leer que Yuri Andrópov, director de la KGB, había ordenado la exhumación de los restos de los últimos habitantes del búnker, así como su destrucción expedita, sin derecho a réplica, ahora mismo, señores, de modo que no queden excusas para que se siga especulando sobre la familia Goebbels ni pueda nadie erigirles un santuario que inspire a los fascistas a embarcarse en nuevas guerras ni en delirios imperiales.

Varias veces ese día nos estremecimos leyendo la transcripción de aquella rueda de prensa moscovita, sorbimos más café del que debíamos y creímos a pie juntillas que en la madrugada del pasado siete de abril, al abrigo de la noche y a espaldas del mundo entero, una escuadra de soldados rusos o ucranianos abordaron un camión en el sector soviético de Berlín. Con ellos recorrimos las avenidas en penumbra, las alambradas junto al muro y los cascotes rigurosamente vigilados de una ciudad que no acababa de afantasmarse. Como ellos nos frotamos las manos y pateamos la acera para espantarnos el frío, paleamos al unísono la tierra de un lote arrinconado en el antiguo cementerio de Magdeburgo y al final extrajimos cinco cajas de madera donde veinte años atrás habrían sido encerrados los restos de las víctimas inocentes y de los cobardes suicidas del búnker.

Apartamos entonces el café que se había enfriado en nuestra mesa o en los termos del comandante soviético, suspiramos al mismo tiempo el rocío matinal de Hamburgo y la niebla nocturna de Berlín. Con la mente desbordada o con las manos ateridas despanzurramos los cajones y volcamos en el suelo una siniestra cornucopia de astillas y restos humanos ya horadados por el gusanaje, momificados por veinte años de Guerra Fría. Las tibias y los fémures ya macerados en un estertor remoto de la historia. Vértebras mondas y medio calcinadas de cuatro adultos, dos perros y seis infantes de entre tres y catorce años de edad. Los niños Goebbels revueltos con los de Adolf Hitler y su esposa efímera Eva Braun, declaró Andrópov para jurar acto seguido, sobre los huesos del camarada Lenin, que eran auténticos.

Esa mañana, calados unos por el frío ruso y apaciguados otros por la primavera de Hamburgo, acabamos de creer con fe de carbonero que esos huesos habían sido incinerados de inmediato, y sus pavesas arrojadas a las aguas del río Biederitz, afluente del Elba, el mismo río que hoy vemos fluir con calma desde nuestra terraza espléndida en Hamburgo y no muy lejos de nuestro café ya frío. Con una mano en la azucarera y otra en el periódico sentimos que vemos las cenizas de los medio hermanos de mi medio hermano Harald Quandt flotar corriente abajo en pequeños remolinos de espuma. Recordamos entonces que ese río es también el Elba, y que arrastrará su flotilla de despojos infantiles y sin nombre hasta el Mar del Norte. Ese día sólo unos cuantos pensaremos que justo en ese mismo mar, que al fin y al cabo es todos los mares, se ahogó hace menos de tres años una mujer llamada Susan Grey. Y sólo algunos sabremos que esa mujer decía haber sido Helga Goebbels y que viajaba con zapatones de monja laica en un transbordador que iba de Queensferry hacia Calais, y que se arrojó cansada al mar, ahogada desde antes por el hastío insular del que hablan en sus cartas a sus abogados despreciando ya sus muchas vidas pasadas y presentes, ignorando que un día de tres años más tarde su cuerpo abrigado de algas o comido de peces iba a mezclarse también, en el fondo marino, con las cenizas recién llegadas de sus hermanos y de la niña que había sido ella misma, o de aquella a la que a todos, comenzando por una escuadra de soldados rusos y ucranianos, nos ordenaron creer que había sido Helga Susanne Goebbels, culpable hasta de su nombre.

Doblas el periódico tan rápido que vuelcas tu café sobre la mesa. La mancha se extiende sobre el mantel hasta cobrar la forma de un país desconocido aunque vagamente familiar. Apartas el periódico y miras crecer la mancha como en remedo de una desbocada expansión territorial. De repente, lo que queda seco en el mantel es una isla y el café se ha convertido en mar. Entonces piensas que las mayores mentiras se extienden siempre así, paradójicas e inesperadas. Aparece de golpe un borrón en nuestra radiografía, nos parece reconocer un rostro cuando nos asomamos desde la ventanilla del avión, descubrimos un lunar que no estaba antes ahí, percibimos una mancha y nos apresuramos a imponerle un sentido noble u ominoso que sin embargo apenas va a durar. O sentimos que la mancha es un abismo desde el cual alguien nos mira como si nosotros fuésemos la mancha en busca de sentido. Un fantasma en la penumbra nos observa cuando no la vemos, nos impone una significación terrible y de cualquier modo fugaz. Algo o alguien nos obliga a imaginar que nos está vigilando una ahogada que desde niña tuvo ojos marinos y penetrantes. Pero ahora su cara está demasiado lejos para asegurarlo. Y es que la mujer se sigue yendo, se sumerge muy despacio y nos deja otra vez difusos, huérfanos, incapaces de saber si la hemos visto en verdad o qué hemos visto exactamente. Nos decimos que la mujer que se hunde con ojos de niña ha sido sólo una visión, lo que quiera que eso signifique, y tratamos de ahuyentarla.

Pero la ahogada persiste. El recuerdo de su rostro permanece en la memoria, no acaba de perderse en el piélago insidioso del café. Mueve los labios, parece que desea decirnos algo que no alcanzamos a entender. Así han de ser los recuerdos de los muertos, pensamos. Tal vez así seamos todos para quienes ahora intentan recordarnos. Podríamos hartarnos de invocar rostros, frases e imágenes, pero a la larga tendríamos que reconocer que somos sólo exhalaciones, máculas a los que otros tratarán de dar sentido, memorias inventadas desde otra parte. Nada hay menos digno de confianza que la memoria de quien se piensa fiable. Nada más dudoso que quien cree que sus recuerdos son incontestables.

Acaso sea verdad que vivimos porque recordamos, pero no es menos cierto que sobrevivimos dudando de lo que creemos que son nuestros recuerdos. La nube en nuestra memoria cambia constantemente, de pronto ya no es lo que pensábamos, a lo mejor nos han mentido. La única certeza que nos queda es que las cosas siempre pudieron ser de otra manera: una madre desesperada pudo salvar a sus hijos fingiendo sólo sus muertes, un genocida podría estar vivo aún en una selva sudamericana, la célebre impostora Susan Grey pudo haber sido efectivamente Helga Susanne Goebbels.

Amnésicos o memoriosos escudriñamos la misma verdad desde ángulos distintos y parciales, no necesariamente opuestos. Un charco de café en el mantel puede no ser un lago de café y puede no estar sugiriéndonos la bota itálica, el punto negro en nuestra radiografía puede no ser un tumor. Un fémur carbonizado puede no ser el de Magda Goebbels aunque los cuerpos de sus hijos quedaran intactos porque en las prisas del sitio se acabó la gasolina y no estaban ya las cosas en Berlín como para conseguir más. El día de antes los guardias de Hitler habían vaciado los depósitos de los últimos vehículos en la cancillería, y fueron necesarios por lo menos seis bidones para incinerar los cuerpos del Führer y su esposa. Para los de Magda y Joseph Goebbels quedó sólo un bidón, de modo que los cuerpos no ardieron lo bastante para desfigurarse, mucho menos para desintegrarse. Los de los niños y los perros, decía al final aquel periódico, no alcanzaron la bendición del fuego. Allí quedaron, pues, húmedos, helados, reconocibles para el momento de todos tan temido en que llegaran los soviéticos.

Uno sólo deja de existir cuando hay quien pueda dejar constancia de que nos vio muertos aunque todavía reconocibles, cuando alcanzó a identificarnos con el cuerpo, los rasgos y el sentido que tuvimos cuando respirábamos. Más arduo es olvidar a alguien cuyo cadáver no tuvo testigos antes de corromperse o desaparecer. Los soldados que en 1970 terminaron de destruir los cuerpos de los niños Goebbels no tuvieron oportunidad de verlos como fueron cuando aún estaban vivos ni como los hallaron sus antecesores veinticinco años atrás. Tampoco tuvieron que buscarle nombre o razón a la tragedia que había ocurrido en el búnker cuando ellos ni siquiera habían nacido. Simplemente obedecieron, incineraron un disforme montón de huesos y arrojaron las cenizas al río aceptando sin chistar que aquellos eran los restos de las familias Hitler y Goebbels, suicidas o aniquilados en los estertores de una guerra que para entonces ya empezaba a parecer antigua y tan carente de sentido como cualquier otra.

Uno de esos soldados venía de Minsk y tenía veinte años. Ahora vive en Finlandia, donde hace unos meses fue entrevistado para la televisión inglesa. Cuenta que esa noche él y sus compañeros sólo obedecieron órdenes como había que obedecerlo todo, como habían hecho durante la guerra otros soldados rusos o ucranianos, entonces también jóvenes, dijo, disciplinados también, acaso un poco más cansados que nosotros por los días y los insomnios que habían invertido sitiando Berlín, quizá también un poco desconcertados de que en esa primavera de 1945 aún hiciera frío como de invierno y estuviera tan oscuro cuando entraron en el búnker que encontraron bajo el edificio de la Nueva Cancillería.

Entraron en fila india, dijo el soldado. Exploraron el complejo en dos niveles, abatieron puertas, pisaron vidrios rotos y charcos de sangre fresca hasta llegar a un cuarto muy estrecho donde hallarían seis cuerpecitos hinchados, seis cadáveres angelicales repartidos en cuatro literas de campaña, ya no ataviados de tiroleses como los habían visto en muchas películas sino en piyama, media docena de infantiles fardos a cuyas muertes los soldados no tuvieron ganas ni tiempo de hallarles una explicación mientras los sacaban del búnker. Sin preguntas ni esperanza alinearon los seis cuerpos en el cráter que un obús había dejado en el jardín destartalado de lo que fuera la cancillería del Reich.

Ahí los colocaron, apacibles y ya sin hambre junto a los cadáveres mal quemados de quienes luego se supo que habían sido sus padres. Ahí los dejaron para que horas después un abatido vicealmirante alemán y un radiodifusor más asustado que perplejo los identificaran sin atreverse apenas a mirarlos, sí, son ellos, son los hijos de Magda Goebbels, aceptó el vicealmirante como si el padre no hubiera existido ni ocupado por unas horas la vacante que había dejado el Führer. Sí, son los hijos de la señora Goebbels, confirmó el radiodifusor asustado como si sólo Magda fuera culpable de haberlos engendrado para después matarlos. ¿Están seguros?, les preguntó el capitán soviético por vía del traductor, y los insignes prisioneros repitieron que sí y firmaron sus testimonios como si no supiéramos que firmarían cualquier cosa que les ordenase el enemigo porque para entonces estaban derrotados y lo único que en ese instante les preocupaba era sobrevivir, librarse de la debacle con un mínimo de dignidad. Esto hecho, los soviéticos alejaron a los testigos y ordenaron a los soldados subir los cuerpecitos al camión que los llevó hasta el cementerio no para enterrarlos, aclaró después uno de ellos, sino porque ahí esperaban ya los forenses del Primer Frente Bielorruso, que habían instalado entre las lápidas un laboratorio provisional para apresurar autopsias y alguna identificación científica aunque nunca definitiva de los enemigos muertos.

Allá fueron a parar los cadáveres de dos perros, cuatro adultos y seis niños vestidos en piyama. Allí los abrieron, los punzaron y los olfatearon. Entre humo y mausoleos guardaron las vísceras de uno de los niños en un frasco. Después enviaron los restos a Magdeburgo y sus informes a Moscú para que al cabo de unas décadas otros soldados rusos o ucranianos nos encargásemos de su destrucción definitiva. Allá acabó todo, si es verdad lo que aseveran los periódicos que dijo ayer Yuri Andrópov con su altanería de viejo espía acostumbrado a la violencia y disparando su triunfal sonrisa a todos esos cerdos capitalistas que desayunan sus noticias mientras derraman su café sobre manteles de lino.

La sonrisa y las sentencias de Andrópov desataron un alud de información que tardaríamos mucho en digerir. No habían transcurrido dos semanas de su rueda de prensa cuando surgieron nuevos datos sobre las vidas y las muertes de los niños Goebbels. La mancha de café estaba fresca todavía en tu mantel cuando el semanario *Der Spiegel* descongeló una montaña de noticias con que se esperaba zanjar definitivamente la especulación sobre el destino de los restos de Hitler y su corte.

Luego de glosar las palabras del jefe de la KGB sobre la destrucción sumaria de los cuerpos, la revista cita profusamente al diario *Pravda* e incorpora fragmentos de las autopsias que en 1945 habrían realizado los forenses del Ejército Rojo en el laboratorio de Magdeburgo. Una comisión encabezada por el teniente coronel Skaravsky, jefe de patólogos del Primer Frente Bielorruso, asevera que el 3 de mayo de 1945 se llevó a cabo el examen médico forense de diez cadáveres hallados en el búnker de la cancillería. Skaravsky habla en su informe del cráneo despostillado de Hitler y de los huesos medio calcinados de Josef y Magda Goebbels, habla incluso del frío de aquella noche y de dos perros envenenados. Pero a ti sólo te interesa lo que al final se dice sobre el examen realizado al cuerpo de una niña desconocida de aproximados quince años de edad. Los médicos describen con frialdad de bisturí lo que encontraron en el cuerpo amoratado de aquella adolescente bien nutrida, ataviada con un camisón azul celeste ceñido con lazo del mismo color, estatura de un metro cincuenta y ocho centímetros, y un total de sesenta y cinco centímetros medidos a la altura de la línea de los pezones. Presenta en el abdomen una cicatriz de apendicetomía y otra de veinticinco centímetros en el antebrazo izquierdo. La epidermis y las membranas mucosas aparentes son de un rosa ligero con tinte purpúreo, y se detectaron en la espalda manchas entre rojas y azules que no desaparecen al aplicárseles presión. También las uñas de los dedos son de color azulado, lo cual contrasta con la palidez de los omóplatos y las nalgas. Se detecta una decoloración verdosa en la piel abdominal, debida seguramente a la descomposición. El rigor mortis es notable sólo en las coyunturas de los pies.

La cabeza está cubierta con cabello rubio oscuro, largo y trenzado. El rostro es oval con barbilla puntiaguda y frente ligeramente hundida, cejas asimismo rubio oscuro, pestañas largas, iris azules y nariz recta, regular y pequeña. Ojos cerrados con sangre acumulada en la conjuntiva, cartílagos nasales indemnes al tacto, hoyuelos y demás canales auditivos sin obstrucción alguna. Himen anular, boca cerrada, la punta de la lengua prensada entre los dientes.

No hay en el cuerpo signos de violencia, aunque en el examen interno se encontró en el pericardio el equivalente a dos cucharadas pequeñas de un fluido seroso, mientras que en las superficies posterior y anterior de los pulmones se observaron numerosas hemorragias de uno a tres milímetros. Los pulmones son esponjosos al tacto, cárdenos en la superficie exterior y bermejos en la interior. Bajo presión, las junturas de los pulmones secretan mínimas cantidades de un líquido espumoso de color rojo profundo. El corazón es del tamaño del puño derecho, pesa doscientos gramos, tiene en los ventrículos sangre oscura en estado líquido. Los músculos cardíacos son de consistencia flácida, las válvulas delgadas y traslúcidas. La arteria pulmonar no presenta obstrucción. Tanto el peritoneo como el revestimiento de la aorta son suaves y brillantes, con presencia dispersa de aproximadamente dos cucharadas soperas de fluido peritoneal. El revestimiento de la membrana del esófago es azuloso, y el estómago contiene unos doscientos centímetros cúbicos de una sustancia ambarina, probablemente alimenticia. Al girar el cuerpo y hacer presión sobre la caja torácica brotó por la boca y la nariz una excreción de suero sanguíneo, así como un ligero olor de almendras amargas.

II

Catalina: el piano de la señorita Grimm

Si Catalina Herschel mirase ahora mismo por la ventanilla del avión vería una nube similar al rostro de una dama muy pálida y muy triste. O quizá ya no: de pronto sería más bien un ser alado, o el súbito reflejo del avión que en este mismo instante la transporta sobre el Mar del Plata, sólo que gradualmente más pequeño, cada segundo más parecido a un aeroplano ruso de combate, y luego a un obús, y finalmente, cuando la nube empiece ya a eclipsarse en la distancia, a una vaga multitud que ha asistido a la sala de la Filarmónica en el último abril de la guerra.

Holde Goebbels ha asistido esta tarde al concierto con sus padres y sus hermanos. Están sentados en sillas que han traído de casa, con los abrigos puestos porque no hay calefacción. Los crema y nata de Berlín se ha congregado en ese lugar para lo que saben que será un último concierto antes de la batalla final. Les sorprende incluso que esa tarde, con el propósito de iluminar la sala, el ministro Speer haya suspendido el corte de corriente habitual u obligatorio a esa hora. Para la primera parte del concierto han elegido la última aria de Brunilda y el final de *El crepúsculo de los dioses*, un repertorio que años más tarde el propio Speer, en sus memorias de la guerra, describirá como un gesto patético del final del Reich. En la segunda parte de la velada, después de un concierto para violín de Beethoven, resuena la sinfonía de Bruckner con su último movimiento arquitectónico, y Holde entonces alza la mirada y descubre por una oquedad en el techo una ominosa silueta alada que atraviesa con el morro una nube gorda, quizás el reflejo esponjado del avión que muchos años más tarde la conducirá sobre al mar en su huida de Bariloche.

Indiferente al escrutinio de Holdine Kathrin Goebbels, la nube seguirá adelante con sus mutaciones arbitrarias o aleatorias, se hinchará sugiriendo a quien la mire otros sentidos, otras fórmulas. En una de ellas Holde Goebbels buscará en vano el rostro de su madre, pero hallará tan sólo la angustia de no recordarla ya con claridad. Ahora apenas puede reconstruirla con su recuerdo débil de los rasgos de todas las mujeres que la han criado desde que tuvo algo parecido a la conciencia. Las enfila una por una en su memoria como haría con sus muñecas una niña que juega a ser institutriz o madre, las confronta en riguroso desorden cronológico y les reclama con severidad forzada que la hayan mimado y guarnecido para convertirla en una mujer semejante a ellas, menos libre que famosa, más tesonera que feliz. En algún momento se atraganta la tentación de gritarle a esas mujeres cuánto rencor les guarda por haberla esclavizado a un arte que aborrece, de explicarles que cantar es para ella un suplicio cotidiano, un abrirse las heridas, un constante conjurar a su madre Magda Goebbels, esa Leni primigenia y preterida que sin embargo no ha dejado de acosarla, eternamente fría, siempre desamorada de sus hijos, pendiente sólo de su propia imagen y de la gloria inmarcesible del Führer, siempre en los lugares y los momentos más insospechados, diciéndole que péinate bien, Holdine, alza la barbilla, lávate la cara, repite la lección, no te equivoques, canta, escucha esa Brunilda y aprende, Holde.

Aunque ya no esté, aunque haya muerto hace ya más de veinte años, su madre permanece con ella, omnipresente aunque yéndose también como si apenas tolerara la proximidad de sus hijos o el encierro en la casa junto al lago. Se iba deprisa cada tarde a hacer sus cosas dejando tras de sí un rastro de perfume y un escuadrón de madres postizas que lo vigilaban todo como sólo sabe hacerlo quien tiene mucha necesidad o mucho miedo. Institutrices lóbregas, gobernantas neuróticas, maestras de historia y geometría y corte que desgranaron sus mejores años criando niños malcriados para el futuro del Reich. Gastaban hígado y ayuda en transformar a los hijos del ministro Goebbels en un correcto pelotón de soldaditos tan remisos y asustados como ellas; se les perdió la voz en advertirles que se comporten, niños, o se va a enterar su madre; empeñaron la ternura de sus vidas pequeñitas en ser madres vicarias a las que nunca nadie permitió encariñarse más de lo prudente con los niños ajenos ni les preguntó jamás si hubieran preferido tener sus propios hijos como soles y un marido sin insignias y una casa en la montaña.

Desde su cama de constante paridora enferma Magda Goebbels impartía órdenes a su ejército de ayas y éstas respondían que sí, señora, como usted diga, señora, y azuzaban con susurros a las niñas para que descendiesen sin gritar las escaleras hasta la sala de música. Allí, sentada junto a un piano enorme y negro, los aguardaba cada martes la señorita Grimm, tan muerta hoy como está muerta la señora Magda Goebbels, aunque menos difusa en el recuerdo de Holdine, tan obesa que por poco no cabía por la puerta, tan puntual, eso sí, que parecía que viviera en el jardín de la mansión, igual de severa que Leni pero más agradable, dotada con una dulzura estéril que sólo se permitía mostrar cuando el señor ministro y su intachable esposa la dejaban sola con los niños. De diez a once supliciaba el piano para solfeos en cinco escalas y reprendía a sus pupilas en voz alta de modo que los padres constatasen su férrea tiranía de fusas y bemoles. A las once y cuarto partía por fin el automóvil del ministro y sólo entonces la maestra alzaba sus manazas del teclado, hurgaba en su faldón y materializaba un mazapán o una barra de chocolate similar a una tecla de piano huérfana y maltrecha. Entonces dejaba que los niños fuesen a jugar afuera, pero la pequeña Holde no hacía caso: se quedaba junto al piano, fascinada, fija como un satélite atraído sin remedio por el campo gravitacional de esa mujer planetaria que se abría para impregnarla con su perfume barato susurrándole pobre Holde, hazme caso, vete de aquí, huye adonde nadie te lastime ni te obligue a cantar lo que no quieres.

Cuando acababa de comer su chocolate, la señorita Grimm aporreaba el piano con una canción de vodevil y desde el fondo oceánico de su melancolía sonreía para la hija predilecta del ministro Joseph Goebbels como si dijera mira, pobre niña, mira qué te espera si no escapas, o como si de veras le importara Holde y como si supiera desde entonces cuánto iba a padecer en la vida su pobre discípula aquel porvenir mortífero de disciplinas urgentes y recitales baldíos y veladas en torres lóbregas donde otras madres farsantes iban a importunarla y un generalote estrábico iba a rozarla bajo la mesa y Leni Riefenstahl, nuestra admirada Leni, a conducirla hasta otra sala donde habría otro piano exhausto junto al que no estaría ya la señorita Grimm para salvarla.

Recordará que al entrar en el salón y ver el piano se petrificó creyendo que era el mismo piano de la casa junto al lago, y que había vivido antes muchos momentos así, hacía meses o hacía años, y esperó inclusive que en cualquier momento apareciese por allí la señorita Grimm para decirle otra vez que escapes, Holde, no te entregues. Le pareció escucharla entre la piedra gélida del suelo y el metrónomo sobre el piano, entre el encerrado hoy de la torre y el remoto ayer de los armarios donde ella y sus hermanos jugaban a esconderse y de donde sólo salieron para irse al búnker en un atardecer desgarrado por las primeras bombas soviéticas.

Sintió también la armonía de su infancia otra vez rota por el cacofónico ulular de las sirenas en un periodo de apenas dos meses que sin embargo a ella le parecieron eternos, una estación en las ventiscas de una guerra que le confundió las notas y le descabaló las partituras, las semanas en Berlín que acabarían de tajo con su infancia en cuanto dejaron la casa del lago y ya no hubo manera de saber a ciencia cierta qué hora era aunque hubiese relojes por todas partes, y aunque hasta la casa de Berlín y luego en el búnker imperase una especie de rutina, tres comidas y una hora del té entre un sueño y otro, horas precisas para correr a un refugio y otras para estudiar cosas que de nada le sirvieron después.

Cuando la hacían cantar en esos tiempos sentía fuera de su cuerpo los pulmones y que la voz se le iba hinchando con la reverberación equivocada porque la podredumbre del encierro y el miedo le habían corroído las cuerdas vocales. La señorita Grimm se había marchado para entonces y eran otras las personas quienes les corregían la voz y la apuraban a dejar la casa junto al lago, el salón de música trastornado, el piano y los muebles cubiertos con sábanas que poco y mal los salvarían del polvo, la casa entera afantasmada y repoblada por soldados sudorosos que corrían reventando gavetas y quemando papeles delatores en el jardín, las bocas retorcidas por la alarma y los ojos de repente esquivos, ya intranquilos, ya no despóticos detrás de un escritorio del ministerio de propaganda, ya apenas amables con las hijas del doctor Goebbels porque no les queda tiempo y porque saben, aunque lo callen, que están perdiendo esta endiablada guerra.

En el caos de estas remembranzas, Holdine Kathrin Goebbels está parada junto al piano ensabanado y busca todavía a la señorita Grimm para mendigarle una barra última de chocolate y suplicarle que lléveme con usted al otro mundo, señorita, lléveme adonde pueda disfrutar la libertad que me robaron, sentirme dueña de mi voz y de mi suerte, dejar colgada a mi madre y a las mujeres que han venido después de ella, casarme con un hombre común y tener hijos y una habitación que no sea la de un hotel de lujo para divas del bel canto sino un espacio sencillo donde no quepan mis vestidos ni un piano ni mi colección interminable de zapatos. Guíeme por piedad, señorita Grimm, condúzcame adonde pueda sentirme viva, o menos muerta. Libéreme de mi deuda eterna con Leni Riefenstahl y apárteme de la vigilancia del hombre oscuro que me vampiriza cada tarde con los ojos desde su palco en el teatro. Ahórreme la pena de pasar los inviernos asfixiada con bufandas que me protejan la garganta. Béseme, aliménteme, exímame de tener que obedecer los gritos de mire acá, señorita Catalina, sonría para las cámaras, sálveme y no deje que se note que los ojos se me van apagando bajo las pestañas postizas, y que se me van cayendo las uñas y el pelo bajo pelucas que me escuecen, y que el peto grotesco de Brunilda me oprime los senos mientras reparto autógrafos y besos imaginarios a hombres que apenas me interesan porque ni por asomo se parecen al joven teniente que asistía a mi padre y tenía en el ojo izquierdo un parche que le hacía parecer un pirata guapo.

Cuando al fin una turbulencia la despierte de su breve sueño notará que las nubes de forma amable se han desvanecido y que la señorita Grimm definitivamente no está allí para salvarla. Cómo iba a hacerlo si está muerta, cómo esperar que la acompañe en su fuga si una tarde de febrero los reunieron en la sala para anunciarles que a su maestra de piano la habían despedido por no ser lo bastante estricta ni incontrovertiblemente aria. Después alguien más les dijo que la señorita Grimm robaba además comida de las cocinas, y que al final le habían disparado cuando pretendía dejar Berlín con un grupo de fugitivos y traidores a la patria. De la noche a la mañana la rolliza maestra de música se convirtió en una especie de monstruo de cuyas acechanzas los niños Goebbels se habían salvado por un pelo. Era ahora una muerta o una fugitiva. Era la amante de un desertor con el que había ido a reunirse al otro lado de las líneas enemigas. Era una espía de los soviéticos y había vuelto a Moscú para rendir cuentas a sus superiores. Era una talentosa soprano caída en desgracia cuando sus patronos descubrieron que tenía un porcentaje mínimo aunque suficiente de sangre judía.

Holde nunca supo cuál de estas historias creer, pero igual la entretenía pensar que alguien había hallado en plena calle el cadáver gargantuesco de su maestra y que lo habían enterrado aprisa en un cajón igual de grande bajo kilos y más kilos de sábanas profusamente perfumadas. La imaginaba también huyendo por las calles de Berlín, redonda y cósmica, sin duda un blanco fácil para los francotiradores rusos, que se habrían encarnizado con ella cuando la vieron pasar cargando un maletín pletórico de chocolates y de partituras y pequeños frascos con perfume robados a su antigua e ilustrísima patrona. Se preguntaba cuántos bidones de gasolina habrían sido necesarios para incinerar aquel corpazo, aunque tal vez la dejaron sólo allí tirada, como un gran cetáceo blanco entre el cascajo de una escalinata, o en un callejón igual a aquel donde encontraron una madrugada al cuñado de Eva Braun, manando humo de su carne herida y bien abierta esa boca que no cantaría más arias francesas ni vehementes rebeldías, su cuerpo universal desmadejado frente a un grupo de rusos incrédulos de que a esas alturas del sitio hubiese en Berlín un ser tan bien nutrido cuando para entonces lo único que hallaban por las calles eran espectros en los puros huesos, cadáveres definitivos o vivientes, niños famélicos y flacos saqueadores ahorcados, tan ligeros que habría hecho falta tirar de sus rodillas hacia abajo porque de seguro no pesaban lo mínimo para que sus cuerpos hicieran las veces de verdugos.

Bajo todas esas piedras y entre todos esos muertos imaginaba Holde a la señorita Grimm como una extinta diosa de la abundancia. Y la olía también, o imaginaba que olía su cadáver perfumado de chocolatinas, como si aún le cantara, como si todavía estuviese allí cuando se complicaron las cosas y ella misma comenzó a ser una fugitiva, también ella acribillada por ojos extraños entre paredes canceradas de humedad, preocupada porque la grasa del búnker no le manchase el vestido que pensaba usar para cantarle al Führer en su cumpleaños, ensayando sin embargo sus escalas como le había enseñado a hacerlo su maestra ida, dando de codazos a la hermana que tenía más cerca para que no desafinara ni mucho menos le estorbara a ella para alcanzar esa armonía perfecta que nadie nunca debería exigirle a un niño. Al terminar el ensayo la señorita Junge las guiaba por el dédalo arruinado de la cancillería como si fueran un pelotón de soldaditos marchando y bajando, un, dos, tres en su hilera cadenciosa hacia el paredón del antebúnker, donde todavía alcanzaban a hacer daño los obuses, y cinco y seis y siete peldaños de una trabajosa escalera de caracol más abajo, y a continuación otro pasillo inundado de bruma eléctrica en estancias oblongas, puro hormigón cercado por el moho, portones como las cajas fuertes de las películas, puertas que se cerraban con un golpe a sus espaldas para cortarle el paso al mismo diablo, y ahora otra puerta que se abría para mostrar por un instante la habitación del Führer, desnuda casi, con su cuadro omnisapiente de Federico Barbarroja y su sofá con los resortes sublevados.

Para Holde y sus hermanos aquel cuarto estoico y sencillo era el reverso exacto de la habitación de la señorita Eva Braun, que estaba al otro lado del pasillo y que ostentaba muebles labrados, arcones con cerradura de plata, vestidos de gala, tintes de magia blanca para fingirse joven y feliz en las veladas que seguían organizándose en el búnker con generales convertidos en embajadores y sargentos ascendidos apresuradamente a generales y secretarias premiosamente degradadas a institutrices. Las más de ellas parecían copias pobrísimas de la viuda de algún ministro fusilado por traidor, cruzaban las piernas con apremio para disimular sus medias rotas, sus faldas deshiladas, la prosapia campesina con que cogían la porcelana agradeciendo a la señorita Braun su amable invitación a escuchar el coro celestial de los niños Goebbels y a temblar de honor en presencia de su bien amado Führer, también él reducido a un esperpento de sí mismo, vaticinio de su propia máscara mortuoria, también él siguiendo el ritmo de la música con un ligero golpeteo en las rodillas, también él un niño viejo en su uniforme profanado por lamparones de manteca, las uñas largas y la mirada errátil, medio sordo ya a partir del atentado, Dios mío, y qué pálido se ve, y qué enfermo pero qué adecuado para encabezar aquel desconcierto apocalíptico donde todos se iban permitiendo cosas antes impensables: las estancias rebosantes de humo del cigarro y los retretes de excremento, el umbral del búnker lleno de cirujanos con gafas de aeronauta que se afanaban en amputar sin anestesia, y las enfermeras en extraer cuerpos y miembros cercenados, los guardias en confiscar gasolina para quemar cadáveres ilustres y papeles en los cráteres que las bombas iban sembrando en el jardín del edificio de la nueva cancillería, el hombre alto y cetrino que por aquellas piras y galerones se paseaba cada noche asistiendo a los cirujanos, preguntándoles cosas con su hablar gangoso, la mirada escudriñando los camastros como si buscara en los moribundos una revelación sobrehumana, las manos largas señalando a veces un cuerpo que sería retirado de inmediato, la voz cansada de dar órdenes, los ojos de escrutar el cielo iluminado por el enemigo, la nariz de olisquear la carne resquemada de ocho, nueve, diez docenas de cuerpos que de algo podrían servirle a la ciencia para desentrañar los secretos de la vida y la muerte.

Entretanto y más adentro, en la turbia medialuz del búnker, el pelotón de soldados infantiles, guiados por la señorita Traudl Junge, prosigue su camino hacia la cama. En alguna parte la centralita repica en canales muertos porque el técnico se ha tomado un descanso para departir su hartazgo con el teniente del parche en el ojo y el cetrino cirujano de hablar gangoso. Fuman, hablan poco, se entretienen en preguntar al médico cuál es la forma menos dolorosa de matarse. Al pasar por allí los niños, el médico mira a Holde, le sonríe, musita alguna impertinencia al oído del teniente tuerto. La niña imagina que los hombres están hablando de ella, pero no puede asegurarlo porque han pasado demasiado aprisa junto a ellos. De pronto la niña ya no ve al médico ni al teniente ni al telefonista. Se han borrado como nubes reventadas por el viento mientras el pelotón de niños se detenía en la cocina para merendar un bebedizo tibio de cacao. Se dirigen ahora al barrancón que tienen por cuarto, se recuestan en sus catres de campaña, y dicen buenas noches porque les da pena decir que todavía tienen hambre. Finalmente cierran los ojos pero no descansan. Sólo fingen dormir hasta que los fulmina el pelotazo amargo del cacao que les dieron de merienda. Holde siente que se va extinguiendo y ansía que venga a rescatarla el teniente con el parche en el ojo. Pero no es el príncipe quien llega. De pronto Holde se lleva las manos al vientre y sueña que ve al médico cetrino auscultar los cuerpos abotargados de sus hermanos, y lo siente respirar cuando llega hasta ella, y nota que la elige y la levanta y la envuelve en una cobija militar. Sueña que pregunta por su príncipe y siente que el hombre la saca de la habitación y que avanzan juntos en dirección de un mundo remoto donde no hay cabida para sus hermanos. En alguna parte del trayecto la niña consigue asomar la cara entre los pliegues de la cobija y ve a su madre jugando al solitario. No parpadea, sólo tira las cartas y apenas llora sobre un elegante vestido verde en cuya solapa resplandece el prendedor con la cruz gamada que ayer le regaló el tío Adolf. El médico entonces aprieta el paso, estrecha su carga y la aleja de su madre por más pasillos. De nuevo la trabajosa escalera de caracol, y el golpazo del aire quemado cuando salen del búnker y el médico la arroja en el asiento trasero de un coche como a un fardo o a una momia diminuta a la que hay que alejar del infierno para meterlo enseguida en otro.

Diez meses después de la caída de Berlín, apenas suelte el barco amarras y atrás comiencen a borrarse las costas italianas, Holdine Kathrin Goebbels recordará la madrugada en que un médico cetrino y francamente brusco la sacó del búnker, la sombra rota de la cancillería a sus espaldas, el nubarrón de polvo que las bombas habían alebrestado en Berlín mientras ella era arrancada para siempre de sus hermanos y sus padres. Se acordará de los reflectores soviéticos plantados en las colinas y de un fuerte olor a pólvora colándose al interior del coche que por fin la conducía hacia una vida nueva aunque no necesariamente mejor. En la cubierta del barco, hacinada entre otros emigrantes como ella, le faltará aire y volverá a sentir en la garganta el sabor del cacao amargo que le dieron en la cena cuando estaba en el búnker, y eso que lo habían azucarado, en parte para engañarles el hambre y en parte para disimular el ingrato sabor de la morfina. Le dolerá pensar que debía haberse negado a beber aquello, o mejor, que debía haberlo apurado a fondo para compartir la suerte de sus hermanos y estar ahora inmejorablemente muerta.

Recordará también que esa tarde vio por la ventanilla del coche que la apartaba del búnker una escena como sólo puede darse en la memoria o en el cine, algo arriba, algo torcido, como si un director oculto entre las ruinas de Berlín estuviese probando un nuevo ángulo para captar el horror o la miseria de la guerra. De pronto el auto redujo la velocidad y Holde reconoció en mitad de la calle un objeto que le resultó familiar. Era un piano de cola, la mole gigantesca y negra que había tenido que dejar en la casa junto al lago cuando los trajeron a Berlín. Sólo que esta vez el piano no estaba envuelto en sábanas sino ahogado por un velo de polvo. Sentada en un ladrillo grande junto al piano, una mujer hacía ademán de tocar una tonada silenciosa y acaso licenciosa. La rodeaba un grupo de personas que ejecutaban al ritmo de la música un vodevil primigenio y hambriento. Al verlos el médico gangoso y cetrino emitió una maldición, y por la forma en que ordenó acelerar al conductor era evidente que tenían medido el tiempo para llegar a dondequiera que fuesen y que estaba dispuesto a arrollar a quienquiera que se lo estorbase. Otra vieja con la ropa en garras les gritó que pararan, un anciano tiró de ella para apartarla del camino. La anciana, desprendiéndose del hombre que había tirado de ella, se aproximó al coche como si fuera a mendigar algo, pero se conformó con disparar un escupitajo que fue a caer sobre el parabrisas como una estrella de mar sobre una pecera. El conductor entonces se aferró al volante, aceleró la marcha, y el coche fue a estrellarse parcialmente contra el piano, lo hizo añicos y se alejó enseguida calle arriba mientras el conductor refunfuñaba que la guerra estaba perdida, y que a ese ritmo no quedaría en toda Alemania un lugar donde guarecerse, sólo yermos para jugar al futbol con las cabezas cercenadas de rusos y desiertos para apilar cadáveres o sembrar berzas, hijos deformes, aceitunas negras. Junto a él, atolondrado aún por la destrucción del piano, el médico cetrino le dio un codazo señalando a la niña que viajaba en el asiento trasero, dormida o fingiendo que lo hacía, mirando cómo se extinguía su recuerdo del piano y de la señorita Grimm y de sus barras de chocolate y su última oportunidad para ser dichosa definitivamente disuelta en el crepúsculo de los dioses.

Giovanna: un aeródromo

Algunas noches te levantas con violencia de la cama y permaneces horas o segundos frente a la ventana. Transpiras, palpas, te aferras a la realidad sensible para no caer en el abismo. Luego corres a vomitar la entraña en el retrete. Al tirar de la cadena miras irse el remolino de tus propias excrecencias y sólo entonces comprendes que el bilioso tiempo nunca encaja ni progresa ni se tuerce, y que nada sucede si no es en la espiral de la memoria, y que los fantasmas nunca acaban de largarse porque el poder centrífugo del olvido los retiene en una víscera del alma donde penan al acecho de un descuido para ocupar a los vivos y perpetuarse en ellos sin esperanza de alcanzar la salvación que un día les prometieron.

Quieres deshacerte de cada uno de los muertos que te van gastando muy despacio y que hasta podrían matarte, pero eso te exige tanto esfuerzo que tu cuerpo se anula y acabas por darte por vencido. Negar a tus fantasmas no es una solución sino un modo de alimentarlos. Por más que lo niegues, eso que parece un inocente álbum de familia es una bomba de pasado a punto de estallar, eso que semeja una cortina mal cerrada o una sábana anudada es la silueta de tu padre, que posa contigo para un retrato de familia: tú un adolescente opaco y Harald un niño en brazos de su madre, tu madrastra Magda Ritschel, después Magda Goebbels. Sobre el hombro de ella puedes alcanzar a ver a su bebé, él mismo una rolliza exhalación de contornos abofados, sus ojos dos puntos negros que parece que te miran intensamente y se van metiendo en tu cuerpo de adolescente torpe y alargado. Te usurpan poco a poco hasta que tú mismo eres tu medio hermano Harald, ya no el niño de brazos sino el hombre con el cual alguna vez compartiste la sangre y la herencia de un padre indiferente y cruel. De golpe estás ya poseído por el espíritu de tu medio hermano cuando estaba en un campo de prisioneros en Italia, y eres también Harald Quandt más viejo, rodeado de enfermeras, derrotado en una cama de hospital después de que tu avión se ha accidentado cuando tratabas de despegar en Suiza. Eres tu hermano herido pero otra vez sobreviviente, tu hermano adulto que aprieta la mano de su esposa llamando en su extravío a un sacerdote. El resto estamos junto a su cama creyendo que pide a un sacerdote, cualquier sacerdote, qué vergüenza, y cuánto se habría crispado nuestro padre el cordelero si también él hubiera creído que en su agonía Harald clamaba por un cura católico, si tampoco él hubiese entendido que mi hermano no buscaba un confesor sino a un sacerdote concreto, un capellán al que conoció cuando era prisionero de guerra. En su cabeza atolondrada por la agonía Harald va volando lejos de nosotros hacia un tiempo que ahora es presente para él, y que seguirá siendo presente siempre porque Harald Quandt ha muerto y en la muerte el tiempo se congela en un solo perpetuo instante. Para él la eternidad está ya en plena marcha. Su paso por este mundo le importará cada vez menos, los años para él acabarán por reducirse a sólo unos microsegundos, quién sabe si los que consideramos sustanciales, quién sabe si más bien escenas aparentemente nimias que sólo desde el otro lado del abismo adquieren su verdadera importancia mientras que los otros, los que juzgábamos cruciales cuando aún vivíamos, se harán ceniza y nada.

Calcinado en un hospital de Zúrich, mi hermano Harald aprieta débilmente la mano de su esposa y se deja navegar por un pantano de morfina hacia sus heridas de otros tiempos. Cautivo hoy de su memoria como ayer lo fue de los ejércitos aliados, el empresario Harald Quandt delira que es aún un tenientillo de la Luftwaffe recluido en un campo de prisioneros italiano. Tiene en sus manos la carta que acaba de entregarle el capellán del campo, quien a su vez la recibió hace días o semanas por intercesión de la famosa piloto de pruebas Hanna Reitsch. Mi hermano niega, reprime el llanto, se aparta de la frente un rebelde mechón de pelo y vuelve a leer con un escalofrío el llamado póstumo que le hace su madre a que sea fiel a sí mismo. El joven capellán le pregunta algo pero él no responde. Está de pie en mitad del patio, muy erguido, con el sobre del que acaba de sacar la carta todavía en la mano izquierda, que se posa sobre un pantalón militar ya raído. Quizá piensa que las líneas que va leyendo son falsas, un ardid de sus captores para desgastarle la moral y moverlo a nuevas confesiones. No puede aceptar que su madre le haya escrito que siga viviendo con dignidad cuando ella misma planeaba ya quitarse la vida y quitársela a sus otros hijos, tus hermanos, Harald, que tendrán el único fin posible y honroso, ya conoces a tu madre.

Mi hermano va leyendo todo esto sin acabar de entenderlo, y lo revivirá después en su delirio, como si su madre aún estuviese viva y él pudiera hacer algo para detenerla. De los labios del capellán surgen palabras de consuelo que él insiste en no escuchar mientras regresa la carta al sobre con menos rabia que sorpresa. Llevamos la misma sangre, le había escrito Magda Goebbels. No he tenido que pensarlo ni un momento, prosigue. Nuestro ideal se desmorona y, con él, todo lo que en mi vida conocí de hermoso y admirable, noble y bueno. Por eso, leerá luego Harald que añadió su madre en sus minutos finales, por eso he traído a los niños conmigo, pues la vida que se avecina no es digna de que ellos la vivan, y Dios bondadoso ha de comprender que yo misma los libere.

Tú vivirás, escribe la madre admonitoria y terrible desde el reino de los muertos, tú vivirás, hijo mío, y sólo te pido una cosa: no olvides que eres un alemán, nunca hagas nada contrario al honor y procura con tu vida que la muerte de tu madre y tus hermanos no haya sido en vano. Tenemos que morir, sentencia Magda Goebbels, y termina la carta preguntándose si no es hermoso vivir menos pero con honra que tener una larga vida en condiciones vergonzosas.

Todavía quiero pensar que mi hermano llevó su vida con honor, aunque no en el sentido en que se lo exigía Magda Goebbels en aquella carta infame. No recuerdo que él se mostrase nunca particularmente orgulloso de ser alemán ni sabría decir si pensaba en su madre con rencor o con aprecio. Como a cualquier sobreviviente del Reich, ese tipo de recuerdo le estuvo siempre vedado. Articular sus penas para entenderlas era un lujo que durante décadas no pudo darse.

Harald hablaba poco de su juventud en la guerra aunque a veces se le escapaba algo y se notaba a leguas su esfuerzo por restarle importancia o dramatismo. Sin embargo, era evidente que llevaba tatuado en su memoria, muy hondo y muy al vivo, el día en que el capellán del campo de prisioneros le entregó la carta tremebunda que su madre le había escrito horas antes de matarse. Es probable que a esas alturas Harald estuviera al tanto del trágico final de los habitantes del búnker, pero eso sólo debió hacer más oprobioso aquel mensaje venido de un pasado irremediable y recordado luego en un futuro no menos tolerable.

Muchas veces me he preguntado qué sentido tuvo para Harald esa carta o si al morir supo que iba a heredarme ésa y otras cicatrices de su vida. La del campo de prisioneros es una escena sombría que me sobreviene sin remedio cuando pienso en él. Sabes que has heredado un recuerdo amargo cuando ya es demasiado tarde, lo sabes apenas sueltas la mano exánime de un ser querido y comienzas a entender que la memoria será tu único recurso para mantenerlo tibio, o aun antes, desde el momento mismo en que tus vivos de entonces te compartieron esas remembranzas lúgubres y tú cometiste el error de escucharlas. Después las invocas una y otra vez, las sufres y las revives como si con ello fueras a revivir a los ausentes. Experimentas en carne propia esos recuerdos como si te pertenecieran, palmo a palmo, deslumbrado por la pena en mitad de la noche, descoyuntado de ti mismo, transpirando en tus insomnios cosas que no sabes si te sucedieron a ti o solamente a quien quiso insuflártelas cuando aún estaba en este mundo.

Hace ya algún tiempo que padezco de ese modo la memoria vicaria de mi hermano. Sus recuerdos más ingratos se han apoltronado en mi cabeza y me temo que ya no tengo arrestos para ahuyentarlos. No recuerdo haberme sabido tan vulnerable desde que murió Harald y comencé a exponerme a las vidas posibles de los niños Goebbels. Ni siquiera en mi propia infancia llegué a sentirme tan enfebrecido por el estupor, tan petrificado por el miedo, tan dispuesto a renuncias que no me creía capaz de hacer. Algunas noches me levanto con violencia de la cama y permanezco horas frente a la ventana, respiro, palpo, me aferro a la realidad sensible para no despeñarme en el vacío. Pero mi cuerpo apenas me responde. Aunque estoy consciente acabo por desmadejarme como cuando estamos despiertos y no logramos desprendernos de la modorra. Tomo entonces un calmante, vuelvo a mi cama y me resigno a que vuelvan a infestarme los demonios del pasado de mi hermano. Uno a uno se prenden a mi piel igual que un polvo rojizo levantado en los caminos del entresueño. Intento sacudírmelos, los percibo aunque no los veo. No consigo distinguirlos pero sé que están muy cerca, a la vuelta de la esquina de mis ojos afiebrados, como estuvo y estará siempre mi hermano. Sus fantasmas y los míos juguetean con mi memoria, se carcajean, me miran yacer mientras doblan flores de papel y las arrojan al abismo para que cubran mis huesos mondos y nadie sepa más de mí. Derrumbado en mi cordillera de sábanas sutiles y almohadas suaves vuelvo a oír la voz de mi aya polaca apaciguarme, no te asomes, susurra, no mires. Pero yo, al fin adulto, desobedezco. Remuevo mi narcótico sudario, me asomo y miro. Ahí están todos, ahí estamos, de pie junto a la ventana: los dos hijos del cordelero Gunter Quandt y su dulce esposa Antoine, mi madre, aniquilada en plena mocedad por la influenza española. Ahí está también Harald, el único hijo de ese mismo cordelero con la joven Magda Ritschel, y las cinco hijas y el único hijo varón del ministro Josef Goebbels con su esposa Magda, antes Quandt, de soltera Magdalena Maria Ritschel, hija adoptiva de Richard Friedländer, un judío muerto en la guerra. Cada uno de esos rostros me contempla desde gavetas distintas de la historia y me reclaman que últimamente piense más en mí que en ellos. Alguno incluso me exige que no me atreva a olvidarlo. Entonces me aparto de la ventana, enciendo la luz, me miro al espejo y descubro que de mi conciencia han desaparecido las facciones del tiempo y el espacio. Sé que ha terminado la guerra, pero no hay nada que diga dónde estoy y no puedo ubicar cuánto ha pasado desde la última vez que vi a mi hermano. Pero tampoco puedo saber cuándo fue la última vez que me miré al espejo, pues reconocería mi rostro joven pero no el que ahora tengo, y me da miedo encontrarme con un hombre casi viejo, estrábico o miope, un empresario próspero que sin embargo, cuando nadie lo ve, despierta en plena noche con el corazón desbocado por los miedos de su infancia y remembranzas que pertenecieron a su hermano muerto.

Uno no recuerda sólo para rescatarse sino para perdonarse. Si pienso tanto en esa carta de Magda Goebbels y en la improbable redención de sus niños es porque necesito corregir la imagen que conservo de Harald. Me hace falta descreer de su sumisión, atribuirle una suerte de heroísmo que me permita ver a la cara a mis propios hijos y a los suyos, en quienes reconozco siempre una imagen viva de nuestra niñez y una posibilidad para recuperar la fe en un mundo mezquino, manchado hasta la ignominia por las faltas de sus padres.

Cierto día llevé a mis hijos a un desfile aéreo en las afueras de Hamburgo. Durante unas horas disfruté con ellos el ronroneo de los aviones, algunos de los cuales usaban acumuladores de nuestras fábricas. De pronto mi hijo mayor alzó la mano para señalar una escuadra que surcaba el cielo en perfecta imitación de una parvada de ocas. Sufrí entonces un testerazo de memoria, y me vi transportado a una ocasión parecida poco antes de que estallase la guerra. Era un recuerdo que ni siquiera sabía que conservaba, pero que desde ese día reitero como una de las pocas ocasiones en que vi en persona a los hijos de Magda y Joseph Goebbels.

Fue en marzo o abril del año 38, poco antes de que naciera mi hija Silvia. Me hallaba en el graderío de invitados del Deutschlandhalle, un pantagruélico hangar de zepelines recientemente transformado en circo para mítines y alegorías suntuosas del nacionalsocialismo. Con la vista busqué a mi hermano en la multitud de oficiales que habían venido a presidir la función, lo busco todavía desde el futuro tratando de atribuirle un gesto, una mínima señal de la tragedia que nos esperaba a cada cual a la vuelta de la historia. Pero al ubicarlo no veo en él nada que anuncie su calvario ni el nuestro. En la gradería de enfrente veo sólo a un muchacho de escasos veinte años que sobrepasa en edad a sus hermanos pequeños por el mismo margen que yo lo sobrepaso a él. Harald me sigue pareciendo demasiado joven y demasiado tieso en su uniforme de la fuerza aérea del Reich, el mismo uniforme que dentro de seis años llevará raído mientras lea una carta de su madre en un campo de prisioneros al norte de Italia.

Pero eso aún no ha sucedido. Por ahora Harald piensa todavía que le espera un porvenir luminoso, y actúa con los modales altaneros de las juventudes nazis soñando con ser un héroe en el combate que Hitler y su padrastro están por emprender contra todo y contra todos. Junto a él, escoltados por un tropel de gobernantas y soldados, están sus hermanos. Aunque Hedda y Heidi no han nacido todavía, las incorporo a la escena como magdas liliputienses en cualesquiera de las carriolas que han sido colocadas en los bordes del graderío. Te veo allá cuando no eras nadie y todavía no te llamaban Hedda ni Giovanna. Aún no existes esa tarde pero estás presente en mi recuerdo de tus hermanos mayores, que se encuentran en el aeródromo con Harald, procurados por ayas limpiamente arias, armados con banderitas nazis, ansiosos por ondearlas cuando empiece la función y la capitana del aire Hanna Reitsch, damas y caballeros, pase a la historia como la primera persona en volar un helicóptero bajo techo. Entretanto tú, Hedwig Johanna Goebbels, flotas en el líquido amniótico de la mujer que un día va a matarte y te dispones a superar la proeza de Reitsch aterrizando en un mundo que te negará la oportunidad de ser feliz.

Nadie te previno, Hedda Goebbels. Nadie te advirtió que Alemania por entonces se alistaba para la guerra y que la capitana Hanna Reitsch representaba en buena parte lo que pronto iba a suceder. Sólo tus hermanos y algunos otros niños presentes esa tarde en el aeródromo parecen honestamente dichosos, ajenos al ferviente vocerío que clama consignas esperando ocultar sus aprehensiones tras el espectáculo que están a punto de ver. Hoy el circo está convenientemente dedicado a remembrar las posesiones africanas que Alemania perdió con la humillación de Versalles. Desde el sitio donde estamos algunos invitados civiles, mi padre y yo vemos a Harald en compañía de los niños Goebbels. Mi padre ondea la mano para saludarlo pero él finge no vernos. Mi padre bufa cuando nota que su hijo actúa como si se avergonzara de nosotros: no somos la familia que él requiere en ese momento de su vida. Nuestra nombradía de empresarios amistados con el Reich le sirve menos a Harald de lo que le sirve su padrastro. Más parecen preocuparle los cuatro niños que su propia madre ha concebido con el ministro de propaganda, un estridente hombrecito que sin embargo es hoy más sólido que el viejo Gunter Quandt, nuestro padre el cordelero. A mi hermano se le nota engreído y un tanto patético en su investidura de institutriz de lujo para sus medio hermanos. Apenas puedo reconocer en ese hombre al niño que yo mismo debí acompañar como un tío o un padre postizo antes que como un cómplice de juegos. Me cuesta aceptar que aquel niño apacible haya crecido y se haya distanciado tanto de nosotros convirtiéndose en el ahijado voluntarioso del ministro Josef Goebbels, en un rubiecito soldadesco y pagado de sí mismo que daría lo que fuera por llevar el apellido del principal colaborador del Führer. Me irrita la estridencia de sus aspiraciones y sus inseguridades, si bien empiezo a aceptarlos cuando noto el aprecio que le tienen sus hermanos. La mayor de las niñas insiste en cogerle de la mano, que él aparta con un gesto tan firme como dulce. Helmut, el único hijo varón de los Goebbels, está a su lado, tenso, puede que un poco asustado, parcialmente oculto de mi vista. La otra niña pregunta algo a mi hermano, quien masculla su respuesta señalando el escenario donde una cuadrilla de tramoyistas da los últimos retoques a un simulacro de aldea africana. Ante pequeñas chozas de palma diez o doce negros remedan las marchas militares que a últimas fechas proliferan por las calles alemanas. Un negro más grande y más viejo, tocado con un penacho, ritma el baile sacudiendo una suerte de bastón junto a dos leones encadenados a uno de los pilares del hangar.

No dejo de sentir que hay algo de oprobioso en todo esto. Camino acá he visto calles, postes y muros tapizados con carteles que promueven el incómodo espectáculo de las colonias alemanas y, al calce, la participación en el acto de la indómita capitana Hanna Reitsch, quien se elevará por los cielos sobre un nuevo portento de la superioridad aeronáutica del Reich. Todo Frankfurt ha acudido en tropel para verla, si bien ahora parecen más interesados en los leones que en la aviadora predilecta de la fuerza aérea germana. Los altavoces cañonean bocanadas de música militar, alcanzan un ensordecedor crescendo y por fin anuncian a la capitana Reitsch, que emerge de una de las chozas y camina con resolución hacia un helicóptero que de repente se ha iluminado en el centro del hangar. También ella parece un tanto incómoda, demasiado consciente de su fama y de lo ridículo de su situación. Aún no la han condecorado con la Cruz de Hierro, pero ella claramente piensa que la merece y que no debería estar ahí. Sin embargo sonríe, alza las manos con el gesto de un campeón habituado a recibir los vítores de turbas exaltadas, se compone, acelera el paso y nos dirige un último saludo nazi desde el estribo de la aeronave. La multitud aplaude, Harald y los niños más que nadie. Los altavoces engolados exigen silencio, advierten al público que fijen cualquier objeto voladizo. Las ayas de los niños Goebbels se miran asustadas, se reclinan sobre las carriolas. Harald al fin estrecha las manos de los dos niños mayores, hincha el pecho como si se dispusiera a recibir una descarga de fusilería. Minúscula y hombruna, Hanna Reitsch se instala en la cabina del helicóptero, enciende un torbellino de aspas y rotores, se eleva veinte metros hacia el techo. Ahí se queda por espacio de un minuto encajando el clamor taimado de una multitud que no acaba de sobreponerse a la conmoción que las aspas han desatado en el hangar. Finalmente la capitana desciende y se posa con donaire en el punto de partida. Nadie salvo yo parece haber notado que, al ascender el helicóptero, una sombrilla ha salido disparada y ha volado como una jabalina sobre el graderío, no muy lejos de Harald. Ahora la sombrilla está en el suelo, la punta clavada en una de las carriolas, como una grulla abatida. Uno de los guardias que forman parte de la escolta de los Goebbels posa con firmeza la mano sobre el hombro de un aya aterrada. Luego se inclina discretamente, recoge la sombrilla y se la lleva mientras Hanna Reitsch sale del helicóptero para recibir una ovación más bien insípida, formularia. Alemania está desencantada, Alemania aparta la vista del helicóptero para posarla en los leones, que se han puesto a rugir con el escándalo de la aeronave. La aviadora apresura un desdeñoso saludo nazi y desaparece en la penumbra con el semblante de quien se pregunta en qué mal momento accedió a prestarse a semejante bufonada.

Susanne: bajo el puente

Nunca estamos preparados para la muerte de los otros, mucho menos para la propia. Hasta la extinción más largamente ponderada tiene algo de renacimiento súbito. Lo fatal no es necesariamente definitivo porque echa a andar en otros la especulación de las infinitas infestaciones de lo que pudo ser. Toda cita con la muerte es un albur, cada encuentro con el vacío dispara un sinnúmero de especulaciones y cancelaciones. Por más que nos aferremos a los datos duros, las cosas siempre pudieron ser de otro modo y las sorpresas que nos deparan los deudos de otros tendrían que ser al cabo tan habituales como el pulso del corazón. Nunca pude comprobar si Albert Cornwall hubiera cumplido enteramente con nuestro trato, cuya primera cláusula pagué en cuanto conseguí hablar por teléfono con Susan Grey. La desaparición de ésta en el Mar del Norte le ahorró a él el trabajo de honrar la segunda cláusula de nuestro acuerdo pues anuló la opción de alejarse para siempre de ella y a mí la de exigirle que lo hiciera.

Pese a mis esfuerzos por atraerla a Hamburgo, Susan Grey se las arregló para faltar a nuestra cita y para cancelar la posibilidad de que hubiera otra alguna. Jamás desembarcó en Francia ni abordó los trenes que debían trasladarla por su vaga geografía hasta Hamburgo. No alcanzaron a mirar sus ojos glaucos las montañas normandas ni sus monasterios anegados ni sus aldeas ahumadas por inquisiciones, reliquias y desembarcos milenarios. Tampoco te permitiste, Susan Grey, volver a respirar la infamia de las carreteras alemanas que habías surcado cuando eras niña en plena huida ni alcanzar tu destino ni detenerte a pensar siquiera en mí, el hermano de quien alguna vez dijiste que era tu hermano, este completo desconocido que pese a todo te esperaba en la tierra de tus abuelos con la aprensión de un novio adolescente o la nostalgia de un remoto amante. Soberbia o sencillamente harta de tanto encuentro inútil con extraños, te negaste a imprimir tu rostro avejentado en la memoria del hombre que sigo siendo hoy mientras te escribo, este hombre de apellido remotamente familiar que tú, bien lo sé, preferiste no enfrentar porque a esas alturas de tu vida nada te estimulaba menos que seguir fingiendo recuerdos para convencer a nadie que en verdad fuiste Helga Goebbels, no digamos para explicarnos por qué en otros tiempos aseguraste que lo eras.

Susan Grey, para el caso, ni siquiera descendió del transbordador con su veliz de flores sucias o carnívoras ni pisaron sus zapatones ningún puerto que no fuera el de su infierno de algas y corales. Me consta al menos que en algún momento estuvo en el transbordador que había partido de South Queensferry con dirección a Calais, y con eso tengo para temer lo obvio. Sin embargo a veces desearía que hubiese en este drama algún error, otro engaño, uno más en el largo viaje de equivocaciones y enmiendas que fue la vida de Susan Grey. Por momentos me sorprendo aún a la espera de una señal que la reviva o la redima. Imagino que sí llegó, pálida aunque muy concreta, a nuestra cita en Hamburgo. Más de una vez me ha parecido reconocerla en plena calle o he imaginado que avanza por una estación de tren buscándome con la mirada entre la multitud. Me he quedado dormido sobre las carpetas que me envió desde Aberdeen y he soñado sus labios pálidos explicándomelo todo, sus ojos apacibles iluminando su historia hasta no dejar ninguna duda, sus manos redactando cartas con letra torpe, las mayúsculas muy pronunciadas, los tachones que enmiendan una palabra o una frase inconveniente, los anotaciones al margen y los signos de interrogación multiplicados hacia el borde de la hoja como si quisieran salir de ahí para alcanzarme. La he visto, la he soñado y la espero todavía acaso porque no esperé jamás que Susan Grey pudiera despreciarme de ese modo, ni que antes de embarcarse hacia la muerte tendría la sangre fría de heredarme sus asignaturas pendientes cifradas en las tres carpetas que decidió enviarme la mañana misma en que resolvió ahogarse.

El empleado de correos que la atendió ese día me dijo luego que parecía contenta de estar fuera de la casa de reposo, y de que otra empleada la hubiera reconocido como a una actriz de cine apenas la vio entrar en la oficina. Me contó que la señorita Grey lo saludó con una amplia sonrisa, y que dejó la caja en el suelo para extraer de un pequeño monedero tres billetes de diez libras con la efigie ya insolvente del rey Eduardo. También me dijo que ella le pidió, como un favor muy especial, que procurase que el paquete no llegase demasiado pronto a Hamburgo. En ese tiempo el remitente podía franquear lo mismo una entrega expresa que una intencionada dilación, de modo que el empleado prometió de buena gana retener la caja el tiempo que fuese necesario. Me contó que la señorita Grey le agradeció el gesto con una sonrisa melancólica, y yo entonces pude imaginar que luego se despedía llevándose la mano a la frente para sacudirse de la frente un mechón rebelde de su cabello prematuramente blanco.

Dos o tres veces he levantado los ojos de mis apuntes en el momento justo en que ella sale de la oficina de correos y encoje los hombros como si quisiera disculparse de haberme enviado sus tribulaciones con aquel cajón con cartas, expedientes y fotografías que ella misma había organizado previamente con la minucia de quien necesita dar sentido a su vida antes de abandonarla. Uno a uno había recortado aquellas revistas y fotografías y los había ido pegando en sus carpetas hasta no dejar en ellas ni el mínimo espacio. Después quizá se puso su abrigo raído, se calzó sus zapatones y llevó los documentos al correo metidos en ese cajón descabalado que yo recibiría meses después de que las aguas del Mar del Norte hubiesen dado a su remitente un descanso eterno y espero que merecido.

El cajón con las carpetas debió dormir por algún tiempo en el osario de las cartas perdidas hasta que un alma escrupulosa o compasiva resolvió enviarlas a la dirección que Susan Grey había anotado, ilegible e incompleta, en la guía de destino. Las recibí un día de octubre en mi oficina, justo a tiempo para reanimar el ascua de mi ya apocada fe en la supervivencia de Helga o de cualesquiera de los niños Goebbels. Ese día, a medida que me adentraba en los registros públicos o inéditos de las vidas sucesivas de Susan Grey, comencé a entender que su sombra se quedaría conmigo hasta el final y que yo nunca acabaría de estar seguro de su historia. Estudié las carpetas, contemplé los rostros variables de su invariable desdicha, y acabé por ubicarla en su postrer refugio en Aberdeen, aquel asilo miserable con ínfulas hospitalarias donde la habrían recluido sus últimos padrinos y su mala fama de loca incurable. En diversas instancias del proceso de reconocimiento en Bonn varios testigos afirmaron haberla visto siempre en esa o en parecidas circunstancias, recluida en su habitación, hablando sola, el cabello revuelto, ensimismada en un mar de papeles dispersos sobre la colcha de sus camas en los asilos o en las mansiones donde a veces la acogieron hasta que no pudieron soportarla y se deshicieron de ella. Leía encorvada sobre libros y revistas que hablaban de ella o de la familia Goebbels, que agrupaba en la colcha y después en el suelo obedeciendo una arcana taxonomía. Podía pasarse horas en ese escrutinio estudiando con detalle los textos y las imágenes, los gestos y los cortes de los vestidos, los matices de las miradas de niños y adultos que para entonces habrían muerto o serían demasiado viejos para recordarla. Rara vez tomaba apuntes, sólo repetía entre dientes los nombres más largos y los agrupaba mentalmente por familias, los Speer, los Goering, los Goebbels, los Braun, los Himmler que se habían cambiado el nombre. A veces la encontraban dormida con las piernas abiertas, con el semblante aturdido y cabeceando como si estuviera transportada a una dimensión imprecisa de la memoria, inmersa en una líquido amniótico de la inocencia donde nadie pudiera preguntarle nada. Para algunos periódicos confesó haber reconocido en las revistas a casi todos los habitantes del búnker y a los miembros del séquito de su madre. Habría podido recitar los cumpleaños, apetitos y nombres completos de sus hermanos, así como la genealogía de las familias Ritschel y Goebbels hasta cuatro generaciones. El médico que la atendió primero en el hospital de Edimburgo encomió su inusitada capacidad para recabar datos, lo cual no era necesariamente incompatible con su ineptitud para el pensamiento abstracto. La interna, según escribió ese mismo médico en uno de sus diagnósticos, demostraba una prodigiosa retentiva y rasgos de una personalidad obsesiva compulsiva con un coeficiente intelectual diez puntos superior al promedio.

En su estudio sobre trastornos de personalidad entre impostores y suplantadores, el doctor Edmund Holmes asegura que en ocasiones es posible que una experiencia traumática de infancia derive en amnesias parciales y afasias, así como en cambios constantes de conducta y epilepsia. El impostor, escribe el médico que al parecer tuvo ocasión de investigar también el caso de Susan Grey, asimila compulsivamente amplios volúmenes de información que luego empleará para tapiar los espacios más dolorosos de su pasado o para reconstruir a continuación identidades vicarias en las que termina creyendo a pie juntillas. En el caso de Susan Grey, sugiere Holmes, su historia trashumante y las enfermedades propias de la vida callejera le habían entorpecido la memoria mas no el entendimiento para inventarse una o para rescatarla. Ella misma declaró después que al estudiar sus revistas su insufrible presente se borraba mientras se volvían más vívidas las escenas de cuando era niña y no sabía qué le esperaba. Dijo que era como estar en la orilla de un bosque muy denso y ver desde la espesura su propia infancia, o como pasar las páginas de aquella revista que un día rescató de un basurero en la que había una foto de la pequeña Helga agobiada en una banca junto a un sonriente Adolf Hitler. Había guardado la revista entre sus pocas pertenencias bajo un lío de ropa sucia que le regalaban en el Ejército de Salvación y que usaba menos para vestirse que para envolverse en los rincones callejeros donde dormía. Después la revista formó parte del lacónico catálogo de objetos que Susan llevaba consigo cuando la encontraron medio muerta bajo el puente de Edimburgo.

La noche de San Juan en que la hallaron el montón de ropa estaba intacto y ella casi congelada encima de él. El policía que la salvó hacía su rondín en Carlton Hill cuando vio su cuerpo desvaído bajo el puente, y temió que fuese una suicida a la que habría arrastrado la corriente hasta esa parte de la ciudad. Después notó que estaba viva, la cubrió con su abrigo, pidió ayuda y la hizo conducir a un hospital en Princess Street donde el equipo médico la devolvió de la inconsciencia. Cuando al fin constataron que sólo tenía rasguños, una altísima alcoholemia y avances de hipotermia, le dieron ropa seca y le asignaron una cama donde pasar la noche. Como la mujer se negaba a dar su nombre, se le registró como Jane Doe, y sólo al cabo de varias horas reconoció que se había embriagado bajo el puente con el propósito de matarse, aunque no quiso decir las razones que la habían llevado a hacerlo. No llevaba consigo documentos ni dinero. De su cuello colgaba una llave muy pequeña de la que se negó rabiosamente a desprenderse.

Hablaba al parecer un inglés correcto aunque tenía un acento extraño que algunos denunciaron como gaélico, lo cual llevó a creer por algún tiempo que era una inmigrante irlandesa. Los registros de la época le adjudican una altura de cinco pies y quince pulgadas, y un peso de ciento quince libras. Aparte de algunas cicatrices más antiguas, su cuerpo mostraba laceraciones recientes aunque no bastantes para que los examinadores les diesen importancia. Un médico habló de una contusión severa en el parietal izquierdo, justo por encima de la sien, y otro en la mandíbula. Años más tarde la periodista Nelly Yates, al publicar por vez primera la supuesta evidencia de que Susan Grey podía ser Helga Goebbels, insistió en que cuando la recogieron del puente la muchacha mostraba una cicatriz en el abdomen que los doctores dijeron que debía ser resultado de una operación cesárea. La herida, decía aquella cronista de memoria infame, mostraba un trabajo apresurado y una posible infección mal remediada. Escribió también que otro médico escocés había anotado que las radiografías de la mujer desconocida mostraban, en la parte alta del pecho a la altura del esternón, una fractura de costilla en la que algunos quisieron ver el producto de su resistencia al envenenamiento en el búnker, así como otra herida en el lóbulo frontal derecho, que podría haber causado hemorragias y un ligero daño cerebral.

Hoy sabemos que muy poco de lo escrito o dicho por Nelly Yates es cierto. En el proceso de Bonn ningún médico suscribió la historia de las heridas brutales infligidas a Jane Doe. Contrario a lo que declaraba la periodista, el daño de la desconocida de Carlton Hill era mínimo y nada extraño en casos como el suyo. Un doctor Finchler informó que no había cicatrices de cesárea y que los únicos signos ostensibles de heridas antiguas, señalados oportunamente por los médicos y confirmados luego en los tribunales, eran una fractura leve de clavícula, así como una cicatriz de extracción del apéndice y rastros de una herida en el pecho que, más que una fractura de costilla, debía ser resultado de una fístula de tuberculosis ósea padecida en la última década.

Como sea, las cicatrices de la desconocida mostraban que había sido víctima reiterada de violencia, aunque esto también fue minimizado en el juicio por los médicos, para quienes las heridas de Jane Doe en ningún caso eran tan graves como para tomarlas en cuenta ni tan antiguas como para atribuirlas a la infancia. En suma, no había en ella nada inusual como no fueran su acento y su enconado deseo de mantenerse anónima. Así y todo, era evidente que padecía algún tipo de trastorno mental, no necesariamente severo: desde un principio se negaba a abandonar la cama, miraba al suelo cuando alguien la interpelaba o cubría su cabeza con la cobija. Hablaba sólo para exigir a gritos que la dejasen en paz y que no le preguntasen por su origen ni por sus razones para haber intentado matarse. Sólo fue posible apaciguarla cuando le devolvieron la revista que había guardado en su lío de ropa. Dicen que sólo entonces recobró la calma, cruzó las piernas, puso la revista sobre la cama y dedicó sus horas a contemplarla como si la estuviera estudiando. Más tarde, cuando la trasladaron al hospital en las afueras de la ciudad, una enfermera de origen alemán pudo intercambiar algunas palabras con ella y le consiguió otras imágenes de los Goebbels que ella se dedicó a organizar sobre la colcha de su cama.

Así alcancé yo mismo a imaginarla cuando marqué su número años más tarde, hundida en la media luz de su cuarto, desgreñada, las piernas cruzadas sobre la cama, fichando sus recortes y sus cartas, aunque ya no para estudiarlas sino para deshacerse de ellas. Así la vi y le inventé, no sé por qué, la compañía de una legión de gatos cenizos y a su agente Albert Cornwall instruyéndola de nuevo sobre qué hacer o qué decir cuando recibiese mi llamada o viniese a verme a Hamburgo. De repente escuché el mayido inquieto de uno de esos gatos cuando la sobresaltó el timbrazo de mi llamada, y hasta noté en el aire el olor del pegamento y la quemazón de velas en su lóbrega casa de reposo. Vi su rostro súbitamente lívido en un cuartucho alfombrado con papeles polvorientos y en el borde de su cama un paraguas roto y en la mesilla de noche los frascos de medicamentos para disolver o anestesiar su bilis negra. Finalmente percibí mi propia ansiedad en el teléfono, la invasión agorera del hermano de su hermano Harald hablándole en la olvidada lengua de tu infancia. ¿Sí?, dijo, y su voz me sacudió como el coletazo de una anguila. ¿Es usted la señorita Helga Goebbels?, me atropellé notando tarde que la interpelaba en alemán y con un nombre que podría no ser el suyo o al que para entonces habría renunciado. Ella entonces debió oírme con dificultad, lleno de tropiezos e interferencias. En seguida percibí su reluctancia, su respiración expuesta en carne viva, sus ojos buscando los de Cornwall para que éste le indicase cómo seguir con la conversación. Me sorprendió luego un suspiro, y que ella me respondiese con un acento lerdo aunque correcto de Bavaria, sí, soy Helga, qué desea. A lo que yo, sin presentarme, me apresuré a explicarle que llamábamos de parte de la familia Quandt, señorita, y lamento decirle que su hermano Harald ha muerto. Ya sé, me interrumpió ella, ¿cómo fue? Esta vez fui yo quien reculó, quién sabe si inseguro de lo que esa voz me preguntaba o sencillamente extrañado que nadie antes me hubiese preguntado las circunstancias, por otra parte archisabidas, de la muerte de Harald. En un accidente aéreo, le dije. Recuerdo que ella entonces replicó con algo parecido a un tardío lo siento o un apagado qué pena. Siguió a esto otro silencio que atribuí primero a problemas con la línea telefónica y después a un intercambio susurrante entre Susan Grey y su agente, y temí que también esa conversación deviniese un galimatías del que esta vez no pudiera rescatarme mi secretaria. Como pude reuní paciencia y alcé la voz para preguntar a la mujer si estaba en condiciones de viajar a Hamburgo en los días venideros. ¿Para qué?, preguntó ella. Nos interesa verla, señora, le contesté premioso, cobardemente pertrechado en un plural que a esa sazón era ya tan innecesario como absurdo. Queremos presentarla con ciertas personas que siguen muy interesadas en su caso y que están dispuestas a ayudarla. Será un viaje largo, dijo ella, y añadió, como si fuese una declaración de principios, que no le gustaba volar y que prefería viajar por tierra. Sí, señora, supongo que será un viaje largo, dije, pero créame que a todos nos conviene que venga aquí cuanto antes.

Vino otra vez el silencio, otra vez la estática en la línea y el sigilo. De nuevo acaso la mirada de ella saltando entre los ojos de Albert Cornwall y las carpetas a medio ordenar sobre la cama. Ahora colgará, pensé, ahora la comunicación terminará definitivamente y nunca más volveré a escucharla. Pero entonces, como surgida de una galaxia lejanísima, oí la voz de Susan Grey diciéndome de acuerdo, señor Quandt, supongo que a nuestro hermano Harald le habría gustado que nos conociéramos. Así dijo, nuestro hermano, y no supe si aludía a los demás hijos de Magda Goebbels o si el pronombre me incluía aludiendo de algún modo a la extraña relación sin sangre que me unía a ella. Ya no alcancé a pedirle que me lo aclarara: Susan Grey había colgado, y no hubo nada.

O casi nada. Después supe que Susan Grey no podía haber atendido mi llamada desde su habitación porque el teléfono se hallaba en una cabina junto a la recepción de la casa de reposo. De cualquier manera insisto en recordarla como la imaginé al principio, y cada vez me importan menos las circunstancias reales de esa llamada. Francamente dudo mucho que después de colgar Susan Grey haya suspendido su labor con las carpetas y los papeles que tenía sobre la cama. Más bien habrá vuelto a ellas con mayor ahínco, apremiada por la idea de concluirlas pronto, como si se supiera obligada a dejar entero y nítido el registro de su opaca biografía, especialmente de los pasajes menos conocidos, especialmente en aquellos momentos de su vida sobre los que nunca nadie le había preguntado nada. Su adolescencia en Noruega o en Escocia. Su trajín casi victoriano por orfanatos y conventos, sus agonías en arrabales o sus fiebres de malviviente bajo puentes helados. Los fogonazos de memoria y los golpes de existencia. En fin, los instantes que hasta entonces se habían mantenido dispersos, truncos, insonorizados por los capítulos más conocidos de su biografía, sumergidos como ella misma en una dimensión hasta ese momento ajena a su proclama como hija de un ministro del Reich.

Seguramente esa tarde o esa noche Susan Grey volvió a ser por última vez la interna Jane Doe y la fugitiva Helga Goebbels. Acaso se volcó a rellenar los huecos que aún pudieran quedar de su empinado calvario de mutaciones y desastres, lo que ignoramos siempre porque su vida originaria y sus primeras muertes al lado de sus hermanos en el búnker habían sido ya expuestas, escudriñadas, rehechas y abominadas a tal extremo que ella misma llegó a creer que eran las únicas pruebas fehacientes de su paso por la tierra. Esa tarde o esa noche la mujer que fue o deseó haber sido Helga Goebbels remontó el viacrucis sucesivo de sus propios pasos sin siquiera estar segura de que era Susan Grey. Se apartó quizá con la mano un mechón rebelde de cabello, se inclinó sobre el tapiz de sus remembranzas y acabó de ordenarlos anticipando el día o la noche del futuro en que el hombre que la esperaba en Hamburgo, este extraño al que le unían lazos más fuertes que la sangre, se dejaría guiar por su fantasma a través del dédalo cerval de sus espejos.

Me soñaste entonces, Susan Grey, me inventaste mirándote desde un mundo un poco menos sombrío, sentado como estoy ahora en el moderno edificio de la empresa que reconstruí después de la guerra con mi padre y con Harald, este emporio digno de un país que no supo reconocerte y que tú al cabo te negaste a conocer, una nación de cualquier modo dividida aunque, eso sí, menos sacudida por milicias que por conciertos, ya no hollada por tanques sino por manifestantes en favor de la unificación y del perdón y del olvido, una ciudad repoblada por hombres y mujeres tan pequeños como soberbios, desmemoriados, también nosotros impostores que respiramos día tras día nuestras cicatrices y palpitamos sobre el cascajo que nos dejaron las bombas, esas bombas que yo también recuerdo claramente porque sabrás que en la guerra yo no era un niño como tú, Helga Goebbels, ni un casi adolescente como Harald, sino un hombre entero, el primer hijo escurridizo de un comerciante que alguna vez estuvo casado con Magda Goebbels, la madre de tu hermano Harald y madre asimismo de seis niños como soles a quienes dicen que ella arrancó la vida para ahorrarles el horror de la posguerra o simplemente por venganza contra sí misma y contra aquellos que alguna vez bebimos de la milenaria sopa boba de Adolfo Hitler.

Christian: el valor de la ruina

En el trecho último de sus memorias, Albert Speer, arquitecto y ministro del Reich, concede que si no vio ni recuerda las atrocidades del nazismo fue porque no quiso verlas. Su memoria es desde luego selectiva, y su olvido tan conveniente como el de cualquiera que pretenda hacer llevadero el resto de sus días a expensas de quienes ya no están aquí para cargarle su extinción o sus penas. Una parecida retórica salvó a Speer de la horca en Núremberg y mal que bien le permitió saldar su condena de dos decenios en prisión para readaptarse luego al mundo libre con la autoridad más bien incómoda de los arrepentidos. Eso mismo lo convierte en uno de nosotros, eso mismo lo replica en cualquiera que no haya querido ver ni dejar constancia de sus crímenes pasados para ahorrarse el trabajo de recordarlos después.

También nosotros, desde el final de la guerra, hemos acudido a la verdad de las mentiras para soportar la culpa de otro modo insostenible que debíamos borronear si queríamos seguir viviendo en paz. Algunos acudieron a la negación mientras otros preferimos apropiarnos de recuerdos ajenos y vicarios. Aún ahora nos aferramos a reminiscencias de cosas que no sucedieron y de gente a la que nunca conocimos con la intención de transformarnos en quienes nos conviene ser. Y elegimos fisionomías y escenas de un pasado artificial para que nutran la imagen de lo que necesitamos haber sido. Deformamos, engrandecemos palabras o amortiguamos efigies, reconfiguramos acontecimientos remotos para revivirlos sólo en parte y siempre a modo. Los arraigamos en la maqueta de nuestro presente a fuerza de remembrarlos esperando que su consistencia de bola de nieve nos arrastre cualquier noche hacia una eternidad tranquila aunque tal vez inmerecida. De ahí que al final todos esos recuerdos robados e inventados nos resulten tan entrañables y tan nítidos que juraríamos por lo más sagrado que son legítimos, tan de veras como los remordimientos que gracias a ellos hemos conseguido olvidar.

A esta estirpe de la ficción pertenecen quizás los pocos recuerdos que he podido retener o fabricarme de Christian Helmut Goebbels. Si reviso mis apuntes me cuesta distinguir entre lo que verdaderamente sé de él y las conjeturas que sobre él me he repetido hasta acatarlas como hechos asimismo incontestables. Las hojas de mi cuaderno, vapuleadas por mi maniático rigor de cegatón perpetuo, me restriegan hoy cuánto he desconfiado siempre de mi propia capacidad para ver las cosas como son, y con cuánta saña me empeño en apuntalar por escrito el andamiaje más bien frágil de las vidas que suelo imaginarle a Helmut Goebbels y a sus hermanas.

El cuaderno mismo es ya un campo de batalla, un recuento sospechoso de mis titubeos entre lo definitivamente cierto y lo simplemente verosímil, o ni siquiera eso. Las primeras anotaciones datan de 1971, y son escuetas y nada sencillas de descifrar. Al menos sé de cierto que las escribí en los jardines de la Universidad Karl Marx, en Leipzig, adonde había vuelto con el propósito de corroborar o descartar mis impresiones de un posible encuentro con Helmut Goebbels en ese mismo lugar quince años atrás. Leo las notas y me veo en ese entonces recorriendo con avidez los pasillos universitarios, consultando archivos saqueados o censurados por el socialismo real de Erich Honecker, entrevistando bajo vigilancia estricta a personas que me atienden con más miedo que recelo, habituados como están a desconfiar de las inquisiciones de cualquier occidental entremetido en ese lado del Telón de Acero.

He llegado a pie hasta la universidad, he recorrido brevemente el centro de la ciudad, su sala de conciertos, el hotel donde me hospedé en 1955, cuando vine a Leipzig por primera vez. La plaza reconstruida y las avenidas casi idénticas a las de mi recuerdo me han trastocado la memoria. Por momentos he olvidado que ya no soy el hombre que pasó por aquí hacía tres lustros. De improviso me he sentido más joven, pisando firme el césped de los jardines universitarios y las aceras endurecidas de la ciudad. Por un instante he sido el otro, he vuelto a ser el hombre que todavía no sospechaba nada de la posible supervivencia de los niños Goebbels, un empresario próspero y audaz, padre de seis hijos ahora adultos aunque todavía no abuelo, más ansioso, acaso más feliz, fumando mucho aún, ávido de oportunidades y señales muy distintas de las que buscaría quince años más tarde en esta misma ciudad.

Me parece recordar ahora que en algún momento, el primer o segundo día de aquella primera estancia en Leipzig, salí a caminar por la ciudad y vi a un hombre canoso y abofado que tomaba notas en una banca en los jardines de la universidad. El viejo me pareció conocido pero no quise pensar mucho en ello. Preferí ser el otro: decidí desconocerme y seguir siendo el industrial ambicioso y un tanto cínico que en los años cincuenta intentaba hacer negocios con los socialistas. El negocio que aquella vez primera me había llevado a Leipzig era sin duda más banal y el mapa que entonces intentaba dibujarme tenía más que ver con el futuro que con el pasado. Entonces mi hermano Harald aún estaba vivo y puede ser que Helmut Christian Goebbels todavía viviese como estudiante en Leipzig. Tampoco entonces tenía mucho a qué aferrarme, pero mi destino al menos no dependía como ahora del azar o del mero cálculo para conducirme a buen puerto.

Escribir es sentenciar, pero es también cartografiar. Los diarios, las cartas, las bitácoras y los cuadernos de memoria tienen algo de denuncia y otro tanto de mapa. Se exploran y se escriben las rutas recorridas en el pasado como quien mapea una tierra antes ignota cuyos huecos ha sido preciso iluminar, dibujar o balizar con la certeza de que otros luego los recorrerán replicando en su camino la mirada de quien pasó primero por ahí y quizá no supo que su percepción de lo acontecido sería al cabo una guía para otros, y que sus lecturas y omisiones pueden conducir incluso a sus yoes futuros a perderse o salvarse en nuevos laberintos.

Cuando se habla con personas de la otra Alemania hay que hacerse a la idea de que hay que protegerlas con la discreción y el sigilo, y que lo que anotemos que nos dijeron podrían cambiarles o destruirles la vida. Aquí y ahora un cuaderno o una foto pueden ser interpretados o simplemente esgrimidos como un código para una conspiración, una imprudencia que podría echar por tierra un negocio, una vida o hasta la posibilidad de regresar un día a Alemania Oriental. Ni uno mismo está a salvo de malinterpretar lo escrito en el pasado. Tratándose de la memoria, el mapa es siempre el territorio.

Con ese ánimo acudo hoy a mis notas sobre mi segunda visita a Leipzig. Las reviso a sabiendas de que el hombre que las redactó ya no es el mismo que ahora. Aun así tengo esperanza de poder descifrarlo. Antes de volver a Leipzig había tenido el cuidado de recabar los nombres de algunos antiguos profesores de la facultad de ingeniería, aunque ignoraba si estaban vivos o si aún gozaban de la gracia de ese régimen cuya opresiva pinza se había ido cerrando desde mi última visita. Extremaba los cuidados y advertencias que me había hecho mi amigo Georg Wetzel para cuando volviese a Leipzig, todo esbozado, memorizado o encriptado de modo que apenas quedase registro de mi nueva búsqueda, ninguna palabra que pudiera poner en riesgo a nadie. Me abstenía también de hacer fotografías porque entendía que entonces me convertiría en una amenaza pues nadie que recordase a Helmut Christian Goebbels, o a quien yo creía que había sido Helmut Goebbels, se habría prestado a confesármelo.

Durante mi segunda visita a Leipzig, al terminar la jornada solía sentarme en un banco de la plaza universitaria para vaciar de memoria las notas que me prohibían hacer durante las entrevistas. El monumento a Karl Marx, por entonces aún flamante y festivo, me observaba desde la fachada de la rectoría mientras yo apuntaba en forma escueta aquellos recuerdos duros con mi caligrafía más bien blanda. Leo hoy lo que escribí en ese entonces y me percibo nervioso, enervado por la desolación que acabo de hallar en los archivos, agotado por los obstáculos de la burocracia oriental, por la esquiveza de los interrogados y por mi propia ineptitud para memorizar datos e impresiones. El rastro circular de una gota de sudor en mi cuaderno, semejante a una araña diminuta, me recuerda cuán acalorado estaba ese día, menos por el clima que por mi frustración para rescatar alguna luz sobre la conversación que vengo de sostener con la bibliotecaria de la universidad, una vieja lerda y careada que cuando hablamos se notaba incluso más incómoda que yo. La tensión en aquel tiempo y en esa ciudad no se disipaba nunca. La bibliotecaria se llamaba, quizá se llama todavía, Maria L. U. En mis apuntes he abreviado su nombre y luego lo he tachado como una forma de respeto o de cuidado. No es que uno le tuviera gratitud o confianza: la mujer me había dicho muy poco y sé que casi todo lo dicho era falso. De cualquier modo había querido suprimirla o al menos disfrazarla en un gesto de prudencia que para entonces se había vuelto automático, un gesto que bien podría haber afectado mis demás apuntes y que ahora me hace recelar de ellos.

En mis cuadernos de ese viaje, mi precaución y mi hartazgo se traducen en una escritura fragmentaria que hoy sólo puedo completar acudiendo nuevamente a la invención. Leo en una hoja que está a punto de desprenderse: *Chr. Leverkunt, Facultad de Ingeniería, 1955-57.* Aparecen luego unas líneas perpendiculares que no consigo explicarme y una frase telegráfica que todavía me inquieta: *El valor de la ruina. Karóli Benczúr, alias Kara.* Releo la frase en voz alta y me recuerdo que el concepto del valor de la ruina no es del húngaro Benczúr sino del alemán Albert Speer, o ni siquiera. Extraña analogía. Es el tipo de asociación en apariencia arbitraria que suelo hacer cuando mis ideas han sido excedidas por mis sensaciones. Es por otro lado una de las muchas frases enigmáticas que amueblan esos cuadernos de por sí plagados de tachaduras y frases truncas que por lo general no conducen a ninguna parte, en sí mismas un laberinto palimpsesto de ideas, un edificio de palabras con pasadizos y puentes débiles de información por los que insisto en perderme.

De la última hoja de mi cuaderno salta de improviso una sentencia completa que contrasta con la parquedad entrecortada del resto. *Karóli Benczúr impartió una conferencia en Leipzig en dos ocasiones. El 15 de marzo de 1955 y en abril de 1962. Asistieron estudiantes de ingeniería. Leverkunt, muy alto, tartamudo pero firme, lo confrontó.* Una parte de la frase está parcialmente tachada, como si inmediatamente después de escribirla me hubiera invadido un segundo pensamiento, un horror súbito aunque antiguo. No hay más. Ahí se detienen mis anotaciones y así termino mi segunda visita a Leipzig. Aquella fue la última vez que intenté obtener información sobre Christian Leverkunt o Helmut Goebbels en los agrestes territorios de la RDA. No he vuelto desde entonces. Intenté hacerlo hará unos meses, pero el permiso me fue denegado por razones que entiendo demasiado bien aunque no termino de aceptar porque creo que enlazan fatalmente mi investigación y mis notas con el destino de un hombre inocente.

Aparto mi cuaderno de notas y busco en otra parte algo que me ayude a completar mis impresiones de entonces, quizás algún ejercicio de escritura antecedente donde creo que también he hablado de Helmut Goebbels. En otro cuaderno dedicado a mis indagaciones sobre la suerte que pudo correr una de sus hermanas, hallo el relato sobre la ocasión en que vi a Helmut niño durante un espectáculo aéreo en Frankfurt, poco antes de que estallara la guerra. Asimismo, en las carpetas sobre el famoso caso de impostura de Susan Grey descubro dos o tres notas sobre la cercana y casi paterna relación del arquitecto Albert Speer con el hijo varón de Joseph y Magda Goebbels. Por otra parte, mi secretaria ha encontrado en mis archivos la transcripción que hizo ella misma de un encuentro que sostuve alguna vez la hija mayor de Speer, quien pudo ser compañera de juegos de Helmut, así como un manuscrito donde me entretuve alguna vez en inventarle a ese hombre la vida que había llevado cuando abandonó la Universidad Karl Marx para incorporarse, de grado o por fuerza, a los cuerpos policíacos encargados de la construcción y la vigilancia del Muro de Berlín.

Noto en todos estos documentos que he sido un poco despiadado a la hora de imaginarle un rostro y una historia al niño que hacia el final de la guerra habría huido del búnker de la cancillería, así como al adolescente turbio que según mis cálculos se educó en la casa de refugio que administraba la esposa de Albert Speer, para entonces cautivo ya en Spandau, y al muchacho que un día desanduvo sus pasos para volver a Alemania Oriental en su afán casi suicida por convertirse en Christian Leverkunt dejando atrás lo que hasta ese momento había sido su vida, una vida por otra parte tan atribulada que apenas merece llamarse vida.

Claro está que en estos supuestos ejercicios de cartografía y denuncia lo he inventado casi todo. Le he adjudicado a Helmut Christian Goebbels, o a quien yo quisiera que fuese Christian Goebbels, más de un rasgo y más de un pensamiento. Le he inoculado miedos y hartazgos, desencantos y hasta recuerdos, y sigo haciéndolo ahora mismo según escribo. Sin embargo todo esto, hasta lo más desaforado, tiene como en las pesadillas una base de verdad; una forma falsa de verdad. La mayor parte de estas escenas y de estas historias son pretextos para aprehender el fantasma huidizo de lo que he podido saber no sólo de Helmut sino del resto de la familia Goebbels. Se trata claramente de ejercicios de invención para negar sus muertes explicando, por ejemplo, por qué Christian Leverkunt desapareció de Berlín y de los archivos alemanes de manera tan abrupta, con una eficacia policiaca tan rotunda que sólo en mi imaginación he podido retomar el hilo de su paso por la tierra o por debajo de ella.

Sobre Helmut Christian Goebbels, o sobre ese hombre cuando era niño, su madre escribió en alguna carta que sus hermanas una vez lo acusaron de haber copiado un discurso de su padre para un trabajo escolar. A lo que Helmut, firme y ofendido, replicó asegurando que era su padre quien lo había plagiado a él. Quizás al decirlo frunció el ceño y alzó la mano izquierda para apartarse el rebelde mechón de pelo que desde ese tiempo le cubría la frente. Seguramente entonces sus hermanas no le creyeron, como yo tampoco creo ahora que Helmut se pareciera a Josef Goebbels. El ministro de propaganda de Hitler era napoleónicamente bajo, anguloso y cetrino, la cabeza muy grande y el pelo oscuro engominado siempre hacia atrás. En cambio el niño de las fotografías y el muchacho de Leipzig son rubios y espigados. Me recuerdan a mi hermano Harald tanto como éste a su vez nos recordaba a su madre Magda.

En otra parte creo haber dicho que Christian Leverkunt estudió ingeniería y que era considerablemente alto. Visto hoy a la luz de mis escritos, también esto parecerá un invento, pero sé que es uno de los pocos datos de esta historia que podrían ser ciertos. No cabe duda de que un tal Christian Leverkunt pasó por la Universidad Karl Marx a mediados de los años cincuenta. Su fotografía y su nombre estaban presentes en los archivos que pude revisar en mi visita a Leipzig en 1971, aunque no tengo claro si para entonces el muchacho había terminado sus estudios de ingeniería ni si era ya un precoz miembro de la Stasi. Puedo en cambio asegurar que estaba entre los asistentes al congreso de 1955, cuyo protagonista histórico fue el cartógrafo e ingeniero Karóli Benczúr, recién devuelto a la vida pública y a la propaganda del régimen tras quince años de reeducación en Omsk. La bibliotecaria con la que hablé en Leipzig recordaba incluso la visita del famoso espía y cartógrafo húngaro a la universidad, el revuelo de los académicos y el entusiasmo unánime de los estudiantes por conocer aquella doble leyenda de la ingeniería y el espionaje que había obstruido con su ciencia el avance de los nazis sobre Leningrado.

La bibliotecaria, por otro lado, me replicó con énfasis que no recordaba que un muchacho tartamudo de casi dos metros hubiese hecho a Benczúr alguna pregunta incómoda sobre la construcción de muros ni sobre las teorías arquitectónicas de Albert Speer, a la sazón cautivo en Spandau por el uso de mano de obra esclava durante la guerra. Pero yo sí que me acordaba de él, tan claramente que después llegué a pensar que las personas a las que entrevisté en 1971 conspiraban para hacerme dudar de mi memoria. Recordaba al joven Christian Leverkunt porque yo también había asistido al congreso universitario de 1955, de modo que para mí su presencia en Leipzig era tan incontrovertible como difusa parecía ser para los demás.

Claro que yo entonces no tenía por qué sospechar que el muchacho desgarbado que esa tarde incomodó a

Benczúr era o podía ser Helmut Goebbels, quien a la sazón era sólo el espectro de un niño envenenado por su madre en los últimos días de la guerra. Cuando estuve por vez primera en la República Democrática Alemana y me topé con Christian Leverkunt, ni siquiera había comenzado a sopesar la posibilidad estrafalaria de que los hijos de Magda y Josef Goebbels pudieran estar vivos. Como cualquiera, o quizá más que cualquiera, había acatado sin cuestionarla la noticia de sus muertes en el búnker de la cancillería y los había añadido a la nómina de culpas y espantos que los miembros de mi generación, sin importar el lado en el que habían combatido, debíamos digerir día con día para llevar una existencia más o menos tolerable.

Creo haber dicho ya que la idea de la supervivencia de los niños Goebbels me poseyó solamente tras la muerte de mi hermano Harald, ocurrida muchos años después de la guerra y pocos más después de mi primera estancia en Leipzig. Sólo entonces me atreví a atar cabos hasta que me estremeció la mera posibilidad de haber estado tan cerca de Helmut Goebbels. Sólo entonces quise creer que el niño que yo había conocido brevemente antes de la guerra podría ser también el estudiante de ingeniería que había visto luego en Leipzig, muy alto y por lo visto tartamudo, curtido acaso por una adolescencia que luego le imaginé turbulenta, transcurrida primero bajo la protección de la familia descastada de Albert Speer, y más adelante sujeto a la rudeza de los dormitorios militares de la Alemania socialista. Tendría ahora otro nombre pero seguiría siendo fatalmente el hijo de Magda Goebbels, para siempre veinticinco años menor que yo, empujado al silencio de sus años previos a la guerra, así como al olvido de los diez días que estuvo en el búnker donde oficialmente lo mató su madre.

Según esta arbitraria concatenación de ideas, ese muchacho debía de ser el mismo que había coincidido conmigo en una conferencia de Carl Kesselman y Károli Benczúr a la que asistí en 1955 por razones ajenas a la memoria de la guerra. Las industrias Quandt, luego de que mi padre fuera exonerado y desnazificado para colaborar con los vencedores en la reconstrucción industrial de Alemania, se había reincorporado al negocio de los acumuladores y ahora perseguíamos contratos para la rehabilitación de plantas eléctricas en las ciudades más lastimadas por la guerra. Yo no sabía entonces cuánto camino quedaba por recorrer en la Guerra Fría ni lo delicado que sería establecer negocios con la Alemania socialista. Tampoco era capaz de calcular hasta qué punto mi apellido podría ser interesante o deplorable para los socialistas. Sin embargo me gustaba el reto y pensaba que pronto se olvidarían los resabios contra mi padre. Tenía sesenta años, había enviudado hacia ocho y no me habría importado que mis ambiciones pudiesen tener algún efecto atroz en las vidas de los otros. Me había encumbrado como socio de Harald en las industrias de mi padre y tenía todo lo que pudiera esperar un empresario de éxito.

Pero atrás de esa fachada triunfante quedaban despojos caóticos, frustraciones, resquicios de cosas que me había contado mi padre sobre lo ocurrido en la guerra y con cuánta suspicacia había que tratar a todo y con todos. A principios de la década muchos alemanes cautivos en la Unión Soviética habían sido amnistiados por un muy oportuno decreto de Jrushov, de modo que todavía era fluido el intercambio de información industrial en aquella Alemania que no acababa de aceptarse dividida. Con todo, la tensión entre los vencedores iba en aumento. El retorno de los técnicos comenzaba a traducirse en fugas de cerebros y el intercambio de información se convertía gradualmente en una guerra de espionaje en temas de armamento. Nadie estaba nunca a salvo de un revés, una imprudencia o un cambio de humor. Los figurones de la pasada guerra podían pasar de un momento a otro de la gloria a la ignominia, como había ocurrido con Albert Speer y Rudolf Hess, a la sazón cautivos en Spandau, pero no eran menos desaforados los casos inversos como los de Károli Benczúr y el propio Kesselman, intermitentes héroes del antifascismo a quienes me interesaba conocer por su trabajo en la reconstrucción de la Alemania socialista en circunstancias similares a las que habían llevado a mi padre a reconstruir las ruinas de la Alemania Federal.

Fue precisamente Kesselman quien me atrajo aquella vez a la universidad de Leipzig. Lo había visto en el hotel, rodeado de guardias y admiradores, y él mismo me había invitado a su conversatorio con Benczúr, al que acudí de buen grado una tarde hirviente de 1955. La conversación entre el arquitecto alemán y el ingeniero húngaro fue tan breve como mesurada. No me cuesta nada recordar ahora la defensa que previsiblemente hizo Kesselman de la idea de una arquitectura funcional, desmontable, ajena a la idea de permanencia que habrían acariciado los antiguos. Benczúr replica entonces que la propuesta arquitectónica de su colega es adecuada para los tiempos que corren, pero agrega que el deber de un arquitecto es pensar también en el futuro remoto de sus obras y construir con materiales inmarcesibles. Kesselman sonríe triunfante y pregunta al húngaro si acaso está sugiriendo la teoría del valor de la ruina de Albert Speer. Benczúr palidece, un rumor de risas inunda el auditorio. De repente, como si acudiera a salvar al húngaro, un muchacho alto y desgarbado se levanta de su asiento en las últimas filas del auditorio y pregunta a Kesselman que, si le ordenasen construir un muro que partiese en dos a Alemania, también lo haría desmontable. Ahora es Kesselman quien enmudece y pide ayuda con la mirada a Benczúr, quien da vueltas al lápiz con su elegancia de comunista reeducado. Finalmente el húngaro enarca las cejas y responde: Hace siglos que la Muralla

China no detiene nada y no por eso deja de ser hermosa, señores, Y luego añadió: Que Albert Speer fuese un fascista no lo hace un advenedizo.

Kesselman pasea la mirada entre Benczúr y el muchacho. Después la posa en un ceñudo hombre de negro que ha estado tomando notas apresuradas en la primera fila. Recuerdo con claridad el súbito espesor del aire en el auditorio, esa densidad mortal que reviviré años después en mi segunda visita a Leipzig mientras yo mismo tome notas en un verano no menos asfixiante. Desde mi puesto en el jardín universitario alcanzo a ver de nuevo la entrada del auditorio, la reconozco y veo en mi memoria abrirse la puerta y salir a los conferencistas rodeados dc guardias. Luego salen los estudiantes, Leverkunt entre ellos. Se lc ve extrañamente solo en mitad de la multitud, aislado del resto por un círculo imaginario aunque muy notorio. El hombre de negro que tomaba notas en la primera fila rompe el cerco y coge al muchacho del brazo. Christian Leverkunt sonríe, se lleva la mano izquierda a la cabeza y se echa hacia atrás el flequillo rubio con una altanería que me resulta familiar. Luego ambos desaparecen de mi vista para entrar a saco en el teatro de mi memoria.

Catalina: el industrial y la cineasta

En abril de 1944 Leni Riefenstahl retrata a Albert Speer cuando éste acaba de ser nombrado ministro de armamento del Reich. Nadie sospecha cuán poco durará en el puesto. Treinta años después ella vuelve a fotografiarlo. Speer ahora es otra vez un hombre libre, se le ve un poco devastado por el cautiverio pero no ha perdido ese aire entre sereno y engreído que lo caracteriza en sus imágenes de juventud. Riefenstahl para entonces se ufana todavía de su amistad con el antiguo arquitecto de Hitler, y no ceja de defenderlo ante una opinión pública que los consiente a ambos aunque no termina de perdonarlos. Se diría que la cineasta quiere suspender su propia extinción desconociendo la de su antiguo compañero de fatigas. Ni uno ni otro están dispuestos a aceptar que sus errores los hayan aplacado ni que un artista pueda desecarse o ponerse viejo, ni que al genio creador lo pueda maniatar el arrepentimiento o que éste acabe siempre por pasarnos sus facturas. Es sólo la juventud la que se va, la que renuncia y traiciona sin que podamos impedirlo. El resto es mero asunto de la voluntad, esa integridad de espíritu que sí que puede absolvernos. Detrás de su aspecto dulcificado, si no de plano sumiso, Speer no tiene intención alguna de renunciar a la eternidad ni Leni de permitírselo. Ninguno de los dos aceptará jamás que las reglas del juego han cambiado, quiero decir, para gente como ellos. Una y otro se aferran con uñas y dientes a una suerte de vitalismo exhausto, siempre un punto más cerca del final aunque siempre también más allá del final. Después de todo han nacido con la cabeza blanca para ser perpetuamente jóvenes. Han perdido la voz gritando órdenes, cantando antífonas, creando arte. No les interesa probar más su fortaleza: la verdad es que sólo son viejos en juicio y entendimiento, y quienes quieran ofenderlos por mil marcos, que lo intenten y allá ellos.

Albert Speer murió hace algunos años en plena actividad de resarcimiento y disculpa pública. Un derrame cerebral lo fulminó en Londres, distanciado ya de su familia y en compañía de una mujer bastante más joven que él. Por su parte Leni, voluntariosa e inmarcesible, permanece entre los vivos. Pese a sus propios avatares en los tiempos posteriores a la guerra, la cineasta ha sabido reinventarse tantas veces que es difícil recordar si en verdad tuvo un pasado del cual tendría que avergonzarse. Energética y volátil, Leni Riefenstahl se eleva sobre su desgracia sin mancharse el plumaje. He llegado a pensar que vivirá efectivamente para siempre porque se apropia de las almas de la gente a la que filma, seduce o retrata. Vampirizados, los cuerpos jóvenes que aparecen en sus primeras películas, lo mismo que los que ahora fotografía desnudos en remotas aldeas africanas, se entregan a su cámara con una docilidad que espanta.

Y es que la guerra para Leni Riefenstahl terminó antes de que fuese demasiado tarde para renegar de ella. Le hicieron el enorme favor de bajarla del barco justo a tiempo. Desde entonces echa mano de su talento para deslindarse, así sea parcialmente, de su responsabilidad en el carnaval nazi. Ciertamente ha padecido reclusiones y protagonizado fracasos y sufrido calamidades personales y planetarias, pero siempre, hasta la fecha, ha conseguido levantarse de entre sus miserias y las nuestras. En los años cincuenta recuperó los derechos de sus películas, ganó varios juicios por difamación y casi convenció a sus colegas de que le abriesen las puertas de Hollywood. Más tarde, cuando comprendió que su pasado difícilmente le granjearía el favor de los productores en los Estados Unidos, volvió los ojos a Europa y a la fotografía. Desde allí se ha forjado una imagen renovada, con frecuencia disculpándose de ser quien fue y acudiendo a sus encantos para que se le acepte tal cual es, acechando cada oportunidad para la gloria tal como viene, haciéndolo desde la adolescencia, cuando se rompió alma y tobillos en su afán por ser primero una perfecta bailarina, luego una actriz intrépida y finalmente una cineasta irrebatible. El paso de los años no le ha adelgazado la voluntad ni sus aptitudes para la seducción. Con el tiempo ha perdido tanta estatura cuanto ha ganado en miopía, pero se le han agilizado los reflejos de cuando era joven y podía enaltecer lo que le diese la gana detrás y frente a las cámaras. Ahora aparece con frecuencia en la televisión y dice que el arte es su única manera de expiar sus faltas. Por eso lleva su cámara consigo dondequiera que va, dentro de maletas grises o en portafolios rebosantes de guiones que reparte toda sonrisas a sus posibles productores. No hay duda de que el tiempo la ha endurecido sólo lo necesario para que ahora entendamos que nunca tuvo otra lealtad que no fuera a ella misma y a su arte. En sus memorias, Riefenstahl cita a Einstein cuando dijo que si tuviera que preocuparse por las mentiras y las invenciones que de él se han dicho, hace tiempo que estaría bajo tierra. No creo que Leni Riefenstahl haya conseguido ignorar lo que se dice ella, pero al menos puedo decir que no está dispuesta a permitir que la destruyan.

En un número reciente de *Der Spiegel* aparece a toda página una foto de Leni Riefenstahl al lado de Albert Speer. Están sentados frente a la campana olímpica en el estadio que él diseñó y donde hace cincuenta años ella filmó las escenas más elocuentes de los Juegos Olímpicos de Berlín. Se les ve tranquilos, listos para lo que venga, absortos y conspirando acaso en nuevos planos, películas y estremecimientos por venir en un futuro que para ellos tendría que prolongarse hasta la eternidad. Leni alza la mano como para indicar al fotógrafo cómo debe dirigir la cámara de modo que muestre el mejor ángulo de su cara curtida y apenas apergaminada. Los ojos le brillan con malicia, la boca parece lista para instruir a Speer en cómo tratar con la prensa y con su público, esa audiencia nueva que ha aprendido a apreciarla porque responde siempre enseguida con esa coquetería de niña vieja que debió hacer las delicias de mi hermano Harald y de cada uno de los hombres que la adoraron hasta en los momentos más álgidos de su existencia.

Así era Leni Riefenstahl cuando hizo la segunda fotografía de Albert Speer, ésa seguía siendo Leni Riefenstahl cuando me llamó para darme el pésame por la muerte de mi hermano. Hacía tiempo que no sabía nada de ella y me apresuré a preguntarle por qué de pronto se había alejado de Harald y si de plano había suspendido su proyecto de filmar una *Medea* con nuestro apoyo. No hacía un año que Pasolini había estrenado su propia versión de la tragedia griega protagonizada por Maria Callas, por lo que era previsible que Riefenstahl se hubiese dado por vencida en su empeño de filmar una historia que no podía ser muy distinta ni cosechar tanto éxito como su colega italiano. En todo caso, una renuncia así no encajaba con la idea que para entonces me había formado de Riefenstahl, así que ansiaba que ella me lo confirmase de viva voz.

En efecto, no había sido Pasolini el culpable de que Leni hubiese desaparecido de nuestras vidas cuando ya mi hermano había accedido a producir su *Medea*. Al teléfono la cineasta me explicó vagamente que la actriz para la que estaba destinada la película había tenido un inesperado contratiempo. Así dijo, un *inesperado contratiempo*, ni siquiera usó el eufemismo del *desafortunado accidente*, como hacía yo para referirme al que había acabado con la vida de mi hermano. Nada dijo aquella vez Leni Riefenstahl sobre quién era esa muchacha ni por qué de cualquier modo había renunciado sin más a buscar otra protagonista.

Tampoco me dijo nada de una aneurisma al final de una gala de ópera en el Teatro Colón. No me habló entonces de lo que luego he podido ver en los periódicos de la época sobre la palidez súbita de la malhadada Catalina Herschel ni del hilo de sangre que una noche de concierto bajó por sus labios y goteó hasta el proscenio. No mencionó los detalles morbosos de lo sucedido ni aludió al arrebato del público que habría visto a la soprano desvanecerse en plena escena cuando entonaba el aria última de la *Medea* de Cherubini. Mucho menos me habló del trajín que desde entonces imagino de extras ataviados de corintios fúnebres ni de tupidos ramos de flores que ya nadie llevó al escenario porque la diva no regresó para recibir los aplausos que se había granjeado con la mejor interpretación de *Medea* que jamás se hubiera visto en Buenos Aires.

Esto último sólo lo supe tiempo después de hablar con Leni Riefenstahl. Lo reconstruí con impaciencia a partir de fragmentos de noticias sobre la muerte de la joven soprano argentina, de notas de periódico y esporádicos rumores que sin embargo seguían dejando enormes huecos en mi versión fabricada de la historia. Nunca me quedó claro si Leni estaba tras bambalinas cuando su protegida sufrió lo que ella misma había llamado un inesperado contratiempo. Durante años la imaginé más bien entre el público, ajena como el resto a la pantomima mortal que Catalina Herschel nos tenía deparada. Imaginaba a la cineasta en las primeras butacas o reclinada en un palco cuando vio desplomarse a su Medea. Su rostro, hermoso todavía pese a las vicisitudes y los años, tenía que haber dibujado un rictus casi tan mortal como el de su discípula cuando la sacaron del escenario, quizás una mueca de reproche, el parpadeo tenaz de quien sentía desangrarse una empresa que mi hermano habría patrocinado con cantidades sustanciales de dinero y ella misma con buena parte de sus últimas tres décadas de vida. La imagen que tenía de ella me impedía imaginar que esa noche a Leni Riefenstahl la hubiese traicionado un temblor materno, una ansiedad de amor o el miedo por la pérdida de su criatura, ni siquiera un poco de compasión o culpa por la vida a la que la había sometido y la muerte a la que ahora la había empujado. No creía, en fin, que a Leni le hubiera importado la muchacha más allá de su propia conveniencia, o que inclusive en ese dramático momento temiese más por la salud de la cantante que por el futuro que le esperaba sin ella.

Si bien la había visto en muy contadas ocasiones, sabía que Leni Riefenstahl estaba menos provista para el amor que para la voluntad. Su pasado, sus gestos y hasta su voz dejan siempre muy en claro que, desde que tiene conciencia o algo semejante a la conciencia, Leni se ha propuesto salirse con la suya aun a costa de los otros, y que será fiel a su arte por encima de cualquier escrúpulo, limitación o credo. A lo mejor sintió alivio al perder a su discípula, quizá respiró al fin por no tener que seguir cuidando a alguien en el fondo tan endeble y tan indigna de sus ambiciones, tan reacia a vestirse de una jodida vez la coraza que su madrina había intentado construir en torno suyo. Tal vez, al recibir la noticia de que Catalina había muerto en la ambulancia, fingió sorpresa y preguntó con impostadas lágrimas cómo era posible que se truncase una carrera así, con tanto futuro, es decir, con el futuro que Leni había diseñado menos para Catalina Herschel que para sí misma. Pero era también probable que en el fondo la hubiese despreciado y hasta odiado porque su disolvencia suscribía el destino de los débiles, las personas o los imperios que no son dignos de sobrevivir en un mundo en el que sólo deben inmortalizarse los audaces.

Ahora sé que las cosas esa noche sucedieron de otra forma, y que Leni Riefenstahl es mucho más compleja de lo que imaginaba. Lo que después he sabido ha cambiado la idea que me hice de ella cuando hablamos sobre la muerte de Harald y sobre la cancelación de su *Medea*, no digamos la que me había forjado antes, cuando hipnotizaba a mi hermano con visitas y proyectos cinematográficos que indefectiblemente incluían a Catalina Herschel.

Con su historia turbulenta y sus muchas heridas a cuestas, Leni era por entonces todavía una mujer guapa, sesenta años y nada de grasa en las caderas, poco menos que impoluta en sus trajes de colores claros y sus collares de perlas diminutas. A veces sin embargo podía faltarle la magia o flaquearle las fuerzas para sostenerla. La firmeza que mucho la afamó en el pasado se le ausentaba en gestos mínimos en los que alguien bien atento podía reconocer una intersticial endeblez monstruosa, el estrago sutil de su largo peregrinaje por prisiones, sanatorios y juzgados. La única vez que la tuve realmente cerca Leni amortiguó adrede la luz de la sala donde estábamos con Harald, se puso unos anteojos de marco dorado y echó a andar el proyector de cine al tiempo que su voz perdía entereza y su rostro lozanía. Por un instante dejó de ser una sirena seductora para mostrarme de reojo una suave decrepitud sin autoridad ni cálculo. Con las gafas y en la penumbra de aquel cine improvisado en la oficina de mi hermano, la indomable directora del Reich quedó momentáneamente reducida a una refutación de sí misma, qué extraño, tan desconchada, tan poco hermosa y un poco prófuga, incapaz de dirigir siquiera la película de su propio desprestigio, una damita esquelética a la que apenas daban ganas de escuchar, pura piel pegada al hueso y puro hueso impuesto al medular abatimiento con el que seguramente venía lidiando cada mañana desde que el ministro Goebbels la apartó del favor del Führer para salvarla en un futuro sin futuro donde a veces, siquiera un instante, sería la anciana triste que ahora proyectaba trozos de película para nosotros.

Aquellas muestras de flaqueza le duraban poco a Leni Riefenstahl. Al terminar la proyección y antes de encender las luces de la sala se quitaba con rapidez las gafas para volver a ser la actriz ecuánime, la diosa. Su voltaje existencial se reactivaba como por ensalmo y su momentánea decadencia quedaba reducida a un trampantojo, un fotograma apenas perceptible, montado por accidente o morbo en la película de una biografía cuyas restantes escenas eran extensas, cuidadas hasta el mínimo detalle, maquilladas con esmero para que todo en ella pareciese impúdicamente espléndido y marmóreamente épico. Su estrabismo seguía allí aunque ahora le confería una rara distinción, un fulgor tal que cualquiera que la viese se sentiría obligado a desearla. Frente a la cara otra vez radiante de Leni Riefenstahl acababa uno por entender la candidez con que mi hermano la miraba, el entusiasmo encandilado con que se entregaba a sus proyectos y requiebros, a sus propuestas y sus encantos en los años previos a la muerte de Catalina Herschel.

Cuando ahora recuerdo las visitas de Leni a Hamburgo, me parece que lo que Harald sentía por ella no era deseo, mucho menos amor, como algunos llegaron a insinuar. El suyo parecía más bien un lío interior de gratitud y devoción culpable. Gratitud por los secretos que compartía sólo con ella, admiración por su talento y acaso culpa por el encono con que Joseph Goebbels había intentado destrozar a Leni durante la guerra. Era probable que mi hermano resintiese todavía los numerosos desencuentros entre su padrastro y la cineasta mimada del Führer. En los años de la guerra, Harald era sólo un enchufado y jovencísimo piloto de la Luftwaffe. Para él, como para muchos de su generación, Riefenstahl debió de ser una deidad evanescente, admirada siempre aunque proscrita del poder a medida que el doctor Goebbels se iba granjeando la confianza de Hitler. Mi hermano habría atestiguado la exclusión gradual de la cineasta y habría lamentado más tarde su fugitiva suerte después de la guerra, sus afanes para recuperar películas confiscadas y manipuladas por los franceses, sus demandas contra el escándalo en que la arrojó un diario apócrifo de Eva Braun donde se insinuaba que Leni había sido amante nada menos que del doctor Goebbels. También habría leído con profunda pena los reportajes de una revista parisina que acusó a Leni de haber usado mano de obra esclava en sus películas, la misma falta que se había imputado a nuestro padre y al ministro Albert Speer. Harald asimismo debió sentirse en parte responsable de que esa mujer a la que tanto veneraba pasara decenios sin poder ejercer su arte, amada en privado por los críticos y vilipendiada en público por quienes la envidiaban y nunca creyeron en su desnazificación.

De la intervención de Leni en la cadena que llevó a sus manos la carta asesina de su madre, mi hermano se habría acordado también y, aunque nunca dijo nada al respecto, era evidente que pensaba en ello cuando recibía a la cineasta en nuestras oficinas. Cuando estaba con ella, Harald decretaba que no lo molestase nadie y cerraba la puerta de su oficina que sólo su secretaria tenía autorizado abrir sin llamar primero. Si Leni Riefenstahl anunciaba su visita a la ciudad, Harald cancelaba sus citas, ordenaba remover los cuadros de la sala de juntas e instalar allí un proyector que se hizo comprar con el único fin de mirar el trabajo que venía a mostrarle la cineasta. La recibía personalmente en el aeropuerto, reservaba mesas en los mejores restaurantes de la ciudad, se deshacía en atenciones de longevo amante y en aspavientos de una lealtad masónica que a más de uno hizo sospechar que había en sus sentimientos por Leni algo más que admiración, solidaridad o nostalgia. Quizá yo mismo llegué a compartir esas sospechas, pero el tiempo me ha ayudado a disiparlas. Ahora sé que Harald tenía otros motivos para procurar de esa manera a Leni Riefenstahl. No estoy seguro de que la palabra adecuada para describirlo sea agradecimiento aunque sin duda debe ser algo muy parecido al agradecimiento.

No he vuelto a hablar con Leni Riefenstahl desde que murió mi hermano. He aprendido muchas cosas a partir de entonces, cosas que le atañen y que no sé si alcance un día a esclarecer con ella. En los últimos tiempos Leni se ha distanciado de los reflectores, ya no se le ve como antes en tabloides ni en reportajes sobre la guerra. He sabido por amigos en común que terminó por instalarse en el Sudán, de donde sale apenas cuando quiere recaudar dinero para libros y documentales sobre los aborígenes africanos con los que convive. De su proyecto de filmar una *Medea* u otra cosa semejante no he vuelto a saber nada, ni ella me ha buscado para pedir que la financie. Alguna vez, cuando empezaba mi pesquisa sobre el destino de los niños Goebbels, mandé decirle que me interesaba mucho, por lo menos, adquirir el material que había filmado para su fallida *Medea*, pero su única respuesta fue un telegrama en que me decía que el material lo había vendido a otro postor que lamentablemente exigía mantenerse en el anonimato.

No creí que fuese necesario insistir ni responder a aquel mensaje. La verdad es que a esas alturas comenzaba a comprender las auténticas razones de la evanescencia y el silencio de Leni Riefenstahl. Me dediqué entonces a otras cosas y a la indagación de otras vidas hasta que la viuda de mi hermano me entregó aquella caja con un par de guiones, varias latas de cine y un tambor metálico con un centenar de diapositivas. Las reconocí enseguida, no hizo falta proyectarlas para saber que allí estaban algunas de las imágenes que Leni Riefenstahl solía mostrarle a mi hermano en la penumbra de nuestra sala de juntas, algunas de las cuales yo mismo había visto cuando necesitaron mi aval para financiar la *Medea* que no llegaría a filmarse.

También estaba allí el pietaje que Harald me mostró más tarde, cuando Leni abruptamente había dejado de visitarnos. Aquello debió ocurrir en el verano de la muerte de Catalina Herschel. Harald ese día me convocó con cualquier pretexto a su oficina y dispuso en la sala de juntas lo que había de ser nuestra última función de cine. Ahí, entre tomas y grabaciones bien conocidas, estaba una secuencia en blanco y negro que nunca antes había visto. En ella, una joven mujer temblorosa canta ópera en lo que parece ser la sala de una mansión lúgubre de reminiscencias transilvanas. La toma es prolongada y melancólica, y muestra a la cantante entonando el aria final de la *Medea* de Massenet. Me pareció al principio que la mujer estaba sola, pero al abrirse el cuadro pude ver al fondo un grupo de ancianos emperifollados que miraban a la muchacha sin reparar en que la cámara los estaba filmando. Todavía me parece verlos, marginados del tiempo, intocados por la rabia impaciente de las fuerzas naturales, los viejos y la cantante proyectados en la pared y mi hermano sentado ante la mesa de la sala de juntas, enfundado en un elegante traje de lino, su diestra reposando sobre el proyector, el rostro y la otra mano ensombrecidos por las gruesas cortinas que oscurecen la sala. Aunque no recuerdo bien su rostro, asumo que Harald sonríe mientras contempla la película que se interrumpe abruptamente. Mi hermano no se inmuta, parpadea apenas mientras coloca el rollo siguiente en el proyector. La película esta vez es un paneo discreto sobre los rostros de los viejos que atienden al recital, los ojos escépticos, las bocas temblorosas y de plano fastidiadas. Se repite luego una toma de la muchacha que vuelve a comenzar su aria quebradiza. Mi hermano entonces palmea complacido el proyector mientras la muchacha canta, se interrumpe y recomienza su lamento musical por los hijos muertos de Medea y Jasón.

Harald habría proyectado tres o cuatro veces el mismo carrete cuando me atreví a preguntarle quién era la cantante, a lo que él, sin apartar la mirada de la pantalla, me respondió que era una protegida de Leni Riefenstahl, una alemana que siendo niña se había refugiado en Argentina.

No entró en más detalles, simplemente dijo mírala, Herbert, nadie habría cantado nunca una mejor Medea. Creo que entonces asentí por mera cortesía, concentrado menos en la película que en la palidez entristecida de mi hermano. Dos años más tarde también Harald había muerto y yo tenía para recordarlo esas películas y algunos guiones que me había entregado su viuda. Desde entonces me he convertido en el nuevo y solitario escudriñador de la perpetuación macabra de Catalina Herschel. He visto esas secuencias muchas veces empeñado en descifrar las circunstancias en que fueron filmadas, la ubicación precisa de esa mansión de cortinas gruesas, candelabros y cuadros monumentales, quizás el ruido de fondo de una tormenta por encima de la música de Cherubini. Siento que Leni Riefenstahl quiso decir algo con esas tomas, no necesariamente a nosotros. En la película hay una sugerencia de secreto, como si la cantante estuviese en realidad fuera o al margen del escenario, un mero pretexto para que Leni pudiese filmar otra cosa.

Pero nada de eso quiere decir que falte en la película la impronta del genio de Leni Riefenstahl. La tormenta, la penumbra, la mirada de sus viejos, todo allí da dramatismo al canto de Catalina Herschel. La medialuz es tan siniestra como efectiva, exalta con sinceridad el dolor de la soprano compenetrada en su papel, la agobiada tristeza de la madre que se apresta a asesinar a sus hijos o de la artista que está definitivamente cercada, exiliada, asfixiada por una existencia fantasmal. No es difícil imaginar que detrás de ella hay paredes mohosas, cerrojos oxidados que se van acumulando a su canto como una edificación en la que se encuentra prisionera, un castillo que lo mismo le sirve para refugiarse que para abismarse, y que alguien, en alguna parte o en otro mundo, la observa con la diestra apoyada en un proyector de cine.

Giovanna: papiroflexia

Sabemos ahora que fue Hanna Reitsch quien instruyó a los niños Goebbels en el arte de hacer grullas de papel. Y sabemos también que fue ella quien sacó del búnker la oprobiosa carta que Magda Goebbels dirigió a mi hermano Harald durante el sitio de Berlín. El resto, como casi cualquier cosa en esta historia, es pura especulación, un porfiado rellenar los huecos que nos va dejando la volátil trayectoria del olvido.

Ignoro, por ejemplo, si la capitana Reitsch mantuvo oculta esa carta cuando la capturaron en los últimos meses de la guerra o si se la pasó a la cineasta Leni Riefenstahl cuando ambas coincidieron en el campo de internamiento de Oberussel. Desde luego, tampoco puedo asegurar que al salir del búnker la aviadora llevase consigo a la pequeña Hedda Goebbels. Esto último apenas puedo suponerlo, o mejor dicho, desearlo. Lo supongo como otros quieren creer que en el último momento Hanna Reitsch sacó de Berlín a Adolf Hitler o que esa niña enfermiza terminó por convertirse en la elusiva santona de una aldea en el fin del mundo que la acogió a ella y que me ha destruido a mí para transformarme en otro hombre no sé si mejor.

A las cinco en sombra de la madrugada, en un hotel lujoso de Milán o en mi casa en Hamburgo, puedo distraer mi fiebre revisando notas sobre los detalles y las cifras que me han llevado a suponer que Hedwig Johanna Goebbels escapó del búnker en un avión piloteado por la capitana Hanna Reitsch. Leo en una de mis notas que la piloto, al entregarle a Leni Riefenstahl la carta de Magda Goebbels, insinuó haber sacado a otra persona oculta en su aeronave. El recuerdo sin embargo es vago y la cita a la que me refiero es un recuento de tachones que anulan la confesión de la aviadora o calculan con torpeza las proporciones de un avión como el que usó en su fuga mítica de la Berlín sitiada. En esa misma hoja de cuaderno está un volante donde se anuncia la participación de la capitana Hanna Reitsch en un espectáculo aeronáutico en el Deutschlandhalle, así como un boceto bastante burdo de los carteles que yo mismo vi esa tarde cubriendo los muros y las calles de Frankfurt.

En alguna parte he leído que cierta revista americana reconoció después al helicóptero de Reitsch la importancia que los propagandistas del ministro Goebbels no supieron o no quisieron darle al incluirlo en aquella pantomima de feria colonial. En algún museo de Washington o Londres estarán ahora esos carteles y esa revista, los colores chillantes pregonando los malabares del brujo anémico, las orillas carcomidas por el decurso de las muchas guerras que han pasado desde entonces, la tinta desleída por la intemperie, la fotografía de la mujercita férrea que baja del helicóptero con el brazo en alto frente a una turba desgreñada donde un guardia recoge una sombrilla que ha estado cerca de provocar una tragedia.

Hedwig Goebbels y mi hija Silvia nacieron pocas semanas después de aquella insípida exhibición en el aeródromo de Frankfurt. Nacieron justo a esta hora, hace casi cincuenta años, en una Berlín fría aunque ya caldeada por los preparativos de la guerra. El de Hedda fue un parto prematuro y difícil. La criatura al nacer pesó muy poco y con una clara disposición a las enfermedades. En mis recuerdos la noto siempre cabizbaja y pálida, como apagada por la autoridad de los adultos y por el contrastante vigor de sus hermanos mayores. De haber estado presente en el ascenso de Hanna Reitsch a las alturas del Deutschlandhalle, seguramente habría rogado con sus grandes ojos glaucos que la llevasen de vuelta a casa, o habría dicho en voz muy baja alguna frase críptica e incómoda sobre el destino de los presentes. Aunque pude verla en pocas ocasiones, conservo en mi memoria su imagen vívida, reconstruida con fragmentos de los recuerdos que conservo de mi propia hija cuando era niña o de la idea que tengo de sus hermanos mientras contemplaban el espectáculo circense de aquel hangar nazificado en Frankfurt.

Varias veces pregunté a Harald si recordaba aquella tarde en el Deutschlandhalle, pero él me respondió con evasivas, como hacía siempre que tratábamos de Hanna Reitsch. En 1951 la aviadora publicó una autobiografía donde blasona con impudicia de su labor durante la guerra y niega con énfasis sospechoso haber sacado de Berlín a Adolfo Hitler. Se detiene poco en el precio personal que tuvo que pagar por sus lealtades al nazismo, pero cuenta en cambio, con lujo de detalle, su visita al búnker de la cancillería en los días finales de la guerra.

En ese aspecto la aviadora no parece tener nada de qué avergonzarse, no necesita disimular su oprobio cuando voló entre negros que barrían con sus faldones de palma un hangar degradado a circo de tres pistas. Para entonces hace ya ocho años que dejó las exhibiciones de vuelo para dedicarse a una guerra de verdad, y apenas unos meses desde que Alemania renunció a representar el espectáculo de su poder para empezar a digerir en serio la posibilidad de su derrota. Goebbels ha pronunciado ya su discurso de Guerra Total y Adolf Hitler ha llamado intempestivamente al general Von Greim para que acuda al búnker, donde se le investirá como nuevo mariscal del aire, y la temeraria Hanna Reitsch se ha ofrecido a acompañarlo en ese viaje absurdo a la Berlín sitiada por los soviéticos. Años más tarde, Hanna Reitsch contará cómo ella misma y Von Greim burlaron las baterías antiaéreas una fogosa noche de abril, y cómo ella tomó el control del avión cuando el general encajó una esquirla en el pie derecho. Contará que aterrizaron en mitad del vapuleado eje este-oeste y cómo un auto blindado los condujo a través de una ciudad inesperadamente muda y decididamente espectral, cómo avanzaron por calles alfombradas de carcasas de camiones y gorras militares deshiladas hasta el jardín de la cancillería, el cual era para entonces un baldío de cráteres defendidos por medrosos centinelas adolescentes.

En la puerta del búnker los recibió la escolta personal de Hitler. A Von Greim lo llevaron con un cirujano y a la aviadora, hasta el vestíbulo del antebúnker. Fue entonces, escribe Reitsch, cuando se encontró por vez primera con Magda Goebbels, a la que sólo conocía por fotografías. Dice que la esposa del ministro de propaganda se notaba pálida y desbaratada, y que al saludarla con afecto le confesó su asombro de que a esas alturas alguien se las hubiese arreglado para entrar en Berlín por encima del cerco soviético. Reitsch no dice mucho de las palabras que esa vez cruzó con la esposa del ministro de propaganda, pero se adivina que fueron pocas y muy precisas. Se deduce que Magda Goebbels conservaba aún cierta esperanza de salir con vida del búnker, pues preguntó a la piloto si veía forma de escapar de Berlín y si tenía noticias de su hijo Harald. Aunque sabe que no hay escapatoria, aunque no tiene noticias del teniente Harald Quandt, la aviadora dirige a la mujer un embuste alentador: le dice que el cuarto ejército está cerca, señora, y Magda al parecer sonríe con ganas de creer en lo ya improbable. Luego alza la mano, se acomoda el pelo y pide a Reitsch que no deje de buscarla una vez se haya entrevistado con el Führer.

La piloto entonces desciende al búnker más profundo, donde conversa brevemente con un Hitler azulado y tembrón, una especie de impostor mal dibujado por un idiota. Consternada todavía por la disminución inaudita del Führer, Reitsch regresa al antebúnker para reencontrarse con una Magda Goebbels también distinta de la que vio hace unos minutos. Se encuentra ahora con una mujer milagrosamente recompuesta, sospechosamente estólida, una muñecota cerúlea que le dirige la mejor de sus sonrisas más torcidas y la invita a lavarse en el modesto baño que hay en su minúscula recámara. Hanna Reitsch acepta el envite y se apresura a entrar en el lavabo. La verdad es que quisiera salir de ahí cuanto antes, abordar una avioneta que la ayude a vencer la fuerza gravitacional del desencanto, perforar los nubarrones en su ceño, sobrevolar tanto polvo y tanta ruina, disolver con aire la incubada pesadumbre que le oprime los riñones, limpiar con agua la pena de notar cómo todo se va a la mierda porque el espantajo de líder que acaba de recibirla en su oficina no merece ya su sacrificio ni el de nadie. Por primera vez en la guerra la aviadora considera olvidarse de Alemania para ocuparse solamente de los suyos, pues presiente que ya va siendo hora de partir en busca de sus padres y sus hermanos pequeños para apartarlos de la desgracia que se acerca también a ellos estremeciendo el suelo de su natal Silesia con martillazos de pólvora y venganza y muerte.

Hanna Reitsch sabe que debería largarse, pero se queda. Permanece en el búnker como atraída a su debacle por una garra invisible. Entra entonces en el baño de la señora Goebbels, gira la llave y ve salir del grifo un chorro de agua ferruginosa. Se enjuaga la cara y el pelo mientras piensa dónde diablos pasará la noche. De repente, como surgidas de un planeta muy remoto, oye risas infantiles en la habitación contigua. Con el rostro todavía empapado, reticente a contemplarse en el espejo del lavabo, la aviadora sufre un vahído de irrealidad. Su espacio se bifurca, su tiempo se retuerce y se fragmenta en escenas de una niñez más o menos feliz en Silesia, un viaje en bote con sus padres, los primeros aeroplanos que vio en su vida, su madre en casa horneando un pastel de manzana. Se acuerda del día en que su padre le enseñó a doblar grullas de papel y le contó la historia de la mujer que salvó al emperador del Japón.

Esa noche se quedó despierta hasta muy tarde junto a su madre para doblar cientos de grullas. Recuerda que le dolían las manos de tanto doblar papel humedecido con saliva. Y recuerda que en tres días habían doblado suficientes para pedir el deseo que tenía la pequeña Hanna de ser un día piloto de guerra. Sus deseos se habían cumplido. Su padre tenía razón cuando decía que tenía algo de bruja.

Todo esto puede verlo Hanna Reitsch y lo recordará más tarde en el búnker, como un golpazo, como si lo hubiera previsto cuando era niña. La aviadora Reitsch sale del baño y se asoma a la habitación de al lado con la cabeza envuelta en una toalla que le da el aspecto de una hechicera oriental. Dentro del cuarto descubre tres literas de campaña desde las cuales la observan doce ojos ávidos, seis lémures ardorosos que le preguntan si ya pueden levantarse, si les darán a beber chocolate, si ya es de día. La aviadora musita que apenas es media noche, aunque ella misma no podría asegurarlo. Los lémures emiten un suspiro unísono de decepción, discuten entre sí en voz muy queda y luego vuelven a la carga con una batería de más preguntas. La aviadora apenas halla espacio para responder. De repente uno de los niños, acostado en el suelo como un pequeño espartano, llama al orden y explica a sus hermanas que esa señora que ahí está es nada menos que la capitana Hanna Reitsch. La revelación excita a las demás lémures, que incrementan el volumen de sus voces y el número de sus preguntas. Quieren saber si en verdad es aviadora, quieren que les diga por qué está ahí, si ha venido a llevarlos de vuelta a la casa junto al lago en uno de sus helicópteros gigantes, si les dejarán llevar muñecas en el vuelo o si al fin comerán queso fresco en una casa que no huela a gasolina y donde no se cimbren los muros ni se apague la luz a cada rato.

Cuéntanos, capitana, le piden, cuéntanos qué pasa allá arriba, dinos cómo puedes volar en mitad de un bombardeo, cuántas medallas te han dado. Y Hanna Reitsch por fin accede, posterga sus planes de dejar el búnker, se decide a acompañar a esos niños mientras piensa en el pastel de moras que hacía su madre y se va diciendo qué brutal y qué extraño estar aquí, qué irreal haber surcado un firmamento en guerra y haber descendido a este infierno pestilente de hormigón para encontrarse de pronto en una cueva de Aladino custodiada por pequeños genios aprehensivos. Cuéntanos, vuelve a rogarle el niño, y ella entonces enciende la luz, se sienta en el marco de la puerta como recuerda que solía hacer su madre, y comienza a contarles cómo un día su avión aterrizó en una isla amenazada por antropófagos de dientes largos y amarillos. Les habla de cadetes italianos con yelmos de papagayos perdidos en las arenas marroquíes, los conduce más allá de las cúpulas berlinesas y más allá de los cimitarras de los tuareg, más allá y más alto, por encima de las nubes de ceniza, y más lejos que los aviones soviéticos y los temibles globos ingleses que elevan cables de metal que en un descuido pueden cortarle a una las alas y la cabeza.

He sabido que mi hermano Harald, en sus años de juvenil devoción por los proyectos del nazismo, llegó a ofrecerse como voluntario para el proyecto de pilotos suicidas que Hanna Reitsch propuso a Goebbels cuando Alemania comenzó a perder la guerra. Más de una vez la aviadora ha descrito sus esfuerzos de entonces por formar oscuros escuadrones de la muerte que se estrellarían en puntos estratégicos del territorio británico, todo ello con el supuesto noble fin de poner un alto a la guerra y reducir al número ya escandaloso de víctimas civiles. A juzgar por el fracaso de aquel proyecto kamikaze en las oficinas del propio Hitler, no es osado imaginar que Magda Goebbels haya intervenido en su momento para sabotearlo y salvar así a su hijo de la muerte, un sacrificio que por otro lado no estuvo dispuesta a ahorrarle a sus demás hijos.

Con todo esto, no hay en el libro de Hanna Reitsch una clara animadversión hacia la influyente esposa del ministro Joseph Goebbels. Al contrario, la piloto casi está de acuerdo con la decisión asesina de la madre, y en buena medida la suscribe cuando narra su estancia en el búnker y después su propia huida a Silesia, donde hallaría las tumbas frescas de sus padres y sus hermanos, muertos horas antes de que los soviéticos ocuparan la región. No aclara la piloto que también su padre se había matado luego de asesinar a su familia, y que él también, como Magda Goebbels, dejó a su hija una carta infame donde le explicaba por qué prefería la muerte a vivir en un mundo sin el nacionalsocialismo. No dice, en fin, que al acabar la guerra también ella fue condenada a la existencia culposa y espectral de los sobrevivientes.

Recibimos las memorias de Hanna Reitsch en cuanto salieron de la imprenta. Mi hermano las leyó con avidez pero se rehusó a comentarlas. Pensé entonces que Harald en realidad no supo nunca qué debía sentir por la aviadora. De los pocos sobrevivientes de la guerra, creo que ninguno incomodaba tanto a mi hermano como esa agreste mujer. En los años que siguieron a la guerra la rechazó con el mismo rigor con el que procuraba a Leni Riefenstahl o a otros antiguos socios de mi padre. Supongo que la asociaba demasiado con el sufrimiento postrero de su madre y sus hermanos. Después de todo la piloto había sido la última persona en visitar el búnker y una de las pocas en salir de allí para contarlo. Hanna Reitsch te llevará esta carta, le había escrito Magda Goebbels a mi hermano, está por salir otra vez, hijo mío, te abrazo con mi más tierno y maternal amor. Eso era todo. Aunque tarde, la piloto había cumplido con su negra encomienda, y es verosímil que Harald le guardase rencor por no haberle entregado la misiva en propia mano o sencillamente por haber escapado por un pelo a la gran deflagración berlinesa. Es incluso plausible que mi hermano culpase a la aviadora de no haber hecho nada más por salvar a sus hermanos, o al menos por mitigar su sufrimiento. Tal vez veía en la persona de la aviadora su propia tragedia, quizá lo veía todo y lo revivía después, reconstruyéndolo como si fuera su responsabilidad, como si aún pensara que él mismo podía haber hecho algo para salvar a sus hermanos o para cambiar el curso de la guerra. En el rostro de Hanna Reitsch y en sus palabras estaba cifrado un destino alternativo que no estaba en manos de mi hermano censurar. Un sobreviviente nunca vuelve a vivir del todo, siente y se comporta de acuerdo con lo que pudo haber sido o con las formas en que pudo haber muerto. Y Hanna Reitsch representaba para él esa posibilidad.

Cuenta Hanna Reitsch en sus memorias que los días siguientes los repartió entre mirar por la salud de Von Greim y distraer las ansias de los seis vástagos del doctor Goebbels. Los niños, escribió, le parecieron disciplinados y dulces, penosamente ajenos a la hecatombe que tenía lugar sólo unos metros por encima de sus cabecitas rubias y bien trenzadas. Sin embargo a veces las bombas los tironeaban hacia la realidad, y en ese caso había que mentirles, explicarles que ese triquitraque de disparos y explosiones era señal inequívoca de que el Führer iba venciendo al enemigo. Y los niños le creían, abrían los ojos como platos y jugaban a creerle con la misma exaltación con que atendían sus relatos fabulosos y sus embustes aventureros. Cantaban siempre, escribe Hanna Reitsch. Reían de dicha si ella prometía enseñarles los secretos del canto tirolés, se concentraban como adultos cuando ella los instruía en el ritual agorero de la papiroflexia. Esperaban la victoria inminente de la que también les hablaban sus padres y distraían el hambre mendigando entre las secretarias papel para doblar hasta mil grullas y pedir así un deseo que conviniese a todos.

El cuidado que se prodigaban unos a otros era estremecedor, escribe la capitana Reitsch. El segundo día una de las niñas más pequeñas tuvo que ser aislada porque empezó a mostrar síntomas de viruela. Pero no por eso se olvidaron de ella: Si la aviadora les enseñaba a doblar figuras nuevas o comenzaba a contar un nuevo cuento, los otros niños la interrumpían para ir a decirle a su hermana enferma qué pliegues seguían o cómo fue que la capitana Reitsch aterrizó una noche en un río amazónico infestado de pirañas, o cómo el emperador del Japón vivía en un palacio hecho enteramente de papel en compañía de grullas vivas y princesas mudas.

En sus memorias Hanna Reitsch admite que esos contrastes le dolieron más que cualquier otra cosa de cuantas vio en la guerra, y añade que por las noches, antes de acostarse, los niños entonaban para ella una cancioncilla boba que hablaba de despertar mañana en un mundo radiante y libre de las sombras de la guerra. ¿Mañana?, se preguntaría después en sus insomnios la capitana Reitsch. ¿Qué mañana esperaba a aquellos niños? ¿Qué futuro les quedaba a todos los niños de Alemania, a sus propios hermanos, apenas mayores que aquéllos, acorralados también en Silesia por los soviéticos, no menos despojados de un porvenir luminoso o por lo menos justo? Los niños Goebbels, escribe Reitsch, llevaban su extinción escrita en la frente, y sin embargo les entusiasmaban todavía las cosas más inmediatas y banales, que para ellos significaban el universo entero. Les preocupaba la enfermedad de su hermana tanto como el hambre de los caníbales en los relatos de la aviadora, les interesaban los progresos de la guerra tanto como la leyenda de la princesa que dobló mil grullas de papel para salvar la vida del emperador del Japón, les agobiaba la quebrantada salud de su madre tanto como la inminente escasez de papel para doblar ellos mismos su salvífico millar de papirolas. Los mortificaban menos las explosiones sobre el búnker que los regaños de la cocinera, el destino de Alemania que la ira de su madre cuando supiera que habían robado un mapa de campaña para elaborar una de sus grullas, o que habían asustado a su hermana enferma contándole que en el cuarto de máquinas habitaba una vieja sarnosa que vendría a mortificarla si no se curaba a tiempo para cantar con ellos en el cumpleaños del Führer.

Temían todo eso pero aun así se aventuraban a explorar el planeta de hormigón y hierro al que los habían reducido. A su modo atesoraban ese espacio donde cualquier cosa podría quebrantarse o fracasar salvo las aventuras de la capitana Reitsch y la belleza de la señorita Eva Braun, prisionera como ellos en un castillo de monstruos y brujas depravadas, doncella chispeante, luminosa y despreocupada, renovada cada día con su peinado intachable y esos vestidos rectos que contrastaban gentilmente con la desaliñada bonhomía de la capitana Hanna Reitsch, ambas dulces, como gemelas matriarcales, una princesa y un hada madrina que alternadamente suplían a una madre cada hora más lejana y estatuaria, infartada siempre en cama, escribiendo cartas a su hijo ausente, despreocupada de los niños que la rodeaban. Magda Goebbels más temida que amada, Magda Ritschel ordenando a las secretarias del búnker que se lleven de aquí a esos pequeños demonios, y ellas que sí, señora, sin poder apaciguar a los pequeños demonios porque quieren seguir escuchando las historias de la capitana Reitsch y doblar las doscientas cuarenta papirolas que les faltan para salvarse, y correr a contarle a su hermana con viruela que falta poco para que vuelvan a la casa junto al lago en el mismo helicóptero en el que un día la capitana Reitsch sobrevoló las aldeas más feroces de la negrísima Etiopía.

Sabemos asimismo que una noche de abril avisaron a Hanna Reitsch que una avioneta había aterrizado milagrosamente en el eje este-oeste y que estaba lista para sacar de Berlín al recién nombrado mariscal del aire. Sabemos que mientras se arreglaba la partida, Magda Goebbels se levantó con trabajos de la cama, añadió unas líneas a su carta para su hijo Harald y la entregó a la capitana.

Lo que no sabemos es si en esas horas de vértigo Reitsch alcanzó a despedirse de los niños o si Magda o el propio Joseph Goebbels le ordenaron llevar consigo a una de sus hijas. Durante décadas se acusó a la piloto de haber salvado a Hitler en aquel vuelo prodigioso, y ella nunca se cansó de negarlo. En docenas de artículos, entrevistas y libros Reitsch se burla abiertamente de esa acusación afirmando que el Führer no se habría arriesgado de ese modo a que lo capturasen los soviéticos. Como sea, nadie acaba de creerle. Tan plausible es que la aviadora salvase a Hitler como a la pequeña Hedda o a alguna de sus hermanas. Ahora que todo ha terminado, el fantasma que esto escribe en un futuro de conspiraciones y resabios piensa que Hedwig Johanna Goebbels bien pudo ir a bordo de aquel avión. Imagínela el lector, diminuta, llagada por la viruela, arrancada aprisa de su islote de cuentos y papirolas, abducida justo a tiempo por aquella hada azul y un tanto varonil que sólo sabrá salvarla de la muerte para entregarla a una segunda vida a medias. Desde aquí alcanzo a ver el rostro azogado de esa niña que se chupa el dedo pulgar y que ya anuncia su condición autista y su vocación vidente, sus manitas de vestal solitaria, sus ojazos sibilinos asomados como ascuas bajo un montón de mantas en el maletero de un automóvil que atraviesa la ciudad en ruinas o en la cola de una avioneta que pilotea la capitana Hanna Reitsch, ni más ni menos. Pongamos que Von Greim va con ellas, y que al dejar el búnker avanzó despacio con sus muletas, indigno, abajado por una herida apenas tan aceptable como su nuevo encargo, quién diría, todo un mariscal del aire con alergia al suero antitetánico y la mirada puesta ya en suicidarse antes que rendirse. Tendría que haberse matado allí mismo, pensamos, podría haberle dejado su puesto a otro de los niños, o a cualquiera con más ganas de sobrevivir a la guerra. Y quizá lo hizo, ¿por qué no? En mis visiones Von Greim va en el automóvil que los lleva hacia la avioneta, justo al lado de Johanna Goebbels, delirante como ella, embozado como ella en sudorosas mantas, disuelto como ella en el humo que a sus espaldas va cubriendo el búnker donde Hitler dicta su testamento mientras los otros niños siguen doblando papirolas como si fabricasen bombas a destajo, más aprisa, hermanas, nos faltan sólo doscientas treinta para llegar a mil y desear que alcancemos pronto a Hedda en la casa junto al lago. La excéntrica comitiva de aviadora y enfermos avanza en automóvil por la Vorstrasse, el cielo ya coloreado por brochazos rojos y amarillos, Berlín entera iluminada por reflectores gigantescos que los soviéticos han colocado en las colinas para que alumbren bien el espectáculo de su venganza. En los oídos de los tres viajeros tabletean en vano las ametralladoras, rechinan las orugas de los tanques, crepitan las hogueras, revientan los obuses en la faramalla última de la guerra, una payasada ya sin leones. Aceleran porque ahora sí que hay riesgo de toparse con patrullas enemigas. Al pasar por una esquina un motorista polvoriento les avisa que la pista de despegue está libre de socavones pero hay que apurarse, dice, pues la situación podría cambiar de un momento a otro. Por fin alcanzan la avioneta en el extremo de la avenida.

Si Hedda va efectivamente en el coche, un soldado la habrá llevado al avión y la habrá colocado en el reducido espacio de la cola. La pista no está en las mejores condiciones, pero aun así consiguen despegar sin ser notados por los sitiadores. Es como si de pronto los hubiese envuelto un manto mágico de invisibilidad, una burbuja impenetrable invocada por la niña, que ahora trae los ojos muy abiertos y recita un conjuro apenas comprensible bajo el rugido trepidante de los motores. Al alcanzar los tres mil pies de altura, Hanna Reitsch mira sobre su hombro, echa un último vistazo a la cúpula descascarada del edificio del

Reichstag y se despide de la puerta de Brandemburgo, que sigue intacta. De repente la niña enferma vuelve a cerrar los ojos y cesa por un instante su murmurar siniestro. Recomienza entonces el fuego antiaéreo. Reitsch espabila, maldice, rompe y asciende. A ocho mil pies de altura el avión se clava en un nimbo y la niña reemprende su salmodia fervorosa.

Cuando al fin emergen de las nubes las recibe un silencio sublunar. Von Greim se ha desmayado con la mano de la niña estrechando la suya. Todo parece en paz. Pero ahora es Hanna Reitsch quien tiene miedo, no a los obuses ni a los aviones enemigos, no a la guerra ni al desgarro. Tiene miedo de la niña, cuya cercanía la intranquiliza y la confunde. ¿Por qué?, se pregunta la aviadora. ¿Por qué ahora, cuando todo debería estar claro y ordenarse?, se dice, y en un parpadeo ella misma ha vuelto a ser una niña y está otra vez en Silesia, sentada a la mesa un día en que su madre ha preparado una tarta de moras. Su padre, su hermana y sus sobrinos comen en silencio, no la miran. Hanna reconoce en los ojos de su padre una resolución temible que nadie más que ella parece notar y que en algo le recuerda a la mirada de Magda Goebbels. Quiere decir algo pero el bullicio del motor de la avioneta y la salmodia de la niña enferma acallan sus palabras. Sus padres ya no están cenando, ahora su familia entera dobla grullas de papel que se amontonan sobre la mesa. Su madre las va contando, faltan, gime, faltan muchas. El padre entonces da un puñetazo en la pared, ya están cerca, exclama, déjenlo, da igual. De repente Hanna Reitsch escucha la voz de Hedda Goebbels desde la cola del avión: No lo conseguirán, dice la niña con la voz de una de sus hermanas, ya es tarde, capitana. Y entonces la aviadora indómita odia a la niña, se odia a sí misma por no estar en Silesia y llora de impotencia porque nadie la oye gritar, no, lo están haciendo mal, no se rindan. Pero su madre ha suspendido su conteo y el padre ha salido del cuarto para dirigirse al desván, donde guarda sus armas de cacería. No, por favor, llora al fin la capitana Hanna Reitsch sobre las nubes, y de golpe ella misma es Hedda Goebbels enferma y fugitiva en una avioneta sobre Berlín, y es Von Greim desvanecido, y es la portadora de una carta para el teniente Harald Quandt de la que debe deshacerse cuanto antes. Sí, se dice, dejará a la niña y la carta en cuanto pueda y saldrá enseguida para Silesia, aterrizará en una llanura y correrá hacia la casa donde ahora mismo su padre dispara sobre su madre y sus hermanas frente a una mesa tapizada de papirolas para hacer posible la vida sin el nacionalsocialismo. Luego el padre se encajará la escopeta humeante en la boca y Hanna Reitsch oirá tan sólo un estallido muy parecido al que en este momento está matando a Magda y Joseph Goebbels frente al búnker de la cancillería.

Susanne: el chofer del fantasma

Los forenses del Primer Frente Bielorruso concluyeron que la causa del deceso de la adolescente autopsiada en Bachau era envenenamiento por cianuro. Por si hiciera falta para ilustrar aquel diagnóstico, añadieron a su informe una fotografía de la niña. La tengo justo ahora frente a mí, reproducida para nuestro morbo en las páginas centrales de un número viejo de *Der Spiegel*. Helga Susanne Goebbels, o lo que en vida fue Helga Goebbels, es ahora un cuerpo inerme de cabello rubio, menos oscuro de lo que decían los informes, ni tan pálida su tez, que presenta además algunos moretones. Tiene los ojos semicerrados y viste efectivamente una especie de batín que le confiere un aire ultraterreno. La mano izquierda de un hombre, acaso un médico o un soldado, le sostiene la cabeza por la nuca como forzándola a dejarse retratar. Aún muerta esta muchacha se resiste a que la reconozcamos, se niega a que aceptemos de una buena vez que la hija mayor de Josef Goebbels ha muerto.

No sé ya si para desmentir o confirmar mis imaginaciones, esta imagen estremecedora dialoga con algunas fotografías de Susan Grey, a quien los registros de la época describen como una mujer menuda y de edad indefinida que al ser hallada vestía un batín hospitalario, medias de lana y botas altas. En las fotos que entonces le hizo la policía se le notan algunos moretones en la frente bajo un flequillo de cabello sucio y revuelto. En otra foto de cuerpo entero se entiende que han tenido que aferrarle las manos para poder retratarla. Los peritos que presentaron las fotos en el proceso de reconocimiento en Bonn hicieron notar que la demandante muequeaba afanosamente ante las cámaras como si quisiera desfigurar su rostro de modo que no fuese posible identificarla.

De repente todo y todos en las fotografías de Susan Grey y Helga Goebbels me parecen opacos, ajenos al tiempo desde el cual las miro imaginando que ellas alguna vez me soñaron mirándolas. Quizá fueron ellas quienes me inventaron a mí, quizá me soñaron así desde sus muertes, roto y cansado en un porvenir sin ellas, forzando mi vista miope bajo una luz tan débil como la idea que por mucho tiempo me hice de los hijos de Magda y Joseph Goebbels. Ahora, más que nunca, Helga Goebbels y Susan Grey están conmigo. Compartimos un espacio imaginario del recuerdo pese a que ellas han muerto y pese a la distancia cada vez más corta que me separa de esa dimensión enrarecida donde Susan Grey sostiene todavía el teléfono por el que un extraño la llama Helga y le habla en la lengua de su infancia. Luego de colgar se calza unos anteojos de vidrio grueso y vuelve a su labor en las carpetas de recortes que mañana mismo llevará a la oficina de correos. De vez en cuando se lleva la mano a la frente para apartarse un rebelde mechón de pelo, respira con dificultad mientras deja que yo la espíe a través de miles de kilómetros de alambre de cobre y por encima de los decenios futuros que ahora nos separan. Para mejor distinguirla en su penumbra me he calzado como ella unos anteojos gruesos, me he encorvado como ella bajo el peso de los años y de la enfermedad, y finalmente me he estremecido presintiendo que esa mujer ya ida, esa ahogada, tocó una vez estas mismas fotografías y recortes con dedos largos como los de su propia madre cuando tenía su edad y se quitó la vida, treinta años más o menos. Quizás al terminar, ella también se detuvo a revisar aquella versión de su vida catalogada y contada por ella misma, quizá vio su propio paso por el mundo como tú la ves ahora aunque con un ánimo ligeramente distinto, pues yo ahora contemplo el relato desde ese otro ángulo, la leo y la reinvento desde un punto del porvenir contaminado ya por las olas del escándalo, escudriñando por primera vez ese cuento que para ella sería el último, un penoso asunto ya saldado, la noticia ya amortiguada de su trasiego por ciudades y casonas de expatriados para quienes tuvo que afirmar hasta la náusea que yo soy Helga Goebbels y no estoy muerta, vaya que no, mírenme, reconózcanme aunque sea por compasión o autoengaño.

Susan Grey en ese entonces no sabía que yo un día iba a mirar esas fotografías amarilleadas por el tiempo ni que compartiría su indignación ante esos ojos suspicaces, los rostros siempre resentidos de sus potenciales aliados o patronos, tan borrosos que ellos mismos hoy parecen sombras o dobles de otras personas, también ellos impostores, las hijas y las nietas de jerarcas nazis avocadas al rescate subrepticio de la memoria de sus padres criminales, industriales millonarios como su hermano Harald y yo mismo, limpiadores concienzudos de ventanas y prestigios, antiguos segundones de la guerra convenientemente desnazificados, los que fueron choferes y cocineras y guardaespaldas de sus padres, los que le recuerdan la cara regordeta de Edda Goering o la mano artrítica de Traudl Junge o la mirada azul profundo de Leni Riefenstahl dirigiendo cámaras. Todos falsos, más de uno envejecido precozmente por las prisiones siberianas, más de una dispuesta o necesitada de reconocer que esa mujercita menguada que se hunde y las espera en sus sillones es nada menos que la pequeña Helga, nuestra niña adorada, estás viva, lo sabíamos, eres tú sin duda alguna, tienes los ojos de tu madre, alabado sea Dios. Eres tú aunque te veamos demasiado delgada y aunque hables alemán con acento extraño y aunque hayamos visto tu cadáver expuesto al sol por los soviéticos y aunque tus recuerdos de la guerra tantas veces se contrapongan a los nuestros, no importa, niña, es natural que tu memoria flaquee a veces, no es para menos, querida, como bien ha dicho tu abogado, no es para menos, señor Quandt, porque Helga, así como la ve, ha vivido desde que huyó del búnker cosas que le nublarían el juicio al más plantado y le chuparían los sesos a hombres hechos y derechos, cuánto más a una triste huérfana, una pobre niña fugitiva de las muchas que nos dejó la guerra, obligada a silenciar su pasado y hasta a negarlo, atragantada por las dudas propias y ajenas, expuesta sin tregua a la posibilidad de su engaño, condenada a ir siempre adonde quisieran llevarla otros, los periodistas hambrientos de escándalo, la policía que tenía que encerrarla cada vez que sus padrinos se hartaban de ella, y su agente, el abogado Albert Cornwall, el oportunista Albert Cornwall, el charlatán que la obligó un día a dar una rueda de prensa convocada con gran pompa en el Hotel Dorchester de Londres, el encantador agente que le organizó un lacrimoso encuentro con el viejo chofer del doctor Goebbels recién liberado de Siberia, el pedigüeño de altos vuelos que la arrastró a visitar a una viejísima y babeante abuela que apenas alcanzó a reconocer en su supuesta nieta la sombra de su hija indiscutible, el mago palabrero que convocó al careo famoso de la señorita Susan Grey con una de sus tías ancianas en una finca de Dresde atestada de periodistas que no omitieron publicar que esa tarde los familiares y amigos de Goebbels acabaron por llamar a la policía para que se lleven de aquí a esta impostora y al señor que la acompaña, un tal Albert Cornwall, el tipejo que decía ser su agente y que ya en la calle gritó insultos de arrabal a los tíos y demás parientes que son ustedes unos cobardes mientras Susan Grey, a sus espaldas, se derrumbaba en plena calle con el mejor de sus vestidos, tristísima, apenada porque lo has hecho todo mal, Helga querida, porque fuiste siempre una inútil, porque mientras abrazabas al chofer o a la abuela senil esperaste en tus adentros que te desconocieran, que alguno de ellos tuviese el valor para desenmascararte de una maldita vez, pues sólo así habrías podido descansar, volver a ser nadie, quedarte sola para olvidar lo que ya antes habías olvidado, volver a los arrabales para ser igual a la mujer de la limpieza que en casa de los Quandt te había mirado con molesta admiración de actriz, o una princesa, de pie en mitad del pasillo, junto a un cubo de agua clorada aposentándose en el fondo mientras ella, Susan Grey, la impostora Susan Grey seguía esperando a que la abuela o la tía la recibiesen o que el juez hiciese al fin una pregunta que ella no fuese capaz de responder, algo que no hubiese estudiado, una respuesta en la que no la hubiera instruido su agente, cualquier cosa que no viniese en las revistas que le daban cada día para afinar su enorme fiasco de muerta en vida.

Es justo reconocer que los forenses nunca afirmaron que fuese ella, o para el caso, que ninguno de los cuerpos autopsiados ese día fuesen los de Adolf Hitler, su ministro de propaganda, sus familias o sus perros. Fuimos más bien nosotros y la prensa quienes decidimos creer que los cadáveres autopsiados en Bachau y los huesos después quemados en Magdeburgo encarnaron alguna vez a Adolf Hitler y a la malhadada familia Goebbels. Todavía me escandaliza la mansedumbre con que entonces asumimos la identidad de aquellos muertos, por no hablar de la resignación con que años más tarde avalamos la noticia de que los habían incinerado y arrojado al Elba. Demasiado pronto y demasiado fácil las dudas sobre el destino de los ocupantes del búnker migraron al obtuso reino de las teorías conspiratorias y las fantasías paranoides, donde adquirieron un aura de esoterismo exasperado que dura hasta nuestros días.

Una suerte similar va corriendo un libro que este enero publicó un tal Yigor Vlassov, intérprete del ejército soviético durante la toma de Berlín. Es verdad que la obra contiene documentos bien conocidos, incluidas las autopsias de Bachau, pero exhibe asimismo textos hasta hoy ausentes en las obras de historiadores más conspicuos. En una especie de epílogo Vlassov añade, sin apenas comentarlas, diversas actas con testimonios de los sobrevivientes del sitio de Berlín. Una de ellas en particular me ha quitado el sueño en las últimas semanas. Se trata en realidad de dos interrogatorios sucesivos que los soviéticos hicieron a Erich Kempka, chofer de Hitler, capturado cuando huía del búnker berlinés e interrogado en los días inmediatamente posteriores a la capitulación alemana. Tras confrontar ambas actas, Vlassov resalta el hecho de que el antiguo chofer mintió o no dijo toda la verdad en la primera inquisición. Por mi parte sospecho que se trata más bien de una enmienda, y que es verdad lo que podría considerarse falaz en el interrogatorio inicial. El 4 de mayo de 1945, cuestionado por una hechiza corte de investigación, Kempka asegura que él mismo, tres días antes del suicidio de Hitler, recibió la orden de conducir a dos secretarias y a una de las hijas del ministro Goebbels hasta una embarcación anclada en el río Spree, donde al parecer se ocultarían para después ser trasladadas en hidroavión hacia un lugar más seguro. Por qué razón sólo una de las niñas habría sido puesta a salvo es algo que Kempka nunca dijo ni sus jueces le preguntaron. El caso es que tres días después de ese interrogatorio el teniente magistrado Vasilyev, Jefe de Contrainteligencia de la Cuarta Sección del Primer Frente Bielorruso, interroga nuevamente al prisionero de las fuerzas armadas alemanas Erich Kempka, el cual declara con la asistencia del propio teniente Vlassov como traductor. Al principio del interrogatorio, Vasilyev informa al prisionero que han hallado en el búnker los cuerpos de seis niños ahora plenamente identificados por el vicealmirante Hans Voss y el ciudadano Hans Fritzche. Acto seguido, el inquisidor ordena a Kempka que corrija o confirme su anterior declaración sobre el supuesto traslado de una de las niñas Goebbels a una embarcación en el río Spree. Kempka admite de inmediato que sus aseveraciones previas son inexactas y dice que efectivamente llevó a una adolescente hasta el río, pero no puede asegurar que se tratara de la hija mayor de Joseph Goebbels. Añade que al regresar al búnker vio a los seis niños merendando en la escalera que conducía al búnker superior. Vasilyev por último quiere saber por qué el prisionero aseguró antes que la niña en cuestión era una de las hijas del ministro de propaganda. Pero Kempka responde sencillamente que la tensión de las últimas jornadas le había afectado tanto que sin querer había confundido su declaración.

De modo que así concluye el segundo interrogatorio de Erich Kempka, liberado en 1947 y muerto hace dos años en Friburgo, donde dirigía una fábrica de pintura. Su participación en el caso de Susan Grey es breve y ambigua. Nunca, que yo sepa, aceptó encararse con ella. Su nombre aparece en la lista de testigos convocados para el juicio de reconocimiento de 1963, pero no hay registro alguno de que haya comparecido.

Christian: postales

Acaso sea verdad que quien miente en lo poco mentirá también y siempre en lo mucho. Pero eso no obra nada contra la impunidad con que hoy sabemos que puede reescribirse la historia, cualquier historia. De un tiempo acá se ha vuelto habitual que las memorias de algunos sobrevivientes de la guerra exciten enseguida a sus detractores, muchos de los cuales han hecho de la objeción rabiosa un oficio bastante redituable. Las memorias de Albert Speer no han sido la excepción. Con saña, aunque sin escándalo, los perpetuos críticos del nacionalsocialismo han refutado con vehemencia el testimonio del prisionero de Spandau, si bien ninguno de ellos ha alcanzado a desacreditarlo de manera significativa ni en términos muy diferentes de lo que se le discutió y cuestionó durante los juicios de Núremberg. Se ha dicho, por ejemplo, que la sujeción de la taimada Magda Goebbels a los perversos designios de su marido, tal como los describe el arquitecto en su libro, es inverosímil, cuando no de plano mendaz. Asimismo, el supuesto intento de Speer de asesinar a Hitler emponzoñando el aire del búnker apenas se sostiene, no sólo porque la torre de ventilación por la que Speer dijo que pretendía hacerlo jamás existió sino porque contradice, sólo en apariencia, su declarado propósito por sacar a los niños Goebbels del búnker antes de que cayese Berlín, que de cualquier modo sólo estuvieron en aquel refugio los últimos diez días antes de la caída.

Con estas y muchas otras contradicciones Albert Speer publicó sus memorias el año mismo de su liberación. Para entonces había cumplido íntegra su condena dedicado mayormente a tres cosas: la redacción de su autobiografía en envoltorios de papel higiénico contrabandeados por el médico interno, la construcción paciente de un jardín en la huerta del presidio y su caminata imaginaria por la circunferencia del planeta. De su jardín esotérico y de su viaje delirante se ha escrito muy poco, pero sus memorias en cambio han sido fuente inagotable de debate y, para mí, de nutricias aproximaciones a la intimidad de los Goebbels y al temperamento del propio Speer. En su libro, el cautivo de Spandau recuerda con pesar inverosímil la época en que inició su labor como arquitecto del Reich, y afirma que poco después de atender su primer encargo comenzó a sufrir ansiedad en túneles, cabinas de aviones y cuartos estrechos. Mi corazón, escribe Speer, se desbocaba y se quedaba sin aliento, mi diafragma parecía ser más pesado y mi presión sanguínea aumentaba muchísimo. Padecía, concluye, una ansiedad inmensa en medio de la libertad y el poder más radicales.

Es difícil releer estas frases sin recordar que su autor las escribió mientras cumplía en Spandau su penitencia con justicia dantesca, enclaustrado, refundido en una celda que parece diseñada a posta para estimular su ahogamiento y puede que su arrepentimiento. No deja de ser irónico que estas confesiones laberínticas las haga un prisionero que cree que viene de caminar alrededor del mundo por el patio de la cárcel para encerrarse luego en la escritura de remembranzas donde todo lo acentúa, lo justifica y contamina su presente enclaustramiento. Me pregunto a veces si la invocación de esa claustrofobia remota no es también una reinvención, un acomodaticio engaño de Albert Speer. Las metáforas del cautiverio están por todas partes en su obra arquitectónica y en sus memorias, y alcanzan inclusive a Hitler, descrito asimismo como un prisionero de su megalomanía. Speer narra en su libro la gradual transformación del búnker en una ratonera, y describe sus paredes gruesas como las de una cárcel, con puertas y contraventanas de acero que obstruían el paso de la luz natural, con una sola salida de emergencia y un ducto de ventilación por el que él mismo, según había declarado en Núremberg, consideró gasear a los protagonistas de aquella encerrona apocalíptica.

La conocida devoción de Speer por los espacios monumentales y abiertos, visible ya en sus primeros diseños, adquiere en sus memorias de prisión un cariz de impostado arrepentimiento y de controlada nostalgia por la libertad perdida. Honestas o no, está claro que esas memorias fueron escritas para afirmar a su autor como un artista seducido por el poder que paga ahora con su encierro las culpas de sus contemporáneos menos que las propias. Ni en sus memorias ni en las declaraciones que hizo luego de su liberación, Albert Speer asume nunca una responsabilidad personal en los desmanes de la guerra. La suya es la retórica de un chivo expiatorio que no acaba de entender exactamente por qué o a nombre de quién está pagando. Cada una de sus palabras apela con regular éxito a nuestra empatía con esa ilusa víctima de las circunstancias. El artista que una vez soñó con metrópolis esplendentes y ruinas sublimes perpetuadas en el futuro insiste hoy en que arriesgó la vida cuando desobedeció la orden que le dio Hitler de arrasar Alemania. El hombre que llegó a amar la velocidad y el vértigo se muestra al fin ralentizado, recluido y finalmente reducido al papel de un mero testigo de las miserias humanas en los más sórdidos pasadizos de la ambición y la venganza. Todo indica que Speer a esas alturas se ha convertido en un despojo neurótico y abajado, y que es la sombra de una sombra, el derrumbe de un derrumbe sin grandeza ni elocuencia, la encarnación grotesca de sus propias teorías de la ruina, la demostración encarnada de sus grandes falacias estéticas.

Irónico es también que a Speer lo hayan juzgado y condenado en Núremberg, a escasos kilómetros de lo poco que queda en pie de su mayor legado arquitectónico y del lugar que habría inspirado su teoría del valor de la ruina. En sus memorias el cautivo de Spandau explica que fue entonces, mientras bocetaba una tribuna para Hitler entre el cascajo de un antiguo campo de zepelines de Núremberg, cuando decidió que era su deber considerar en sus planos los términos que la naturaleza fatalmente impondría al desgaste de su obra, de cualquier obra. Dice que al pasar ante el amasijo que formaban los restos de hormigón tras la voladura del hangar, pudo entrever su ulterior descomposición y reprocharse que en la actualidad los edificios estuvieran hechos para durar lo mínimo. Dice que aquella desoladora imagen lo llevó a una reflexión que después expuso a Hitler bajo el pretencioso título de Teoría del Valor de la Ruina, según la cual las construcciones carcomidas por el tiempo nos reclamaban que no hubiésemos pensado en ellas y que nadie al construirlas hubiese considerado el valor que en el futuro tendrían sus despojos. Las construcciones modernas, decía Albert Speer, no eran muy apropiadas para lanzar un puente de tradición hacia las nuevas generaciones, pues resultaba impensable que unos escombros oxidados transmitieran el espíritu heroico de los monumentos del pasado. Mi teoría, explica Speer, pretendía resolver ese dilema empleando materiales especiales, así como ciertas leyes estructurales específicas que nos permitirían alzar edificios que, cuando decayesen al cabo de cientos o hasta miles de años, pudieran asemejarse a sus modelos romanos o griegos. Para ilustrar sus ideas Speer hizo dibujar una imagen romántica del aspecto que tendrían los edificios alemanes por él diseñados después de varias siglos de abandono. En el dibujo, Berlín aparecía cubierta de hiedra con pilares derruidos y muros descascarados que sin embargo serían todavía elocuentes y reconocibles cuando hubiesen pasado los mil años de felicidad imperial.

Bastó aquello para que Speer sedujese de inmediato a Hitler, quien ordenó que la teoría de su arquitecto se convirtiese en ley y que en lo sucesivo las principales edificaciones de su naciente imperio se construyeran de acuerdo con ella. A partir de entonces Albert Speer emprendió el diseño y tal vez la construcción de una Germania milenaria, imbatible, resistente inclusive al bombardeo del tiempo y al cautiverio de las eras. Su primera obra fue nada menos que la gran tribuna que hizo alzar para el nacionalsocialismo sobre el derruido campo de zepelines en Núremberg. Se entiende entonces que hacia el final de la guerra los aliados se encarnizaran con aquel grandilocuente edificio del que hoy sólo queda una hosca mole de piedra arrinconada casi con vergüenza en los bordes de un parque berlinés. No es improbable que el arrasamiento de ése y otros edificios haya tenido lugar por la misma época en que un caviloso y abatido Adolf Hitler convocó a Speer para ordenarle la destrucción completa de Alemania antes de la llegada de los soviéticos.

Hay quien dice que Speer tomó su teoría de la ruina de las ideas del inglés Ruskin. La afirmación es, por lo menos, inexacta. Ruskin abogaba por dejar que los edificios sucumbieran tranquilamente al paso del tiempo como testimonio de la futilidad de las cosas materiales. Albert Speer, en cambio, proponía anticipar los estragos de la naturaleza y del tiempo de modo que éstos conservasen y hasta incrementasen con su decadencia la grandeza de las cosas materiales. Como sea, ni uno ni otro consideraron nunca que no sólo la naturaleza sino el hombre mismo podía despertar un día con la incontenible gana de arrasar con todo de una buena vez y para siempre. Es verdad que los planos de obras futuras rara vez consideran su propia destrucción bajo el poder de las fuerzas naturales, pero no es menos cierto que la insania destructiva de los hombres es también una fuerza de la naturaleza, la más efectiva, la más temible, la única contra la que nada pueden los siglos ni los dioses.

Con cuánto pesar habrá recibido Speer la noticia de que sus obras habían desaparecido de la faz de la tierra, con qué humildad o con qué soberbia habrá reconocido los agujeros de su teoría, y hasta qué grado habrá querido enmendarla desde su cautiverio. Quizás el jardín absurdo que construyó en el patio de Spandau sea su respuesta, el matiz de piedra y hiedra con que quiso demostrarse y demostrarnos que no se había equivocado del todo.

Por contraste con el resto de su obra, el jardín en el patio de Spandau sigue en pie. Los árboles que allí plantaron Albert Speer y sus compañeros de cautiverio hace más de treinta años han crecido fuertes y sin duda hacen pensar en los bocetos románticos de Ruskin. Es probable que ese jardín lo concibiera Speer como un secreto teatro de la memoria de los derrotados de la guerra, un laberinto donde al cabo crecieran los abetos de la casa de su infancia en Heidelberg, los robles que acompañaron la juventud de Rudolf Hess y hasta los pinos milenarios que franquearon sus caminatas con Hitler en el paisaje que circundaba el Nido del Águila.

Hace sólo unas semanas leí que Rudolf Hess, el último cautivo en la prisión de Spandau, amaneció muerto en su celda a la edad de noventa y tres años. La versión oficial quiere que se haya suicidado, si bien hay quien asegura que fue asfixiado mientras dormía. De cualquier modo ahora la prisión de Spandau ha quedado vacía, de manera que todo en ella será demolido, incluidos la celda que exprimió por décadas a sus siete habitantes y el jardín que éstos construyeron con la ilusión de que durase siglos. Los guardias del presidio afirman que al morir Rudolf Hess había perdido enteramente el juicio y la memoria.

Gracias o a pesar de sus hipérboles y sus contrasentidos, las memorias de Albert Speer fueron un éxito instantáneo. Quien no las conozca habrá leído al menos una de las muchas declaraciones que su autor hizo desde su salida de la cárcel de Spandau en 1966. Yo conservo todavía una copia de la entrevista que le hicieron el día mismo de su liberación, así como de las que regularmente conceden a la prensa algunos de sus hijos. Varias veces he hablado con ellos y sé que terminaron por distanciarse de su padre, quien por otra parte nunca quiso recibirme ni mostró un ápice de gratitud por la solidaridad que la familia Quandt le brindó en sus horas más difíciles.

Recuerdo todavía al ministro Speer en los años turbulentos de la guerra, distinguido y nervioso en las reuniones que mi padre convocó en su honor para pedir a los industriales alemanes un último esfuerzo mientras elaboraba un arma secreta que parase los pies a los soviéticos. Mi padre además no dudó en testificar en favor de Speer cuando a ambos los juzgaron los aliados. En Núremberg, mientras él mismo enfrentaba cargos de colaboración con el régimen, el industrial Gunter Quandt ratificó que el arquitecto y ministro Speer había desobedecido las órdenes expresas de Hitler de arrasar el país poco antes de la gran ofensiva soviética. De cualquier modo ambos fueron condenados por la corte internacional. Que yo sepa, nunca mi padre volvió a hablar con el arquitecto, aunque recibía noticias suyas por conducto de su familia, a la que procuró y visitó con frecuencia los primeros años que Speer pasó en prisión.

En sus últimos años mi padre se convirtió en uno de esos viejos que gustan de contar los cuentos y los argumentos que los han atragantado toda la vida y que no desean llevarse a la tumba, las faltas que ya no importa mucho que se sepan, las traiciones y los secretos que callaron en el pasado para salvar un pellejo que a esas alturas tampoco vale gran cosa. Una tarde de invierno, nos reveló a Harald y a mí algunas cosas inquietantes sobre la familia Speer. Habíamos ido a verle para consultarle algún asunto de dinero que él sin embargo ignoró enseguida para hablarnos de lo que creía haber descubierto en una visita reciente a la casa donde ahora vivía la familia de Albert Speer. En mi recuerdo de esa historia mi padre conversa con la esposa del arquitecto en la terraza de aquella sombría mansión a escasos kilómetros de Berlín. Los hijos más pequeños de Speer se turnan para balancearse en un columpio. Desde el borde del jardín los observa un muchacho que mi padre no reconoce de inmediato pero que le resulta familiar. De pronto una de las hijas mayores se asoma desde la ventana de la casa, manotea y grita Christian, ven aquí ahora mismo. El muchacho la mira, se encoje de hombros, frunce el ceño, se aparta con la mano izquierda un flequillo que le cubre la frente, da la vuelta y se aleja entre los árboles que bordean el jardín. Años después mi padre nos describe la escena y Harald entonces le pregunta quién cree él que podía ser ese chico. Esta vez es mi padre quien se encoje se hombros y se limita a responder que el muchacho al parecer vivía con la familia Speer desde el final de la guerra. Luego, en voz muy baja, añade que está seguro de que se trata del hijo de Magda y Joseph Goebbels.

Ahí está otra vez el gesto, otra vez la mano alzada para apartar un mechón de pelo que de cualquier modo volverá a velar la frente del muchacho que mi padre creyó reconocer un día en casa de los Speer. Así lo he imaginado muchas veces y así siento que lo recuerdo siempre, con el ademán grácil y un tanto histriónico que tantas veces vi hacer a mi hermano Harald y que él quizás había heredado de su madre, la misma mano llevada al pelo del estudiante que en 1955 veo alejarse con un oscuro guardia de la Stasi en los jardines de la Universidad de Leipzig.

Lo han subido en un Skoda negro que se aleja velozmente de mi vista y de la universidad. Por las calles de Alemania amurallada se me va borrando el niño que otras muchas veces hemos visto fotografiado con bráquets y ropa marinera, el muchacho de once años que me niego a reconocer postrado y frío en el jardín devastado de la cancillería porque su madre acaba de matarlo con cianuro.

Se me confunden los tiempos y los espacios en los que creí encontrarme con Helmut Christian Goebbels, pero su gesto permanece para quitarle vaguedad a mis remembranzas. Se me enciman los datos y los rostros, la edad no ayuda a deshebrarlos, tampoco la ceguera si uno tiene hecha pedazos la memoria visual. No es posible que Christian Goebbels haya estado en todos los lugares en los que he querido situarlo, la sola idea me parece absurda. Lo que sí es seguro es que un huérfano de guerra llamado Christian Leverkunt creció al lado de los hijos de Albert Speer en la mansión de Schleswig donde se refugiaron y criaron después de la guerra mientras el padre estaba en prisión. Gracias a los hijos del arquitecto he podido reconstruir lo poco que sé de Leverkunt, si bien no he dado todavía con argumentos suficientes para confirmar que el tal Christian fuese Helmut Goebbels.

En mi pedacería de citas, listas y bocetos atesoro algunas charlas con Anna Speer, quien dedicó su vida a la pintura, y con su hermano German, que es todavía un médico rural en Bohemia. Por ellos supe que el tal Christian adoraba los mapas, que tenía un envidiable talento para la ingeniería y que las dádivas para su educación fueron suspendidas cuando el muchacho abandonó el refugio de Schleswig sin apenas despedirse de su familia adoptiva. Para entonces medía casi dos metros y se había convertido en un joven huraño y más o menos problemático. German luego me contó que Christian tenía efectivamente el hábito de apartarse el pelo de la frente y que alardeaba siempre de que un día volvería a Berlín para rescatar una cápsula del tiempo que antes de partir había enterrado en los jardines del edificio de la cancillería. Anna Speer, por su parte, recordaba que al verlo salir de casa con la mochila al hombro, desgarbado y serio a la luz de la tarde, tuvo la certeza de que nunca volvería a verlo y que acabaría por alzar un muro entre ellos y sus recuerdos.

Por un tiempo los Speer le perdieron la pista hasta que Anna recibió una carta suya desde España. Después de dedicarse a oficios de diversa índole, recorrió los Pirineos y cada tanto enviaba a Anna postales que ella misma me ha mostrado, unas cuantas de Barcelona y otra del palacio de El Escorial, y atrás, escrita con una caligrafía desarbolada: *Es un edificio de una oscuridad aterradora, todo aquí es sombrío.* Después pasó a Francia, donde fue deteniéndose en las iglesias románicas del camino de los romeros. En otra postal escribió: *No entiendo por qué prefiero el románico al gótico, hay algo en estas ventanas reducidas que me reconforta.* Más adelante añade que ha comenzado a aficionarse a los pasadizos y a las ciudades subterráneas. Ha visitado las cloacas de París, los socos intrincados de Marruecos, los túneles medievales de Edimburgo y las metrópolis subterráneas de Capadocia. Escribe que una tarde, mientras exploraba los laberintos de Boloña, había conocido a un hombre que le propuso estudiar en la Alemania Socialista, pero él aún no estaba preparado para aceptar el reto, de modo que siguió viajando. Llegó inclusive a Creta, donde trabajó como estibador en el puerto de la capital. *Aquí estuvo el laberinto*, escribió. Sus obsesiones más evidentes están sin embargo en una carta que dirige a German Speer desde Estambul, donde se le nota consternado por la noticia de que el padre de su corresponsal acaba de publicar sus memorias: *Me han prestado una copia. Las he leído con indignación y tristeza. Lamento mucho que tengan ustedes que pasar por eso.* Al pie de la carta se nota un trazo de las catacumbas paleocristianas. El dibujo parece un hormiguero en una de cuyas estancias hay una cúpula enorme donde yacen seis esqueletos pequeños y sonrientes.

Cuando Anna Speer me entregó sus postales, vivía en Frankfurt en una casa de una sola planta que olía a óleo y aguarrás. Usaba su nombre de casada y apenas veía a sus hermanos. Tenía por costumbre no hablar con la prensa, más por timidez que por vergüenza, y nunca permitía que la fotografiaran. Lo he olvidado como él nos olvidó a nosotros, me dijo, y yo entonces no supe si se refería a su padre o a Christian Leverkunt. Me dijo también que Leverkunt fue siempre para ellos un extraño, y que probablemente los aborreció desde el primer momento y que seguramente a esas alturas habría muerto. Recordó que el chico conservaba de sus días berlineses un manojo de llaves que no abrían ninguna puerta, una copia de *El conde de Montecristo* y una burbuja de nieve. Esas llaves estuvieron durante mucho tiempo en su habitación en Schleswig, lo mismo que un mapa rudimentario del búnker de la cancillería, todo guardado en una bolsa de plástico que nadie podía tocar. En su viaje por el mundo había visitado infinidad de subterráneos y lamentado la ruina de Alemania lo mismo que las noticias de los campos incendiados de Vietnam y las imágenes de Hiroshima destazada por las bombas. *No sabes, querida Anna, cómo quedaron nuestras ciudades, no podemos permitir que vuelvan a hacernos esto.* Era como si las cosas a su paso se fuesen desmoronando. En los trenes por los que viajaba refulgían los rostros sombríos de los desplazados que volvían a tierras que ya no recordaban. Convenía no decir nada, no hacer amigos, arrojar la vida al paso como quien se va deshaciendo de sus memorias, y no mirar atrás. Había que llegar al punto de no retorno, a un lugar en el que nadie pudiera hacerle daño ni reconocerlo. Leía con fruición a Kesselman y a Károli, e insistía en que la teoría de la ruina de Speer era sólo una de las muchas caras del fascismo. Ahora había que detener los avances de ese romanticismo enfermo y defender la insolvencia de las cosas, construir sólo para el presente. Le impresiona la devoción de Károli por los muros y los laberintos, halaga su estética del encierro y su enconada lucha contra las ideas de Speer. Károli le parece el opuesto exacto de las ideas de Speer: no es un artista de la ruina, dice, sino un apologista de lo efímero. Sus méritos no están en lo que pudiera quedar de su obra sino en su idea del mundo como un laberinto, en su afán por reivindicar los tesoros de la memoria en el centro del dédalo. Károli es en cierto modo la consecuencia de una era de devastación.

Mientras se desplaza hacia su punto de partida, Christian Leverkunt escribe postales en el vacío, cartas tristes y enclaustradas, postales tristes y vengativas. Su cerebro busca un asidero, la puerta que abran sus llaves, la cápsula del tiempo, su tumba. Decía Anna que aquel muchacho pensaba que un día volvería a Berlín para encontrar su origen, un lugar donde hallaría la paz y el orden, un espacio donde recuperaría el tiempo perdido y alzaría un muro para que nadie nunca pudiese hacerle daño. Yo entonces lo imaginaba solo y triste y casi sin dinero en mitad de aquellas multitudes y castillos que hacía apenas unos años habían sido su orgullo, ahora todos llenos de mendigos, de desplazados, las calles de Dresde y Colonia incineradas bestialmente por los aviones de la RAF. Helmut Goebbels, o quien yo creo que fue Helmut Christian Goebbels, quiere y no quiere mirar a través de las ventanillas del tren, recabar en la mirada las ciudades en ruinas. Escribió: Lo que han hecho con Alemania es una vergüenza, deberían impedirles el paso, todos esos aviones bombardeando, soldados con ametralladoras, niños quemados, ruinas, la catedral de Colonia, los montones de escombros.

Alguno de sus amigos recordará que vio a ese muchacho lloroso en las ruinas de Colonia y en los pasadizos de

Dresde, sucio, altísimo, con una chamarra militar que le quedaba chica, caminando por las calles hacia el centro de Berlín con una mochila al hombro, ocupado de sus labores de espionaje. En otro momento fue un fugitivo de Berlín, un disidente o un soplón. Cualquier policía podía ser él, cualquier fugitivo, cualquier desaparecido podía haber llevado su nombre. Era un soldado de la Stasi encargado de construir el muro. Era un espía del fascismo, era el muchacho desgarbado que en 1957 entró con pasaporte a trabajar como estibador en el puerto de Atenas en un barco de bandera turca que amarraba en Calabria. El dueño de la embarcación, un tal Bashur, lo recordaría después con afecto. Pensaba que tenía un talento especial para las artes marineras y lamentaba que hubiese renunciado. Era, dijo, un muchacho trabajador y taciturno, había cobrado su último sueldo y no habían vuelto a saber nada de él. Un compañero de estudios dijo después que lo vio en Berlín y confesó que tenía una afición a la bebida y que al dejar Atenas había comprado un boleto sólo de ida a Leipzig y se le acabó el dinero. Escribió más tarde que al entrar en Alemania oriental se sintió por primera vez seguro y que un guardia de frontera le aseguró que podía entrar en el ejército y trabajar como ingeniero. Un muchacho lacónico, con una mochila por único capital, un hombre sin familia se va adentrando en su pasado como si fuera un lugar nuevo. Imagino el ruido de sus botas en la grava, y con eso puedo armar con claridad la turbamulta de su mente y de sus ideas, su catre en el ejército, los camastros de los otros soldados recordándole los del búnker bajo la cancillería, las aulas de la universidad Karl Marx. Al mismo tiempo mi cabeza expandida recaba las palabras disueltas en sus postales a Anna, las líneas que van armando la imagen.

Debía tener poco tiempo para escribir y por eso lo hacía cada vez con más brevedad. Al terminar una postal pasaría su mano por la frente y dejaba que su recuerdo lo llevara a otros mundos. Le gustaba escribir con tinta verde.

Había aprendido a hacer trazos rectos que luego fue abandonando mientras aprendía a diseñar puentes. Sus planos los iba dejando en la universidad y en las estaciones de tren mientras viajaba desde Estambul hasta Atenas, o desde Viena hasta Praga. En un hotel de Marsella desde el cual podía verse el ominoso Castillo de If dejó sus planos y su cámara fotográfica, el compás y los lápices que Speer le había regalado en su décimo cumpleaños. Lo dejaba todo en el camino y no volvía a mirar atrás. En una postal a Anna menciona la lista de cosas de las que se ha ido despojando y con las que al fin ha llegado a Berlín, y de lo que recordaba haber enterrado en su cápsula del tiempo, y las que nunca recuperó, hasta la burbuja de nieve y las llaves. Por las postales puedo trazar la ruta que siguió y los nombres de las ciudades por las que pasó y que fue borrando de su vida como se borran las piedras en el fondo del río. Voy recorriendo con él su ruta hasta Leipzig, persigo su huida, su viaje de vuelta al origen construida por murallas y voladuras de puentes, *delenda Cartago*, uno tras otro como huellas en los senderos que conducen al corazón del laberinto de Alemania devastada.

Por ese laberinto subí una mañana cuando visité Berlín, con un mapa que me habían dado en el hotel. Vi un edificio de gobierno que había visto ahí mismo la primera vez que fui a la Alemania Democrática, hacía por lo menos quince años. El patio de la cancillería apenas alterado y el mismo amasijo de herrumbre y óxido bajo un aguacero idéntico al de la tarde de diciembre de otros tiempos y los colores acentuados de la herrumbre sin grandeza me hacen pensar en el valor de la ruina y en Christian Leverkunt excavando su cápsula del tiempo, con un manojo de llaves que no abrirán ninguna puerta. Se pregunta ahora qué habrá pensado Albert Speer, y qué extraña sensación seguir siendo él mismo en mitad de esa ruina, su propio cuerpo reformado observándolo cuando pasa el control de frontera. Es y ya no es el niño que huyó del búnker, es el mapa de su propio acabamiento, el que mira al niño Helmut Goebbels llegar a Berlín abandonando su adolescencia, buscando, excavando, con el rostro en que nadie podría reconocer sus rasgos infantiles, un joven guardia que busca algo por instinto entre las piedras, con su mochila al hombro, bronceado todavía por el tiempo que ha pasado en los barcos griegos, con su flequillo, irreconocible en las fotos que enviaba a Anna, ahora un adulto prematuro y sin sosiego, aficionado a los cigarros soviéticos, convencido de que no hay marcha atrás. Él mismo no sabe hasta qué punto ansía el olvido, si ha llegado al corazón de su infancia y si ha perdido todo vínculo con su pasado, como un fugitivo, como un prisionero que escribe sus memorias y pide que se le encierre para pagar una culpa, o como un pequeño dictador de película o de las novelas de Broch.

Todo y nada comparte Christian Leverkunt con el niño que salió de esa misma ciudad hace veinte años. Lo único que lo enlaza a su pasado es que ahora ambos son fantasmas o que están buscando algo que perdieron hace siglos. Ambos ansían perder su pasado tanto como la cápsula que enterró con sus hermanos en 1943, una caja de metal despostillado, blanca, con el escudo del imperio josefino y un interior acolchonado. Guardaron allí una burbuja de nieve y unas llaves que no llevaban a otra parte que un refugio, el sosiego mortal de los subterráneos, un lugar donde al fin pueda parar el avance aterrador de un mundo que ya no les dice nada.

III

Susanne: litigios

Fue Albert Cornwall quien hace apenas unos días me entregó en propia mano la fotografía de Susan Grey en la baranda del transbordador. El abogado esta vez no me asedió para que lo recibiese ni mediaron entre nosotros telefonemas ofensivos ni secretarias perplejas que tradujesen nuestras palabras más raspadas por la edad que por las barreras idiomáticas. En esta ocasión he sido yo quien lo ha buscado, me cité con él en Londres porque hace años que se ahogó la mujer que nos unía y porque ya no tenemos nada que perder. Decidí encararlo porque a estas alturas Helga Susanne Goebbels sólo existe en el recuerdo que Cornwall y yo pudimos compartir de ella y en la identidad que pretendimos darle o después arrebatarle. O porque no me quedan muchas vías por recorrer ni mucha voluntad para seguir nadando a contracorriente. Después de tantos años de evadir, rechazar y culpar a Cornwall por la tragedia de Susan he empezado a comprender que ese hombre de algún modo me concierne y me refleja. En cierta forma estoy en deuda con él. O quizás ambos le debamos algo a Helga Goebbels en la misma medida en que ella pudo deberle poco o mucho a mi difunto hermano Harald.

Por un tiempo me pregunté qué pudo ver ella en alguien como Cornwall y por qué se mantuvo a su lado aun cuando sus gestiones para que la reconociesen como Helga Goebbels mostraron ser perjudiciales para su causa. Finalmente he comprendido que ese hombre de apariencia deshonesta fue no obstante el único honestamente dispuesto a darle a Helga una esperanza y una memoria, el único con el tesón o la malicia suficientes para reconocerle su derecho a una identidad, así fuera vicaria, así fuera sólo durante unos cuantos años. En ese sentido Cornwall es una versión mejor de mi hermano Harald y de mí mismo, que al cabo traicionamos a Helga y fuimos incapaces de construir para ella un espejismo habitable. Nosotros no tuvimos la astucia ni el vigor para llegar tan lejos como se atrevió a llegar Cornwall, ni siquiera para reconocernos como fingidores de existencias ajenas.

Cada mañana estudio obsesivamente las fotografías y los recortes que me legó Susan Grey preguntándome ya no si esa mujer era en efecto Helga Goebbels sino si fue feliz siquiera un poco y si supo alguna vez el precio que tendría que pagar por la ordalía a la que la empujó Albert Cornwall con el aval de más gente de la que es sensible aceptar. En el verano de 1970 pasé unas semanas con Gudrun Burwitz, la velada hija de Himmler. Por ella tuve acceso a los archivos de Ayuda Silenciosa, la fundación a su cargo, y a las actas de la querella de reconocimiento que Albert Cornwall alguna vez presentó ante las Cortes de Bonn.

Tolerada con discreción por mi hermano Harald y otros sobrevivientes, Burwitz fue en su momento una de los más entusiastas patrocinadoras de la demandante durante el juicio de Bonn, el cual generó docenas de volúmenes de testimonios y documentos probatorios acumulados durante décadas. Los archivos de Ayuda Silenciosa son una cornucopia excepcional de cartas, informes, deposiciones y diagnósticos sobre el reclamo de Susan Grey. Entre los papeles de ese caso marcado por decenios de publicidad tan abundante como caótica, hallé una caterva penosamente amplia de información en que abismarme para indagar los huecos que tenía de la historia de Susan desde distintas perspectivas que constantemente ponían en duda mi opinión no menos que la supuesta falsedad de las declaraciones de Susan Grey y su abogado Albert Cornwall.

Por esa fuente pude saber que las señales de que aquello acabaría mal estaban ahí desde el principio. Puedo verlo inclusive en las imágenes que nada o muy poco tienen que ver con el periodo público de la impostura de Susan Grey, en las cartas y las fotografías privadas que ella incluyó no obstante en sus carpetas quizá consciente de que eran también parte de su vida y que sólo con ellas podríamos recordarla con algo parecido a la justicia.

La tristeza y la certeza de cuán inútil iba a ser su gesta se reflejan hasta en sus primeras fotos al lado de Cornwall, tres o cuatro solamente, tomadas en los meses en que su querella estaba aún a salvo del escrutinio de la prensa y de las traiciones del escándalo. Hay entre esas fotos un retrato que Susan y Cornwall se hicieron en una visita al castillo de Edimburgo, en lo que supongo fueron sus primeros meses de su triste matrimonio de embaucadores. En la fotografía ambos están vestidos de un negro más bien fúnebre que ciertamente impresiona y que parece ya pensado para convencer al mundo de alguna proximidad de Susan con los fantasmas de la guerra. Cornwall muestra desde entonces el garbo estudiado de un mercachifle del engaño que cavila en su próximo golpe maestro mientras alza el mentón como un prestidigitador circense, titular del secreto mejor guardado de la historia reciente desde que se anunció que Hitler había huido a Sudamérica oculto en un submarino. A su lado está Susan Grey, prospecto de mujer barbada o niña convertida en araña por desobedecer a sus padres. Va cogida del brazo del hombre que la va sacando de la inexistencia y de la desmemoria. Se distingue apenas, sobre el negro saco del abogado, aquella mano con la que muchos años después, cuando ya no importe, Susan Grey pegará en sus carpetas esa foto y muchos otros testimonios de su odisea para convertirse en Helga Goebbels. Con esa misma mano blanca Susan Grey pegará un recorte de periódico con la entrevista que le hizo en Roma un periodista italiano, y otra en Madrid con la esposa de Francisco Franco, y una más que le hicieron en Amberes cuando acudió a los servicios de una médium connotada que prometía aclarar de una vez por todas si Helga Susanne Goebbels estaba efectivamente todavía entre los vivos. Con esa misma mano Susan Grey se apartará un rebelde mechón de pelo y ordenará decenas de testimonios foliados de su querella de reconocimiento en Bonn o las cartas que en una ausencia prolongada, quizás en alguna de sus muchas reclusiones siquiátricas, intercambió con Albert Cornwall.

Todo será un día acomodado con su blanca mano enclenque, todo será releído con unos anteojos que ya desde la foto de Edimburgo le daban un aire respetable de maestra rural, los cristales gruesos encajados en una nariz perfecta y sobre unos labios muy delgados que sonríen sin expresar nada remotamente parecido a la calma, sólo un rictus, la mueca difícil de una mujer obligada desde niña a sonreír para las cámaras del Reich, mira, Helga, así, y su madre Magda Goebbels torciendo también sus labios paralíticos, así, hija, mientras la mayor de sus hijas carga flores para el Führer o canastas con comida para los soldados malheridos en un hospital de campaña.

Semejante o idéntica a aquella niña, la mujer en la fotografía en Edimburgo y en algunas otras sigue braceando contra una marejada de incertidumbre. En vano trata Susan Grey de ocultar el miedo que le provoca descubrir quién fue o de emprender una búsqueda de sí misma que no entiende ya por qué razón ni por culpa de quién ni cuándo exactamente emprendió. La miro en su fotografía y distingo en su rostro la pena de quién sabe en lo más íntimo qué, no importa qué haga, jamás encontrará la paz entre recuerdos que ya nunca podrá jurar que son suyos, mucho menos en el reconocimiento de una comunidad de expatriados que preferirían no recordar nada y que tampoco pueden fiarse de lo que creen que vivieron en la guerra.

Hay en la biografía de Susan Grey un periodo letárgico, casi se diría que de preparación, entre el momento en que la hallaron en Carlton Hill y aquel en el cual conoce a Cornwall y anuncia públicamente su identidad en una rueda de prensa. De este tiempo sabemos que, cuando entendieron que nadie acudiría a reconocer a la mujer del puente, la policía la hizo trasladar el hospital de Santa Ana, no muy lejos de Glasgow, donde no cambió mucho su actitud ni renunció a su hermetismo. Hablaba lo mínimo insistiendo en que había dicho todo lo que tenía por decir, y se negó a hablar en alemán, si bien quedó claro enseguida que lo entendía. Uno de los médicos que la atendió al principio aseguró inclusive que mientras dormía lo hablaba con buena pronunciación y típico acento bávaro. Aquello, dirían después sus abogados durante el juicio, debía ser prueba de su identidad pues una impostora no habría sido capaz de realizar semejante hazaña lingüística.

En Santa Ana se le registró con el nombre de Jane Doe, se le diagnosticó con secuelas de sífilis y se le asignó una cama en el pabellón B al lado de otra docena de pacientes no peligrosos. Cuando un médico de guardia le preguntó si oía voces respondió doctor, tómelo con calma, usted sabe de estas cosas más que yo. El dentista que atendía a veces el hospital habló de dolores constantes y encontró que la interna había perdido los incisivos inferiores, y que los restantes habían crecido en ángulo agudo. En total, siete piezas parecían también dañadas o podridas, de modo que le fueron extraídas. A petición del médico, le dejaron el incisivo superior, en apariencia sano, en lo que una enfermera creyó luego ver un intento deliberado por alterar su aspecto. Esto dejó a la desconocida con sólo siete dientes, incluidos casi todos los de su mandíbula frontal, lo cual distorsionaba ligeramente el contorno de su boca y la obligaba a cubrirla constantemente con un pañuelo mientras hablaba.

Las religiosas de Santa Ana la cuidaron y seguramente toleraron sus desplantes y caprichos en una época de la que ella decía no recordar casi nada, aunque es fácil imaginar que fue un lapso triste de metamorfosis dolorosas, baños helados, convulsiones y ayuno. Más de un año en el que Susan Grey prácticamente no existió, quince largos meses en los que se habría borrado o al menos reacomodado una porción significativa de su memoria. Un periodo de delirio y baba en los que sin embargo no podemos saber qué pasó por su cabeza de loca rasurada a cuchillo, o hasta dónde recordaba ciertas cosas y hasta qué punto se negaba a reconocer en verdad quién era o en qué medida consideraba ya ser alguien que no había sido mientras las monjas la llamaban Jane y le ordenaban vuelve a la cama, Jane, come tu sopa, Jane, limpia los platos y no te equivoques o te las verás conmigo. Tal vez, entre una cosa y otra, habrá recordado lo que mencionó después sobre su adolescencia en Noruega: los inviernos prolongados, su entrega a otros conventos y asilos, sus huidas, sus vidas en la calle, su afición a la bebida y su paso por las manos de oficinistas grises y caballeros de media luz que le marcaron alma y cuerpo para siempre como si ella misma quisiera tener algo permanente que le diera alguna firmeza a su constante mutación mental.

Quizá ya para entonces Susan Grey tenía cicatrices, enfermedades y tatuajes que la habrían convertido en una joven turbia, signada por la insania o por una lentitud muda de ideas que no la abandonaría el resto de su vida. Y quizá también las cosas se hubieran quedado en eso de no haber aparecido en escena Margot Durham, una joven que estuvo interna en Santa Ana por esa misma época.

Fue ella quien lanzó al estrellato a Susan Grey. Aunque era inglesa, en los años anteriores a la guerra había vivido en Alemania, donde había sido institutriz en casa de Rudolf Hess, el secretario particular de Adolf Hitler. La versión oficial quiere que Durham conociese a los niños Goebbels, lo cual es sin embargo impreciso pues Helga, la mayor de las niñas, tenía apenas dos años cuando estalló la guerra y Durham tuvo que volver a Londres. En su declaración, con todo, la institutriz dijo haber conocido a Grey en el hospital de Santa Anna, y añadió que ésta no afirmaba nada de su identidad ni de su origen, aunque hablaba con sospechosa fruición y minucia de las vidas personales de los altos jerarcas del nazismo.

Cuando la dieron de alta, Durham estaba convencida de que su Jane Doe era una de las niñas Goebbels, seguramente Hedwig, dijo, de quien un tiempo se rumoreó que había sido extraída del búnker por la piloto Hanna Reitsch. Segura de haber resuelto el misterio del destino de la pequeña, Durham buscó en Inglaterra quien constatase su versión, y unas semanas después de abandonar el sanatorio abordó a Albert Cornwall en los corredores de Hyde Park. Tras demostrarle que había servido en casa de Hess, la institutriz anunció al abogado que en un sanatorio escocés había una mujer que podría ser una de las hijas de Magda Goebbels.

En ese entonces Albert Cornwall, pariente él mismo de alemanes, representaba en el Reino Unido los intereses de Ayuda Silenciosa, la polémica fundación de Gudrun Burwitz. Fundada por aristócratas y diversas iglesias alemanas, Ayuda Silenciosa llevaba al menos una década ofreciendo asistencia económica y legal a antiguos jefes del nazismo. Recaudaba fondos y financiaba incluso publicaciones virulentamente antisemitas y promovía la liberación de Hess y Speer de su prisión en Spandau. Su trabajo por lo visto no era muy fructífero o, si lo era, la discreción que lo regía no permitía que se conociesen sus logros.

De ellos al menos podía decirse que habían realizado una importante labor con los familiares de los jerarcas nazis, en su mayoría viudas y huérfanos, y no era por tanto descabellado que Cornwall juzgase más que oportuna la aparición de una de las hijas de Magda y Joseph Goebbels.

En Londres, asistido tan sólo por una secretaria, Cornwall recolectaba y distribuía fondos de la comunidad de emigrados, y organizaba tenues esfuerzos de cohesión para dar ayuda jurídica a los alemanes que la necesitasen. Deposiciones para desnazificación, reclamos y contrademandas pasaban por la pequeña oficina de Cornwall en esos años, lo cual lo hizo una de las personas mejor preparadas para intervenir en el caso de Susan Grey. Se interesó por éste apenas fue a buscarlo Durham, y después de consultarlo con sus patronos en Múnich él mismo fue a Inverness y visitó el sanatorio de Santa Ana. Cuando entró en la habitación de la desconocida, ésta se cubrió el rostro con una almohada y se giró hacia la pared. Años más tarde el abogado me contó que entonces la mujer le preguntó en inglés quién es usted y qué quiere, dijo, y no reaccionó cuando le mostré un retrato de su madre. Pese a sus dudas, Cornwall escribió enseguida a Gudrun Burwitz que había hallado en Escocia a una de las hijas de Magda Goebbels.

Pero nadie en realidad está jamás seguro de querer recordar ciertas cosas. A veces es mejor no reabrir aquellas cicatrices por las que podríamos desangrarnos hasta morir. El pasado de Susan Grey, como cualquier otro, debió quedarse donde estaba, o al menos debió ser enteramente suya la decisión de hurgar en él o reinventarlo. No era nuestra su vida para desenterrarla. Pero igual lo hicimos y con su muerte estamos pagando el precio de haberlo hecho. La mujer que ahora veo en las fotografías podría ser cualquiera de nosotros: no le gustamos, no se gusta, no entiende qué o quién la ha llevado a remover las cosas que quizás habrían quedado mejor en el olvido. Sin embargo, el hombre que la sostiene del brazo en Edimburgo no lo ve así, y ella no encuentra fuerzas para oponérsele. ¿Qué necesidad tenía ella de salir del anonimato? ¿Qué resabio o qué mal comprendida gratitud la han puesto en ese trance? ¿Por qué se le nota vacilante y se aferra al brazo de Cornwall como si estuviera a nada de desvanecerse?

En la otra fotografía, la que le hicieron en el transbordador, se nota que le cuesta mucho ver a la cámara, se intuye que está a punto de apartar los ojos como si no mirar el rifle fuese a desviar la bala. Tal vez desde entonces piensa ya, como los niños, que si cierra los ojos el mundo entero dejará de existir y nadie verá cómo suele llevarse la mano al pelo en un gesto idéntico al de su madre, y que no notaremos su evidente hartazgo, su propósito de inmolarse un día contra el nuestro de someterla al escrutinio y a la infamia hasta que ya no pueda más y tenga que inmolarse para que reconozcamos nuestra rechazo o nuestra apatía para evitar que salte al agua cuando el fotógrafo se distraiga unos instantes para cambiar la película de su cámara y vuelva después los ojos para ver sólo el vacío sobre cubierta y en el inmenso océano, distinguible apenas la mantarraya negra de su cuerpo arrastrado al fondo por el peso de su abrigo de maestra rural.

También los editores de diarios amarillistas debieron percibir en aquel hallazgo de Durham y Cornwall una oportunidad para dar a sus lectores una pátina de escándalo, victimismo e inocencia que no se lo habría ofrecido la noticia de que Hitler había sobrevivido. Cualesquiera que hayan sido sus motivos, el caso es que tanto los diarios como los miembros de Ayuda Silenciosa se tomaron muy en serio el caso de Susan Grey, y procuraron por todos los medios que la reconociesen como Helga numerosos miembros del antiguo equipo de trabajo de Hitler y sus allegados.

Albert Cornwall fue especialmente entusiasta en este caso. Apoyado por periodistas y aristócratas, se convirtió desde un principio en el promotor y padrino de Grey. Poco después de entrar en escena, el abogado entró en contacto con Gretl, hermana de Eva Braun, y consiguió que fuese a Inverness a reconocer a la interna de Santa Ana. Gretl había perdido a su marido en la guerra y había sido desnazificada con la intervención de Ayuda Silenciosa. Qué ocurrió cuando Gretl Braun visitó a Susan fue luego asunto de mucho debate. Se sabe que llegó a Inverness a principios de febrero del 60, y que desde el primer día pudo observar a la querellante desde la distancia mientras estaba en el jardín del sanatorio. En ese momento dijo que no hallaba semejanza alguna con Helga, quien tenía los ojos más oscuros y el pelo más rubio. La vio al día siguiente y dijo luego que al principio no vio nada familiar, pero añade que al mostrar el rostro la interna había detectado con un estremecimiento cierta semejanza con el de Magda Goebbels. Además, la interna luego respondió correctamente a algunas de sus preguntas y había mencionado como por casualidad un apodo atribuido a una de sus muñecas. Braun, en suma, abandonó el sanatorio convencida de que la interna era Hildegard Goebbels, la segunda de las hijas de los Goebbels. Días más tarde sin embargo, cuando se hizo público que la interna era Helga, Braun cambió de opinión y aseguró que podía reconocer en ella a la hija mayor de Magda.

Me han contado que tardaron todavía varios minutos en detener el transbordador, y que buscaron brevemente y sin entusiasmo a la suicida antes de seguir la ruta hacia Calais. Los registros del guardacostas la dan por muerta esa misma noche, y añaden que al señor Albert Cornwall tuvieron que sedarlo y encerrarlo en el cuarto de máquinas cuando vieron que amenazaba con lanzarse también al agua. Un buen samaritano se encargó de devolverlo a casa. Dijeron que había perdido su vivacidad y que apretaba en las manos su cámara fotográfica como si supiese que una parte de Susan Grey estaba ahí encerrada, detenida en el instante en que yo mismo la veo hoy como si fuera otra.

La mujer en esa fotografía no ha saltado todavía, se mantiene quieta ante nosotros, viva aún, congelada in extremis con la súplica de que la detengamos antes del salto o de que la recordemos así para siempre. Está triste y tiene el gesto de quien lleva mucho tiempo sin dormir como se debe, tal vez desde que los obuses soviéticos estremecían el búnker y tú sentías cimbrarse la litera que compartías con tus hermanas Holde y Heidrun porque no hay espacio para más, niños, entiendan que es un pequeño sacrificio que debemos hacer para estar con el tío Adolf, pero ya verán, niños, pronto ganaremos la guerra y entonces volveremos a la casa junto al lago.

También en su fotografía en Edimburgo el rostro de Helga Goebbels, o de quien yo quisiera que fuera Helga Susanne Goebbels, es el rostro de quien ni por un instante en su vida ha dejado de huir. Sus rasgos son los de alguien que se espanta con cualquier sonido intenso, como hace ahora mismo en Escocia ante los cañones de salva y al alharaca de cohetones que salen del castillo y el gemido de las gaitas que más tarde le recordarán también el mayido de algún gato en casa de mi tía Eleonor o los lloriqueos de sus hermanas en las literas del búnker. Esa mujer es la misma que despierta a veces rígida de frío y no sabe si le ronda una pesadilla o los retazos de una vida que ya no está segura de haber vivido. De repente su habitación en el asilo de Inverness le resulta extraña y siente que nada de eso está ocurriendo y que se encuentra todavía en el búnker. Luego, según vas recuperando la conciencia, resientes en la boca el sabor del bebedizo que acaba de darles el doctor Stumpfegger, y en los oídos los pasos de tu madre que se acerca después a tus hermanos, también desvanecidos en sus camas con un sueño emético de almendras amargas y cianuro.

Vuelves entonces a boquear la asfixia del veneno que te anuda la tráquea. Por un instante te niegas a tragar el líquido hasta que decides que será mejor no resistirte, primero por miedo a la ira de tu madre y luego para hacer más llevadero el trámite de salvarte, de pasar por muerta como una Julieta desamorada a través de los controles fronterizos, de impostar un desmayo que te haga parecer de veras extinta, o que al menos te mantenga callada en ese nuevo tránsito hacia otra vida, la de ahora, la de los gaiteros en Escocia, la de tu brazo cogido al brazo de tu abogado, la de tu exilio en naciones extrañas y en la inconsciencia. Definitivamente, te dices mientras sientes el abrazo de Albert Cornwall, esta vez no te resistirás como hiciste aquella noche con el brebaje del médico, no te negarás a tomar los venenos o los somníferos que quieran darte ni bromearás con tus hermanos sobre la obesidad de Edda Goering ni sobre el tono de alarma con que la señorita Traudel Junge les pide que no hablen muy alto ni volverás a cuestionar ante tus padres las victorias del Reich. Ahora simplemente dejarás que Cornwall te arrastre hacia donde quiera, te irás perdiendo, Helga Goebbels, en el escenario de una noche apestada de fugitivos vestidos de civiles, lentos, pálidos, sangrantes hasta tu encierro en países lejanos y helados, hasta aldeas veladas por neblinas polvorientas y hambrunas boreales. Y puede ser que allá, con otro nombre y otros padres, al fin despiertes otra vez cualquier noche rígida de frío y vuelvan a rondarte los retazos de tus pesadillas y te sientas nuevamente extraña en esos orfanatos sórdidos y esos conventos duros y esos prostíbulos que huelen a avena y a lejía desparramada entre tablones, esos hospicios olorosos a meados y con más literas de más huérfanos de guerra, una muchedumbre de adolescentes hurañas cuyos padres desaparecieron con las bombas, esos conventos similares a aquel donde has leído en las revistas que se crio Magda Goebbels, tu madre o quien has aceptado que fuera tu madre, o quien dice tu abogado que fue tu madre.

Con el testimonio inicial de Gretl Braun el abogado de Susan Grey consiguió que los directores de Ayuda Silenciosa se interesaran definitivamente por el caso. Había bastado que la cuñada de Hitler aceptara un cierto parecido de la interna con alguna de las niñas Goebbels para que el rumor de la supervivencia de Helga, acicateado oportunamente por Cornwall y la prensa, se propagase entre la comunidad alemana en el exilio. Por su parte, en septiembre de ese mismo año los rectores de Ayuda Silenciosa viajaron a Hamburgo para presentar el caso a mi hermano Harald. Llevaban un *dossier* con informes y testimonios que suscribían la idea de que la demente interna de Santa Ana era una de las hermanas de Harald. En privado, mi hermano sospechó siempre que el caso estaba impulsado por agentes soviéticos que esperaban despojarle de los bienes que había conservado nuestro padre cuando se ofreció a colaborar con los americanos para la reconstrucción industrial de Alemania. Por otro lado, le interesaba mucho la llave que Susan Grey llevaba al cuello, como si fuera una puerta para escapar de algo o para abrir una bóveda de tiempo donde se ocultaba un gran secreto, una revelación. Una puerta y un tesoro. Harald alguna vez me había hablado de eso. Yo recibí luego la llave, pero nunca supe qué abría.

Con mi hermano Harald vivía también por aquel entonces su abuela Auguste, la madre de Magda. La última vez que la señora Behrend había visto a sus nietos estaban todavía en la casa del lago. Mi hermano la convenció de que fuesen a Escocia para reconocer a la interna, y ella accedió a regañadientes. Cornwall sin embargo se adelantó a la visita y tuvo tiempo de preparar a la interna. Cuando finalmente se encontraron, la abuela aceptó que había en los ojos de la interna un aire de familia, pero que esa impresión se desvanecía por completo una vez que ésta mostraba su rostro. Para el encuentro habían preferido mantener en secreto la identidad de la abuela y a la hora de la cena la habían presentado con Susan. Frau Behrend, recordó Cornwall, fue colocada a contraluz, de modo que pudiera observar a Susan con cuidado. La abuela dijo que enseguida pudo notar que aquella no podía ser una de sus nietas. Aunque las había visto hacía mucho tiempo, los rasgos esenciales no podían haber cambiado tanto, particularmente la posición de los ojos. A primera vista, uno podía hallarle cierto parecido con Magda o con sus hijas. Susan, por su parte, no dio señal alguna de reconocer a su abuela. Después de unos minutos de incómodos silencios, dijo, la señorita Grey huyó a su cuarto. Cornwall rogó a la abuela y a Harald que la siguiesen. Así lo hicieron y la encontraron arrebujada en su cama, la espalda vuelta hacia los visitantes en una pataleta que incluso el compasivo Cornwall tildó de desagradable. Harald me contó luego que estaba profundamente asqueado por el encuentro y no quiso tener nada que ver en aquel asunto. La señorita Grey no fue de la misma idea: "Querido hermano", le escribió después Susan a Harald. "Probablemente recordarás que cuando viniste a Inverness reconocí a mi abuela desde al primer instante, pero estaba tan molesta de que fingiera haber sido alguien más, que de entrada me sentí terriblemente herida."

Cualquier pensaría que este encuentro tendría que haber echado por tierra cualquier intento de Cornwall por seguir adelante con su quimera. Pero por cada rechazo y por cada prueba en contrario aparecía siempre alguien que creía firmemente en Susan. Quienes la reconocían no eran muy dignos de credibilidad y secretamente a muchos se les echaba en cara haber abjurado del nazismo. Sus opiniones, no obstante, fueron recogidas con entusiasmo por la prensa. Para entonces muchos alemanes se habían sumado al debate y muy pronto los curiosos revolotearon hasta Inverness para confirmar el aspecto de la mujer que decían había sido Helga Goebbels. Algunos más le escribieron y la inundaron con flores, preguntas, libros, recuerdos, fotografías y noticias de la época. Una enfermera recordó que a diario había visitas en torno a la cama de la interna.

No había pasado un mes de la desastrosa visita de la abuela cuando, por razones humanitarias, la interna fue dada de alta y puesta al cuidado de la princesa Helene von Isenburg, patrona también de Ayuda Silenciosa, quien creía firmemente en su reclamo y asumió la responsabilidad y los gastos de su cuidado. Fue así como Susan Grey comenzó a vivir con la familia de aristócratas que le dieron habitación, sirvientes y ropa. Además, le permitieron estar sola, la llevaron de compras, soportaron sus arranques, racionaron las visitas de los curiosos y de la prensa.

Años más tarde la princesa Von Isenburg aceptó que le habían dado también a su huésped información sobre la familia Goebbels, montones de datos que ella iba ordenando en sus carpetas en un catálogo de información sobre tíos, primos, amigos, sirvientes y parientes que ni siquiera los Goebbels habrían podido abarcar. Era habitual verla en su cuarto sentada en torno a los papeles desperdigados, y que los cubriese en cuanto llegaba un visitante. Se llegó a afirmar que un día, cuando estaba de visita en casa de los condes, mi tía Eleonore Quandt se sentó al piano y tocó un *lied* al que Susan reaccionó llorando, pues era la canción que ella y sus hermanas cantaban siempre en los cumpleaños del Führer. Pero mi tía nunca confirmó esa historia. Fue la propia princesa quien la divulgó y quien más tarde reconoció que el nombre de esa pieza estaba registrado y era incorrecto.

El tiempo en casa de los príncipes Von Isenburg debió ser la única etapa feliz en la vida de Susan Grey. Duró poco, sin embargo, pues su anfitriona no tardó en cansarse de la mascarada que ella misma habían propiciado. La salud de la querellante se deterioraba y la forzaba a internarse con frecuencia en varios hospitales británicos. Nadie dudaba que estuviese enferma, pues desde el principio se le habían señalado los efectos tempranos de tuberculosis o quizá de sífilis. Iban y venían infecciones, accidentes, depresiones. En enero de 1961 Susan Grey tuvo una recaída de anemia y perdió el sentido mientras hablaba desde su cama con unos periodistas. Para entonces sus constantes cambios de humor habían comenzado a desgastar las relaciones con Ayuda Silenciosa y con la familia Quandt, que discretamente le retiraron poco a poco su apoyo. En la demanda de reconocimiento que más tarde presentaría en las cortes alemanas, una de las hijas de la princesa Von Isenburg declaró que la mujer era insoportable y que estaba convencida de que era una impostora que había hechizado a su madre. O quizá, sugirieron otros, la princesa estaba interesada en recibir algún beneficio por haber cuidado de ella una vez que se recuperasen los bienes que habían pertenecido a su familia.

Al cabo de varios meses de soportarla, la princesa expulsó a su huésped, quien, despechada, comenzó a perder el control y declaró a la prensa que uno de los hijos de su anfitriona había entrado una vez en su habitación con claras intenciones de abusar de ella. Luego de esta declaración, comenzó para Susan Grey una nueva etapa de peregrinajes, a veces para internarse en sanatorios y otras, cuando el viento le era favorable, en casonas de partidarios de los nazis o incluso de periodistas. Finalmente Cornwall la adoptó en forma definitiva. Un año después de su salida de casa de la princesa, Susan se refugiaba en casa de su abogado. Hasta allá hizo trasladar paquetes de fotografías y su creciente colección de libros sobre los Goebbels.

Su identidad sin embargo seguía siendo un misterio. En el juicio de Bonn, mi tía Eleonor: Susan no es ninguna embaucadora, tampoco, en mi opinión, una simple víctima del delirio. Después de convivir unos meses con ella he quedado firmemente convencido de que es una persona acostumbrada a relacionarse con los altos círculos de la sociedad, y es probable que haya nacido en una familia educada. Cada una de sus palabras y sus gestos revelan una tal dignidad que es imposible que haya aprendido eso después en su vida.

Entretanto, la situación se hacía cada vez más angustiante para los familiares de Magda Goebbels, incluido mi hermano Harald. El auténtico destino de los niños seguía siendo discutido, y la creencia de que habían sido asesinados por su madre era cuestionada constantemente por rumores, muchos de los cuales estaban cada vez más relacionados con Susan Grey. Los detractores de esa versión eran cada vez más enconados y menos sutiles. Algunos inclusive pusieron en duda la lucidez de aquellas personas que, como la abuela Auguste, habían expresado dudas sobre las semejanzas de la interna de Iverness con cualesquiera de las niñas Goebbels.

Por su parte, Susan estaba cada vez más enferma y dispersa. Cuando se le interrogaba, respondía con evasivas. Alguna vez, cuando le enseñaron una fotografía de su madre, respondió: Es la hermana pequeña de mi madre. Cornwall, que estaba presente, confirmó que aquello había sucedido porque su cliente por entonces estaba bajo los efectos de la morfina. Además de la enfermedad, añadió, los muchos golpes y maltratos que había recibido antes de llegar a Escocia podrían haber transformado su fisonomía, su entendimiento y hasta su recuerdo de la lengua alemana.

Las cosas, en fin, estaban en un punto muerto: entre reconocimientos y desconocimientos, era difícil llegar a un veredicto definitivo. Algo debía hacerse para resolver el dilema. Y la misión recayó en la hermana de mi tía Eleonore. Su visita aquel otoño a la mujer en Inverness fue el más controvertido episodio en el caso. Mi tía había sido hasta el final amiga cercana de su excuñada Magda Goebbels, y una de las pocas personas a quienes se había permitido tratar a los niños, y en lo posible dar consuelo a los hijos de su amiga cuando estuvieron en el búnker. La última vez que vio a Helga y sus hermanos fue al despedirse de Magda y ese mismo año se refugió en Austria, tuvo un hijo y se casó con un empresario vienés. Ella fue la última en visitar a Susan en Inverness. La encontró delgada y enferma, la habían intervenido en el brazo y estaba atontada. Tan pronto entró en su cuarto, Susan se alzó en la cama y gritó: "Oh, mi querida tía". Acto seguido Susan cogió una botella de perfume y le pidió que le refrescara la nuca, un gesto que era uno de los rituales favoritos de Helga y sus hermanos, aunque entonces no mostró ninguna evidencia que lo corroborase. Mi tía estaba tan emocionada, que salió llorando del cuarto: "Qué horrible, dijo, qué le han hecho a mi niña. Es una ruina. Haré lo que sea por ayudarla". Años más tarde mi tía declaró ante un juez visitador alemán en el caso de la corte sobre la petición de Susan de ser reconocida como Helga Goebbels. En aquel encuentro, mi tía explicó sus comentarios, regalos y cartas a Susan como gestos de amistad hacia una persona enferma, y pidió que en modo alguno se les considerase una declaración de reconocimiento. Para entonces mi tía trabajaba con un escritor en sus memorias. Igual que su testimonio, su autobiografía fue editada para eliminar cualquier duda sobre la identidad de Susan, e incluyeron otras afirmaciones, incidentes y evidencias. Cuando el libro finalmente apareció, cuatro años después de la muerte de mi tía, era menos un recuento de hechos que un intento de minimizar sus titubeos primeros.

Fueron muchos y recurrentes los desmentidos de la identidad de Susan Grey, quien tampoco era de mucha ayuda para evitarlos. Frente a la incomodidad de los encuentros y del aspecto que suscitaba la interna de Santa Ana, Albert Cornwall hizo saber a sus allegados que la memoria de la joven mujer estaba dañada. Si supieran por lo que ha pasado, decía. Ha olvidado incluso su lengua materna. Finalmente un día, acuciada por la prensa justo en el momento en que su popularidad y su credibilidad comenzaban a decrecer, Helga recuperó mágicamente parte de sus recuerdos y contó lo que había sido de ella desde su huida de Berlín. Aunque su historia era todavía fragmentaria e improbable, Cornwall acudió entonces a la periodista Else Drumond, quien anotó cada cosa con cuidado e intentó darles coherencia a veces embozada por los traumas por los que la mujer debía haber pasado.

A grandes rasgos, Helga Goebbels contó a Drumond que cuando la sacaron del búnker estaba inconsciente, y que al volver en sí se hallaba en una población alemana ocupada ya por los americanos. Estaba en la casa de un antiguo oficial cuya madre y hermanas se ocuparon de cuidarla. Más tarde, temerosos de que los soviéticos descubrieran que había sobrevivido, la trasladaron a Noruega y de ahí a Escocia. Le dijo a la periodista que la habían violado, y le explicó asimismo que al llegar al Reino Unido había sido entregada a una sucesión de casas de asistencia para huérfanos de guerra. Allí creció con distintas identidades y víctima de inúmeros maltratos hasta que escapó, se dedicó a la prostitución y finalmente quiso quitarse la vida, lo cual ahora le parecía un error. Contó también que mientras dormitaba al pie de Carlton Hill pensó que nadie nunca creería su historia y que sus parientes se avergonzarían de ella.

El relato de Susan Grey no estaba claro y fue imposible verificarlo. Según se supo más tarde, las fechas de su llegada a Noruega y las de su salida de Alemania no coincidían. Resultaba además difícil de creer que la niña hubiese llegado a la isla a través de un continente tan endemoniadamente caótico, sin pasaporte ni identificaciones. Había además un exceso de variantes en el relato de Grey: Drumond escribió que Susan le dijo que la habían reemplazado cuando estaba en el búnker, y que le dieron la documentación de otra niña alemana desaparecida durante el bombardeo de Berlín.

De cualquier modo, la historia, convenientemente maquillada por Drumond, adquirió un aire de trágica viabilidad una vez que fue publicada con éxito en diversos diarios europeos y dio un nuevo impulso al reclamo de la interna de Inverness. Además, poco después de la publicación, junto con declaraciones que supuestamente la corroboraban, apareció en escena una mujer llamada Birgitte Nielsen asegurando que, en los últimos días de la guerra, un alto oficial de las SS le había entregado la custodia de una niña que ocuparía el lugar de su hija, muerta en un bombardeo cuando regresaba con su hermano de una visita al búnker. El oficial no le dijo quién era la niña, pero ella la recibió en su casa tan sólo unas semanas antes de entregarla a quienes la sacarían de Alemania. Luego la niña se disolvió en la turbamulta de la derrota. Aunque el apellido Goebbels había desaparecido, corría el rumor de que esa niña era una hija ilegítima del ministro de propaganda, y después se sugirió que el extinto doctor Stumpfegger, famoso por su trabajo como reclutador para el programa Lebensborn, era el enigmático médico. En el juicio de reconocimiento mi tía Eleonore dijo que alguna vez Magda Goebbels le había comunicado su plan de sacar a sus hijos del búnker si los soviéticos sitiaban Berlín. También se sabía que Albert Speer le había ofrecido sacarlos y llevarlos a un barco en el río, donde un hidroavión pasaría por ellos para llevárselos a un lugar seguro en Noruega. Alguien más recogió aquel cuento y aseguró que el médico nazi en su agonía le había confesado que la mayor de las niñas había salido del búnker en el maletero de un auto. Por otra parte, el vicealmirante a quien los soviéticos ordenaron identificar los cuerpos hallados en el búnker contó que los cuerpos que le enseñaron no le parecieron los de los niños Goebbels, aunque había accedido a reconocerlos porque así se lo habían ordenado sus captores.

*

Si no yerran mis cuentas y ella no miente en sus cartas, para cuando Susan Kirk se abandonó a su primera muerte en Carlton Hill llevaba por lo menos veinte años viviendo en las islas británicas y ya las aborrecía, atrapada como estaba por la resolución ubicua del agua e inoculada contra la soberbia que suelen tener los insulares cuando se saben defendidos por el agua y lejanos. En una de sus cartas a Albert Cornwall, Susan escribió que odiaba las islas tanto o más que el encierro. Escribió que estaba harta y que le disgustaba sentirse rodeada por agua, le enervaba la educada altanería de los británicos que se creen siempre por encima de las lágrimas de quienes no somos como ustedes, Albert. Tú no sabes, querido, lo que es haber pasado por lo que yo he pasado. Tú no sabes qué es vivir como si hubieras quedado suspendida para siempre en el interior de un búnker de límites imprecisos aunque igualmente estrictos, los uniformes de las SS trastocados en hábitos de monjas o en faldas negras de asistentes sociales que parecen monjas y quizás lo fueron, igual de oscuras, igual de bélicas, igual de religiosamente bélicas a la hora de obligarte a comer o a despiojar a tus compañeras o aceptar un brebaje inmundo que sabe a veneno, pero te salvará de la disentería o el escorbuto. Nadie sabe ni entiende lo que es pensar que has estado ya en muchos lugares así, como cuando tu madre te llevaba a visitar orfanatos en Bremen para que aprendieras a mirarte en niños así, o como los que alguna vez visitaron el búnker para saludar al Führer, cuando te topabas en la cocina con niñas idénticas a ti, aunque más delgadas y algo sucias.

Pero en esos conventos ingleses, en estos nuevos galerones las niñas y las monjas hablarán noruego o inglés, y afuera no habrá tanques sino nieve, montañas de nieve por palear y vacas rojizas que no se dejan ordeñar y lagos gélidos y más niños rocosos y enfermedades de posguerra que en cualquier momento podrían matarte. A veces una monja o una asistente social te despertarán para que tomes tu medicina o friegues los pisos. Y tú, insumisa y torpe, abobada por el frío y el hambre obedecerás a esas mujeres que te recuerdan a tu abuela y que te llamarán Susan sin obtener de ti jamás un destello de gratitud, no digamos de amor o reconocimiento, gracias, señora, gracias, hermana, gracias, madre, porque esta niña es una ingrata, señor Quandt, pero ya aprenderá, señor, pierda usted cuidado, y a veces la dejarían asomarse al lago con un gesto similar al que trazaba al jugar en el muelle de su casa junto al lago de Starnberger, el agua noble, la fiesta grande, la guerra en ciernes, su cuerpo todavía de niña y sin heridas, todavía menudo, registrando el vaivén de los pájaros que bajaban a beber e ignorante de que un día de muchos años después iba a acabar en otra lista al otro lado del mar, al pie de una helada montaña escocesa, a merced siempre de una corriente fría y salvaje, aislada hasta de su propia memoria, fustigada por dentistas que le arrancarían los dientes y por más trabajadores sociales que insistirán en preguntarle quién eres, qué quieres, de dónde vienes.

Frente a las encontradas declaraciones del pasado de Susan Grey, las autoridades británicas ofrecieron su cooperación para corroborarlas y localizar a la familia que habría cuidado a Susan Kirk en Noruega. Desde Londres se asignó a un detective y se le dieron recursos de todo género.

Hasta la prensa noruega cooperó publicando la historia de la niña perdida y pidiendo testigos que pudiesen dar alguna luz que corroborase el destino de Helga. Pero el detective no encontró ningún rastro de la familia ni del soldado. No había una sola prueba de que Helga hubiese pasado por Noruega ni de que una niña con el nombre de Susan Nielsen hubiese muerto o desaparecido en los bombarderos.

La apuesta de Cornwall y Grey de dar a la prensa un pasado estaba resultando contraproducente. Pero quizás el punto de inflexión del caso, y el mayor error de Cornwall, tuviese que ver con su decisión de acudir a una médium. Por entonces era evidente que Susan estaba deprimida y mostraba una mórbida preocupación por la muerte. En ocasiones era una persona amable, que expresaba gratitud por pequeños favores, aunque también podía resultar antipática. Uno de sus médicos afirmó que era extremadamente difícil obtener un retrato definitivo de su personalidad, ello debido a su reticencia y a sus incoherencias. A esto había que agregar que la defendieron los espiritistas. ¿Cómo pueden estar convencidos de que no es Helga, preguntó crudamente Cornwall al doctor, cuando tres médiums han dicho que sí lo es? Los espiritistas tranquilizaban a los aristócratas exiliados.

Por último fueron a juicio para reclamar la fortuna de los Goebbels, y eso los perdió. Mientras Susan seguía interna en Inverness, fueron y vinieron conflictivas ruedas de prensa y declaraciones de partidos en disputa. Cornwall después aseguró que en algún momento mi hermano estuvo convencido de que la reclamante era Helga, y que ofreció un acuerdo financiero y hasta cuidarla si accediese a renunciar a su reclamo. La búsqueda pertinaz de ese mítico tesoro era profundamente sospechosa. Pero ni siquiera Susan supo recordar dónde estaba la llave que conducía a esos documentos. Cornwall con frecuencia emitía libelos contra lo que él llamaba los enemigos de Helga, y quedó expuesto como un personaje maquiavélico que manipulaba a la pobre muchacha. Esto quedó consagrado cuando Cornwall organizó la Corporación Helga: a cambio del apoyo para fondear cuotas legales, los donantes recibían cierto número de acciones. Si la fortuna de los Goebbels fuese hallada, los accionistas serían retribuidos de manera proporcional.

Fue con esta corporación que Cornwall decidió entablar en Bonn un juicio de reconocimiento que aclarase de una vez por todas la legitimidad de Susan Grey. Aquello llevó a Ayuda Silenciosa a escribir a mi hermano para que se apresurase a cubrir el costo financiero de Susan y evitar aquel circo. Pero Harald no quiso ceder ya al chantaje, aquello era demasiado, si bien estaba convencido de que la mujer no fingía conscientemente. Le había hecho preguntas muy concretas que Susan no había respondido satisfactoriamente, y eso lo había llevado a concluir que no era su hermana. Harald le escribió a su esposa: "Estoy tan cansado de este asunto. Cartas y telegramas llegan de todo el mundo, incluso de California. La gente nos acusa de no reconocer a Helga. Todo es tan absurdo. Dios los ampare. Pero no haremos más declaraciones sobre nuestra postura".

Así que en menos de veinticuatro horas después de que se anunciase el juicio de reconocimiento Harald y su familia expidieron una declaración que había sido obviamente preparada para el caso. Citando las opiniones negativas de numerosos testigos, categóricamente rechazaban a Grey: "Es nuestra firme convicción de que la mujer que se hace llamar Susan Grey, internada actualmente en un psiquiátrico de Inverness no es Helga Susanne Goebbels". Ante esta declaración Cornwall replicó: "Con Helga han defraudado a todos los niños de la guerra, a todas las víctimas. Es escandaloso que no hayan tenido la mínima decencia para indagar en este caso. Me niego a creer que estén realmente convencidos de que Susan no es Helga. Saben muy bien que ella recuerda hasta el mínimo detalle de su infancia y que tiene rasgos, incluidas marcas de nacimiento, y que su caligrafía es a la fecha la misma de cuando era niña".

Hasta los críticos más vociferantes reconocieron que Susan Grey era distinta de las otras impostoras y que parecía poco anuente al reclamo. Un médico culpaba a Cornwall de las intrigas y del caos en torno al juicio. Quiere pasar a la historia, dijo. Gretl Braun a su vez fue apoyada por el médico y afirmó que si bien el señor Cornwall había emprendido la investigación con intenciones honorables, se había dejado engañar por las apariencias y se había consagrado en cuerpo y alma a esa aventura. "Antes de visitar Escocia", dijo, "Cornwall ya había agitado a todo el exilio alemán, y como no vio a tiempo su error, su posición quedó seriamente comprometida. Los acontecimientos de los últimos meses me habían convencido de que el abogado estaba dispuesto a probar que estaba en lo cierto. Se siente amenazado y su única forma de salvarse es que la interna de Inverness sea Helga Goebbels."

Se afirmó asimismo que Cornwall había resumido su postura definitiva sobre Susan en un comentario hecho a uno de sus partidarios: "Sólo quiero que la memoria de Lebensborn quede sin tacha a los ojos de la historia. Si la asociación quiere que uno de los suyos muera en el arroyo, entonces no hay nada que hacer". Para 1962, Cornwall estaba convencido de que lo habían utilizado para deformar la evidencia del caso.

Aquella declaración insultante aumentó el daño al ser publicada en todo el mundo junto con la declaración de Harald. En mayo, una revista publicó una serie de artículos sobre el caso de Susan: por primera vez, el público leyó las controversias, las denuncias y los reconocimientos, conoció de sus cicatrices y de sus torpezas lingüísticas, de sus memorias y de sus modales. Tanta minucia sólo ayudó a incrementar la confusión. Cualquier día la acusaban de ser una impostora y cualquier otro de ser una agente bolchevique. A veces se decía que había confesado ser una actriz noruega y otro mes la desenmascaraban como una muchacha alemana desaparecida o robada durante la guerra. En algunos otros casos era la amante de un antiguo exiliado nazi. Hubo amenazas de demanda y demandas, retractaciones y acusaciones mutuas. Se pensó inclusive en que Susan partiese a los Estados Unidos, donde sus partidarios eran más nutridos, poderosos y fanáticos.

La verdad es que nunca tuvo Susan Grey a nadie tan convencido y al final tan dañino como ese hombre que pensó que al ayudarla hacía un servicio a la memoria de Alemania. Contrario a lo que se pensaba, Cornwall no tomó el caso porque fuese avaricioso ni esperase algún beneficio en caso de que se probase la identidad de Helga. Él mismo tenía poco dinero y no podía financiar hacerse cargo de ella, pero algo pudo hacer para asegurarle un futuro. Cuando se diseñó un testamento para Grey aquel verano, ella nombró a Cornwall como su beneficiario. Pero Cornwall de algún modo lo supo y pidió que se elaborara un documento en el que la Cruz Roja Británica se beneficiara en caso de que la reclamante recibiese algún dinero.

Como quiera que haya sido, es un hecho que buena parte de la animosidad contra Susan se debió al entusiasmo con que la defendió Cornwall, a su complicidad con la prensa, que de tanto informar acabó por desprestigiarla. Muchos periódicos comenzaron a acusar a mi hermano Harald y su familia de negar a su hermana por cuestiones de dinero, un tesoro que por otra parte nunca existió.

Todo se derrumbó después de aquella declaración, y el juicio fue un desastre. Vinieron acusaciones de que Susan había estudiado en libros y revistas los detalles de la vida del nazismo. Entonces, sin previo aviso, la historia tomó un giro dramático. En abril de 1961, un diario francés publicó una historia que, aunque no era atribuida a los Goebbels, claramente era iniciativa de Harald y tenía el aval de los detractores de Susan. "Podemos afirmar", decía el diario, "con la aprobación de fuentes fidedignas, que no hay nada que pueda identificar a Helga Susanne, hija de Magda y Joseph Goebbels, con la señora en Inverness conocida como Susan Grey." El texto terminaba describiéndola como una pobre mujer enferma que "cree en su propia mentira". En el juicio, el príncipe que la había recibido alguna vez en su casa dijo que Susan era "una actriz de comedia histérica e inquietante". La implicación de este desmentido oficial era terrible, pues se insinuaba que cada encuentro había sido preparado por Cornwall y que todo era una farsa representada para una audiencia ávida de dar al público una convincente puesta en escena.

No fueron solamente los miembros de Ayuda Silenciosa quienes al final desconocieron a Susan Kirk ni mi hermano Harald el único en abandonarla a su suerte cuando más lo necesitaba. Lo hicimos todos, uno tras otro, sin piedad y sin pensarlo. Todos de alguna forma le dimos la espalda, y ella no omitió incluirnos en sus carpetas como si deseara confirmar con nuestras voces su impostura. Me cuesta trabajo escribir esto sin sentir que también soy desleal con la memoria de mi hermano Harald y de mi tía Eleonore. Lo escribo, no obstante, y confieso además que hace unas semanas viajé hasta Londres para hablar con Albert Cornwall, el trapacero Cornwall, el infeliz farsante amable, el desolado dueño y acreedor definitivo de la verdad sobre una desdichada mujer sin nombre que se ahogó hace ocho años en el Mar del Norte. Cornwall, el trilero guapo, amigo y enemigo de más gente de la que podría esperarse, capaz de moverse en cualquier marea con una chulería que sin embargo encandilaba a sus socios. El obtuso Albert Cornwall, portador el mismo de un nombre acaso también falso, tanto o más que el de su protegida o su amante o su marioneta, llamada por un tiempo y sólo por unos cuantos Susan Kirk, sobreviviente de la guerra pero víctima de su propio simulacro.

Receloso y para mi sorpresa poco interesado en verme, Cornwall aceptó casi con resignación que nos encontrásemos en un café de Greenwich. En el teléfono se le oía triste, apocado, con trabajos una sombra del hombre suntuoso que aparece en la fotografía de Edimburgo. Le faltaba apoyo a su voz, y a su ánimo la mano, el brazo amable de Susan Kirk cogida de su brazo. Ahora estaba solo, resentido quizá de que ella lo hubiese abandonado en la cubierta movediza de este mundo, asediado por la niebla, buscándola, pidiendo auxilio y compañía en su soledad de jugador que ha visto derrumbarse ante sus ojos el caballo por el que había apostado su fortuna. Cuando al fin nos vimos habló poco aunque se esforzó por ser cordial. Intentó inclusive alguna broma torpe sobre la H inicial de mi nombre, como si eso también me hiciera hijo de Magda Goebbels y otra víctima de sus designios. Apenas probó el café, bromeó sin sonreír y luego me miró varios segundos en silencio. Pensé entonces que me exigiría algún resarcimiento, o que simplemente se echaría a llorar, no con las lágrimas de paja que yo esperaba sino con un llanto de veras sentido, un llanto de viudo. Pero no lloró: se limitó a mirarme con resignación, puede que hasta con dignidad, mostrando su disposición a escucharme sin esperar nada más de mí.

Hablé, entonces. Le hablé de Helga Goebbels y de sus álbumes y de los informes que tenía sobre el juicio en Bonn. Como en una desbocada confesión le externé mis dudas, le expuse incontinente, punto por punto, mis teorías de que no sólo Helga sino el resto de sus hermanos podrían haber sobrevivido al búnker. Le compartí a Albert

Cornwall toda la información que tenía sobre mis pesquisas y le insinué que quería que me ayudara en mi búsqueda y aceptara mis disculpas por haber dudado de Helga y por no haber suspendido mi incredulidad para reivindicarlos, congregarlos, rescatarlos.

Cornwall atendió con el silencio de un soberano a quien se suplica un indulto, o que escucha un informe de algo que ya sabe y sobre lo cual hace mucho ha tomado una decisión inapelable. Luego aceptó de buen grado mi disculpa aunque naturalmente rechazó en redondo mi propuesta de sumarse a mis pesquisas.

Resignado, iba a preguntarle si en verdad creía que Susan Kirk era Helga Goebbels, cuando él alzó la mano para interrumpirme. Como si hubiera escuchado mi pregunta, alzó los ojos y me miró con un gesto de afirmación rotunda, como si dijera no se atreva, señor Quandt, no se atreva a preguntarme, usted sabe, ambos sabemos. Con esto se llevó la mano al saco y me entregó la foto que le había tomado a Susan Kirk en la barandilla del transbordador. En tres palabras me explicó cómo se había distraído un segundo en el camarote buscando otro carrete, y que al regresar ella simplemente había desaparecido, así, señor Quandt, sin despedirse, la muy perra. Ahí terminó todo para mí, me dijo, y miró su reloj con el ansia visible de terminar nuestro encuentro. Tómela, me dijo entregándome la foto. A mí ya no me sirve.

En diciembre de 1961 la Corte Central de Bonn emitió certificados para los herederos de Joseph Goebbels. El Banco Mendelssohn, esperando no tener que devolver el dinero, buscó a Cornwall para que impugnase la orden de pago en tanto no se determinase la identidad de Susan Grey. Sin embargo, el caso llegó a la Suprema Corte, donde se escuchó sólo a un testigo, un antiguo prisionero de guerra de dudosa reputación llamado Kobus Misch, quien sorprendió a todos afirmando que era el padre de la impostora, a quien habría entregado al programa de Lebensborn. Se presentaron documentos soviéticos que confirmaban la entrega de la niña a una familia Noruega. Mi hermano Harald los había entregado. La corte aceptó la evidencia y rechazó definitivamente el reclamo de Grey considerándolo infundado. Sus abogados, decía el documento, "no habían presentado pruebas suficientes de que la demandante sea hija de los señores Goebbels". Sólo después se supo que Misch había falsificado su impresionante *dossier*.

Entretanto Susan acabó de desplomarse. Le dejó su cama a sus gatos mientras ella dormía en un sofá o en el suelo. Su cuarto estaba adornado con retratos de Magda y Josef Goebbels, de Hanna Reitsch y de Albert Speer. Había basura en todas partes: montañas de cartas sin abrir ni responder, revistas y periódicos apilados peligrosamente en el suelo, bultos gigantescos de ropa descartada y amontonada sobre bolsas de desechos que a la postre se pudrieron y llenaron la casa con un olor acre. En cinco años la habitación se convirtió en un peligro para su salud y hubo que buscarle un chalet nuevo. Un día Susan mató por accidente a uno de sus loros y exigió que le diesen otro. Luego de atacar físicamente a los custodios, fue perseguida desnuda hasta la azotea sólo para ser arrastrada de vuelta a su cuarto. Había que hacer algo: días más tarde Susan se paró en mitad de la calle gritando que la atacaban. Armado con dictámenes médicos, Cornwall consiguió que un juez de Edimburgo la declarase un peligro para sí misma y para la sociedad. Una noche de julio dos ordenanzas la esposaron y la condujeron a su último hogar en Inverness.

De esa misma época data una correspondencia entre Susan y Cornwall, donde este último le reclama: "Tu negativa a someterte a examen, aunque justificada, ha dado a la corte el pretexto para desconocerte y han permitido a tus enemigos afirmar que tienes miedo de que te descubran como impostora". A esa carta, Susan responde: "Hicimos lo que pudimos, Albert".

Recibí pues la fotografía y creo que fue entonces cuando comencé a entender a Albert Cornwall. No percibí en su mirada ni en sus palabras una sombra de arribismo o engaño. Hallé más bien la convicción radical que persiste en algunos derrotados, presentí sobre todo dolor, la pena de quien terminó amando al objeto de sus ficciones. No necesité más que ese encuentro para entender que Cornwall era mejor que cualquiera de nosotros, pues él había creído en Helga Goebbels, ya no para reivindicarse ni reivindicarla ante los hombres sino para salvarla y concederle la oportunidad dc tener un pasado menos horrible y quizás algún futuro. Decididamente, pensé, Cornwall había amado a Susan Grey y se había arruinado por ella. Se había entregado para devolverle a una huérfana de la guerra lo que le debía la guerra.

Esa tarde entendí que debajo de su armadura de cazafortunas, anulada por su fracaso, palpitaba un hombre más fuerte que yo y que Harald, que habíamos terminado por dudar. Esa tarde, al final de la reunión, me descubrí agradeciendo a Albert Cornwall que me hubiese escuchado. Pero él se removió incómodo e incrédulo en su asiento, visiblemente desacostumbrado a desempeñar el papel de juez. Miró hacia otra parte, volvió a alzar la mano, ahora como un obispo que quisiera bendecirme o silenciarme, como si con ese gesto estuviese dudando entre decretar mi salvación o mi condena. Déjelo ya, señor Quandt, dijo derrumbando la mano de vuelta en el regazo. Ella ha muerto, quien quiera que haya sido, todos han muerto, ¿qué más da? Y diciendo esto pidió que nos trajesen la cuenta, pagó sin decir más y sin que yo se lo impidiese.

Christian: índice de precipitación

En estas vidas que imagino, siempre está por concluirse algo. Los destinos de los niños Goebbels se van amontonando en mi escritura pero nunca acaban de tocarse, se rozan apenas para luego separarse como imanes de carga semejante. A las diez de la mañana, en una plácida terraza de Hamburgo, imagino a un grupo de hombres que conversan animadamente en los comedores de una gendarmería en Berlín Oriental. Puedo escuchar sus voces, sus murmullos alternados con gritos sobre una mesa ya lustrosa por los muchos funcionarios del horror grande y pequeño que han pasado por ella: archivistas, secretarias, comisarios, colegas no exactamente amigos que han sido entrenados para golpear sin dejar huella y desconfiar unos de otros. Puede ser que hayan pasado pocos días desde que hallaron un nuevo túnel bajo el muro y puede ser también que falten sólo horas para que descubran el siguiente. Los ánimos se resisten a decaer: uno de los trásfugas del túnel está vivo y aún quedan esperanzas de que esta misma noche, cuando el prisionero se recupere de sus heridas, alguno de esos comensales pueda interrogarlo o al menos desquitar en él su rabia. Es probable que ese privilegio recaiga en el oficial Shliepner, que está sentado junto al teniente Christian Leverkunt. Si se desplazara un poco hacia la izquierda, este último podría constatar en los ojos de su camarada la emoción de la violencia anticipada y las primicias del recelo, quizá las alarmas de una inminente delación. Pero poco importaría si lo notase: Leverkunt igual optaría por pensar en otra cosa, intentaría minimizar las dudas de su amigo, lo mismo rechazaría creer que muy pronto se enfrentará con su colega desde una posición distinta, ya sin bromas ni complicidades, convencido de que es a él a quien han traicionado.

Por ahora, sin embargo, Christian Leverkunt ignora que su suerte está ya escrita, como lo ignora asimismo su posible hermana Catalina mientras viaja en un avión que la conduce hacia donde nunca ha estado para encontrarse con un hombre al que apenas recuerda. ¿Habrán sobrevivido también los otros?, se pregunta. ¿Los reconocería si de repente se cruzara con ellos o si alguien consiguiera reunirlos? Será incómodo, por lo menos. Catalina sólo tenía cuatro años la última vez que vio a sus hermanos, y parece natural que éstos le resulten tan ajenos como la gente que asiste a sus conciertos o como los pacientes ancianos que su otra hermana acaso atiende en la Clínica General de Ámsterdam. Definitivamente sus vidas, que hasta ahora nos quitaban el sueño, acabarán por importarnos poco. Cada historia es después de todo un engaño, cada vida, una impostura no siempre elaborada por nosotros sino por hombres como yo mismo o como el abogado Albert Cornwall, que hemos desperdiciado tanto tiempo y tanta pasión en inventarle a otras personas identidades y recuerdos que quién sabe si ocurrieron de veras.

Después se supo que la mañana del 27 de abril de 1945 Albert Speer entró por última vez en el despacho de Adolf Hitler. El abatido líder del Reich recibió a su ministro de armamento sin la mínima emoción. Un rostro ya vacío, un cuerpo ya sin vida, las pupilas atenazadas entre la renuncia cobarde y la exaltación del sacrificio vano. Sobre el escritorio de su líder Speer reconoció un mapa extendido del sector de Potsdam y Berlín, y al verlo confirmó sus temores de que la información con que contaba su comandante en jefe no reflejase datos verídicos sobre el avance soviético tal como él mismo los había constatado mientras iba entrando en la ciudad sitiada. Cuando el arquitecto finalmente reunió ánimos para confesarle su desobediencia, Hitler se mantuvo glacial, como si a esas alturas lo supiera todo y no le importase nada. Al despedirse no emitió un solo saludo a la familia ni un agradecimiento a los servicios prestados, nada. Inundado por la emoción, el arquitecto mintió que pensaba volver pronto, pero Hitler se limitó a mirar hacia otro lado y lo despidió con un gesto de su mano displicente y temblorosa.

Speer se apresuró a abandonar el despacho de Hitler, y al pasar por la escalerilla de emergencia atropelló sin querer a Helmut, el hijo de Joseph y Magda Goebbels, que lo había estado esperando con su sonrisa metalizada por los bráquets, ansioso por mostrarle unos dibujos del búnker que había preparado para él. Distraído en la despedida pétrea del Führer, el arquitecto apenas se fijó en los planos del niño. Simplemente dibujó una mueca entrecortada, extendió la mano y le alborotó el cabello al muchacho con un gesto de adiós que a Helmut iba a durarle para siempre en la memoria. Acto seguido Speer apresuró una disculpa y se dirigió hacia la salida. El niño todavía se quedó un instante en el descansillo de la escalera, agobiado por la certidumbre de que algo enorme y quizá terrible acababa de desencadenarse con la partida del arquitecto.

Si ahora mismo se lo preguntasen, él mismo no sabría decir cuántos días habían pasado desde que sus padres lo llevaran al búnker en compañía de sus hermanas. Debían ser muchos pues para entonces le había alcanzado el tiempo y sobrado el ocio para emprender su propia cartografía de aquel podrido laberinto. Una noche, desvelado por la sacudida reiterada de las bombas, se había asignado la misión de trazar un mapa del búnker, un diagrama donde cada pasillo, cada escalinata y cada puerta recibieran de él un nuevo nombre, un Sésamo Ábrete que fuese asimismo un conjuro mágico a la hora de emprender la fuga hacia un lugar y un siglo sin guerras. Pensaba que si iban a estar ahí mucho tiempo, más le valía adaptarse, enseñorearse de aquella cueva tosca y degradada, tan urgida de amplitud como de orden. De alguna forma elemental y burda, Helmut Goebbels debió de intuir que sólo con un mapa conseguiría domesticar al búnker y a sus habitantes, que sólo así podría vencer su encierro, descomponerlo, entender a su inventor y convertirse en su amo. Con esa idea iba el niño de aquí para allá armado con un cuaderno, lápices de colores y un improvisado cartabón. Trazaba, medía o volvía a mapear el búnker. Lo agigantaba hasta convertirlo en una espléndida metrópolis subterránea. Imaginaba que él mismo era el artífice y el dios transformador de aquel dédalo decadente, y que un día se haría construir una maqueta de su emporio inframundano semejante a la maqueta de Berlín que guardaba el ministro Speer en el edificio de Bellas Artes. Si la guerra se prolongaba durante años, sólo él sabría guiar a los habitantes del búnker hacia una nueva vida bajo tierra en la que todos serían libres y dichosos. Sus hermanas crecerían para casarse con generales y ministros, y él rescataría la maqueta de Albert Speer para reproducirla en la suya. Los domingos mostraría a sus hijos y a los hijos de sus hermanas algún modelo más reciente, más regio, más digno de los decenios que les esperaban a la vuelta de la vida. Ésta es Germania, les diría con ufanía de perpetuo adolescente, éste es el mundo que he soñado para ustedes, y entonces sus hijos se aproximarían despacio para ver la maqueta, desinteresadas las niñas y enfebrecidos los niños, ellos tratando de reconocer en esas avenidas de utilería las calles de Berlín, aquéllas fascinadas por las casitas de contornos reducidos, alguno preguntando dónde quedará la casa para la señorita Junge o la que habitará la abuela, y quién se ocupará de apagar los incendios en esa ciudad tan grande de cartón. A todo esto el ministro Helmut Christian Goebbels sonreiría y diría que claro que Germania no estará hecha de cartón, damas y caballeros, pues aquél era tan sólo un modelo, una remedo de lo que después se construirá con mármol florentino y basalto y ónix, un sencillo bosquejo de algo rotundo que durará eternamente. Al terminar la presentación se irían todos a una casa junto a un lago y el ministro Helmut Christian Goebbels invitaría a sus sobrinos a subirse en su automóvil descapotable, no un coche solamente: más bien un bólido monstruoso del futuro sobre el que niños y adultos romperían la velocidad del sonido, un ejemplar preclaro de la tecnología alemana que haría morder el polvo a los autos ingleses y a los americanos. Los niños entonces se dejarían llevar con dirección al porvenir, abrumados todavía por el peso de los años que les faltan para poder habitar la metrópolis sublunar que han visto en la maqueta que acaba de mostrarles su padre y tío, resentidos unos cuantos por no ser todavía tan altos ni tan listos como el ministro Helmut Christian Goebbels, o apesadumbrados de que ese hombre tan famoso no sea su padre, quizá llenos de rencor porque el arquitecto de Germania nunca, ni siquiera cuando acabe la guerra, dejará de producir para ellos universos vastos y completos y dichosos, o porque tiene en su escritorio en la Cancillería una mesa del tamaño de un barco y una colección de banderas y una hermosísima bola de cristal y nieve que dice que lo acompañó en los días aciagos en los que él y sus hermanes estuvieron encerrados en el búnker de Adolf Hitler.

Aquella bola de nieve era una de las pocas cosas que el camarada oficial Christian Leverkunt conservaba de sus vidas precedentes. La guardaba en un cajón de su escritorio junto a un racimo de llaves que no abrían ya ninguna puerta y que sólo él sabía que procedían del búnker de Hitler. No bien entraba en su cubículo abría el cajón, entornaba la puerta, removía compases y tiralíneas, cogía la esfera y la giraba lentamente para descansar un poco mente y ojos en su vidriada meteorología. Miraba contonearse sus manos y le costaba creer que fuesen las mismas que en tiempos más felices y fugaces habían girado esa esfera. Se preguntaba en qué momento sus manitas de niño mimado habían encallecido en las que ahora trazaban ominosas telarañas sobre sus mapas subterráneos de Berlín, cuándo sus dedos se alargaron y acabaron anotando muertes o capturas de fugitivos, sus direcciones y sus manías, los secretos, las mentiras y los puntos flacos de parientes amedrentados a los que el camarada Shliepner reclutaría después para que fuesen sus informantes. Le incomodaba que la voz del niño que había sido sonase ahora ventral y bronca cuando espetaba a sus subalternos exigiéndoles cuentas por sus errores o su ineptitud para señalarle posibles localidades vulnerables o vulneradas ya por los espías del fascismo. Ahora ese hombre que de pequeño había jugado tantas horas a la guerra tenía su propia oficina en el edificio de seguridad del Estado y su particular Estado mayor de gendarmes solícitos e intrigantes, su propia cárcel de oro en el laberinto burocrático del horror, su refugio estrecho, inundado día y noche por un fulgor eléctrico, rodeado siempre por el runrún audible apenas del dolor de los prisioneros del Estado torturados unos pasos más adentro o más abajo.

El teniente Christian Leverkunt llegaba cada mañana a esa prisión cubicular con ínfulas tiránicas, se sacudía el polvo y la modorra, vaciaba sobre su mesa los objetos confiscados o encontrados en el túnel recién descubierto, entornaba otra vez la puerta, abría el cajón, removía compases y volvía a girar la esfera de vidrio. Por la noche, al desplomarse sobre él la nieve o la fatiga, su cubículo volvía a ser de repente el cuarto de campaña de Adolf Hitler, con sus paredes sin ventanas y ahumadas con tabaco, la tabernaria mesa amplia tachonada con lápices de colores, tiralíneas y chinchetas, la taza de café reseco sobre un mapa ya caduco de Checoslovaquia o Polonia. No, se corregía entonces el teniente Christian Leverkunt, no había huellas de humo en el cuarto de mapas, pues nadie se atrevió a fumar en el búnker hasta los últimos días, cuando al Führer acabó por darle igual lo que se hiciera o se dejara de hacer en su ausencia. En el búnker además habría sido un desatino colocar una taza de café sobre los mapas de campaña. O corretear por los pasillos o jugar a las estatuas de marfil o desvelarse como ahora hacía él, hasta el amanecer si era posible, observando sus propios mapas, estudiando una improbable red de túneles, descansando la ojos en su burbuja de vidrio y remembrando cuando se asomaba al cuarto de campaña del búnker.

Pero ahora no era el Führer sino él mismo quien orquestaba una campaña baldía contra enemigos impalpables, era él, Christian Leverkunt, quien se preparaba para interrogar a un fugitivo sobreviviente, él quien era temido y vigilado por el hueco de la puerta entornada, quien sentía crecer aquella plaga de túneles que pronto acabaría por engullirlo, quien arrastraba los pies por pasillos infinitos de concreto donde a menudo podían oírse los gritos de los interrogados mientras la neblina se colaba por las ventanas minúsculas del entresuelo. Ciertamente aquel ya no era el búnker sino la garita del guardián del laberinto, un cubil carcelario donde lo mismo se buscaban túneles o se diseñaban otros con los que, a petición del camarada Christian Leverkunt, sería posible combatir fuego con fuego, vigilar, castigar, desmantelar los túneles del enemigo.

La idea en su origen no había sido muy bien recibida, pero al cabo de unos meses las autoridades habían terminado por aprobar que Leverkunt se dedicase con ahínco a elaborar un túnel propio. Por las noches, cuando enmudecían los gritos en el sótano, Leverkunt apartaba de su mesa los mapas de túneles descubiertos, cogía reglas y compases y diseñaba su obra como quien trabaja desde el otro lado del espejo. Ya les enseñaría él lo que es hacer bien las cosas, mascullaba, ya les mostraré la maqueta de mi Berlín horadada por el túnel que anulará los otros túneles, aunque, eso sí, insistiría siempre en que no bajasen la guardia, camaradas, aumenten la presión sobre el viejo escritor que hay en la celda ocho, y sobre el excolega que había intentado escapar como funámbulo. Les ordenaría que no dejasen de mirar las luces pestañeando con un aumento familiar de tensión eléctrica o el paseo de la cubeta con agua. O de reconocer el tufo de la orina y de la bilis, o el cloroformo que impregnaba los pasillos desde la celda quince. Revisaría con ellos, de punta a cabo, la sesión íntegra del interrogatorio y la tortura: golpear cuidando de no dejar rastro, empujar al prisionero sobre la silla metálica, confrontarlo con los objetos que has extraído de la mochila que tú mismo sacaste esta madrugada de la ruinas del túnel, registrar sus respuestas, marcar el mapa, enfadarte porque el prisionero te recuerda a alguien que has visto demasiadas veces por la puerta entornada, quizás esa misma mañana frente al espejo, o desde el otro lado del espejo donde diseñas un túnel en el que sientes que estás metido todavía, a medio camino entre la vigilancia y la libertad. Vuelves a estar allí abajo mientras las paredes de fango se cimbran en torno tuyo, vuelves a tu oficina para interrogar al fugitivo y esperar el relevo del jefe de sección que repita la pregunta con el gesto acartonado, mostrando idéntica severidad, inquiriendo las mismas cosas, anotando las mismas respuestas, transcribiéndolas con automática minucia en los informes para luego regresar a la celda y golpear otra vez un cuerpo del fugitivo que te recuerda a alguien, otro o el mismo, ordenar al prisionero que se mantenga con las manos bajo las nalgas, repetir la pregunta hasta enloquecer al trásfuga fallido o hasta enloquecer uno mismo de hastío y asco mientras llega a relevarnos, por ejemplo, el camarada Shliepner, tan eficaz en estas cosas, y transmitirle las respuestas y regresar a tu oficina para actualizar tu mapa gargantuesco, colocar chinchetas rojas y negras aparentando que todo está bajo control, explicarse, señor teniente, y anunciar que estás metido en un nuevo proyecto o que está por caer otro túnel, señor, y omitir sobre todo que sabes que los interrogatorios no harán más sólida la piedra bajo el muro ni más espeso el aire fronterizo por el que huyen los dramaturgos sobre aerostatos, no decir que nadie impedirá que excaven más túneles ni se venzan más alambradas, porque por cada agujero que se detecta se excavará otro, señor, lo han hecho antes, volverán a hacerlo, señor, porque hasta Marx nos dijo que todo lo sólido se desvanece en el aire, y pese a que cada mañana el teniente Leverkunt o el camarada Shliepner lleguen más temprano, pese a que interroguen al fugitivo maltrecho, todo rutinario y elaboradamente inútil, aun el acto simple de morir bajo tortura o en la cama, incluso el cráneo desbaratado bajo el túnel precariamente edificado, incluso hacer lo imposible por que no te atrape ni te traicione o venza un vecino o tu hijo, o porque no se derrumbe un pasadizo maltrecho sobre tu cabeza mientras inspeccionas las paredes de fango, o redactar hasta el hartazgo tus informes con el celo que se espera de un subordinado y sin esperar que tus superiores te feliciten porque ése a fin de cuentas es su trabajo, teniente, y nadie como usted conoce el muro, como si eso lo obligase a saber también que hay debajo de él.

Cierto, aquel era su trabajo, aunque últimamente no lo estaba haciendo nada bien. Y lo que es peor, no le interesaba hacerlo bien. Poco le importaba ahora conservar el respeto de sus superiores, ya no le atraía embriagarse con sus camaradas ni discutir con ellos el discurso más reciente de Jruschov o el secuestro de un ministro italiano que hasta entonces desconocían. Le enervaba francamente la perspectiva de contarle a alguna amante ocasional historias de amores joviales nunca consumados, o confesarle a nadie su miedo de estar enloqueciendo. Era como si él mismo se estuviera transformando en un conspirador o en un muro al que hubiera que reforzar con nuevos bríos. Tampoco le atraía como antes concentrarse en vigilar, monitorear, perforar, despejar la ecuación hasta ese día irresuelta de una parábola o regodearse en su quimera de construir un muro alternativo hercúleo, una barrera única e íntegra que dentro de cien años acabase por darle una vuelta entera al planeta de modo que todos quedásemos prisioneros y al mismo tiempo libres de la otra mitad.

Al teniente Christian Leverkunt apenas le complacía ahora la perspectiva de quedarse solo para regresar a la oficina en el edificio de la Stasi, reemprender su rutina vigilante, hacer otro informe que explicase cómo otra conspiración había sido desbaratada, capitán, mientras otros hombres y otras mujeres semejantes a él, en otras oficinas idénticas a la suya, informaban que otro desertor había sido fulminado en las alambradas, capitán, o que los espías del fascismo habían nutrido una red terrorista conformada por raquíticos escribidores, amas de casa, poetastros que después de dos días en la sala de interrogatorios acabarían sin duda por confesar crímenes atroces, conspiraciones cósmicas orquestadas por sus propias madres nonagenarias. Cada día le costaba más esfuerzo distraerse de ensoñaciones o abstracciones, bastante le exigía ahora la cotidiana labor de alimentarse, volver a su trabajo después de haber descubierto un túnel, vaciar sus bolsillos, alinear sobre su escritorio los objetos confiscados a los fugitivos o las cosas extraídas de sus casas, las cartas, los libros, las fotografías, las agendas, las llaves inservibles, los juguetes de sus hijos, el contenido entero de la mochila que esta misma madrugada o cualquier otra había sacado del enésimo túnel de su desgracia. Quedaba todo sobre el escritorio para que Leverkunt o cualquiera de sus camaradas los alineen, los etiqueten, los cataloguen, los introduzcan en bolsas numeradas que más tarde enviarán a las salas de interrogatorio para mostrárselos a los prisioneros, tenemos esto, sabemos quién fuiste, no puedes mentirnos.

En mitad del túnel que se cimbra, Christian Leverkunt piensa con hastío en el momento cuando al fin se quede solo en su cubículo y remueva de su mesa los objetos que llevaba en su mochila el fugitivo al que interrogará esta noche. Coge reglas y compases y añade al mapa en la pared chinchetas penosas que describen un nuevo túnel. O se queda ahí sin hacer gran cosa hasta la madrugada, mirando caer la nieve en el interior de su esfera de vidrio tratando de contar los minutos para interrogar al fugitivo, de no escuchar los gemidos que le recuerdan los de las puertas del búnker, cada una de ellas abierta hacia un cuarto de mapas habitado por infinitas repeticiones de Adolf Hitler, más salas y más pasillos cada vez más nítidos aunque ya derruidos, cuartos como prisiones cerradas con siete llaves que conducen a otros encierros de su memoria, el túnel en el que los soviéticos vuelven a arrojar granadas a través de un boquete abierto por las bombas, cada uno de los veinte túneles que Christian Leverkunt y sus hombres han descubierto desde que se erigió el Muro de Berlín, los bosques helados de Siberia a los que fueron a parar muchos cautivos de la guerra, incluidos sus maestros arquitectos, o la cárcel de Spandau donde da vueltas ficticias a este mundo el ministro Albert Speer, o la cajita de metal que él y sus hermanas enterraron en el jardín de la casa junto al lago, o las gayolas del Castillo de If, o los sótanos de la Stasi donde ahora mismo gime un cautivo que antes fue guardia y después un simple número, una cifra encerrada en una carpeta encerrada en un sótano tras siete gavetas y bajo siete llaves tan iguales e inútiles como las que él ha cargado consigo desde que dejó el búnker, las que antes de escapar por la ventanilla le entregó la señorita Traudel Junge para que las guardase en su mochila junto con sus libros de Karl May, y una burbuja de vidrio en la que mira nevar sobre una ciudad pequeña que imagina luminosa, una ciudad sin muros ni sótanos, blanquísima de luz, como la cúpula más grande del universo, la que señalaba Albert Speer para que le entendiesen él y sus hermanas, que entonces se sentían versiones bendecidas de Lemuel Gulliver y buscaban en aquel Liliput grandilocuente gente minúscula que se cita en panaderías, niños de madera que escapan de la escuela, madres que cargan una carpeta con fotografías de sus hijos para mostrarlas en Navidad con su media sonrisa soberana, fugitivos que entierran en el jardín de su casa una caja con un diente envuelto en tela de gasa, una novelita ilustrada de *El conde de Montecristo* que se supone iba a confortarlo cuando los aviones del tío Goering destruyesen a los mosquitos soviéticos, y su padre y el Führer hubiesen derrotado a los malos de la historia con su ira bíblica y su rabia entera, estremeciendo el mundo, terminando la infancia con un túmulo de escombros y chamusquinas, una ruina sublime en cuyo centro habrá siempre un niño pasmado y solo que se pregunta dónde está la salida de ese laberinto y qué será de él ahora, y por qué al llegar a su oficina lo espera el camarada Shliepner con una sonrisa beoda y un gesto triunfal de votación inocente en el partido. Tiene en la mano una carta que Christian reconoce enseguida como las que a veces le llegaban de occidente. El comisario lo mira y con una sonrisa triunfal le recuerda que en unos minutos interrogarán al hombre que encontraron ayer por la mañana en el túnel. Ahí lo espero, camarada, o quizá deba llamarlo Helmut, recita con un guiño, y se marcha. Christian asiente, coge la carta, ve sin sorpresa que la han abierto y lee que un tal Herbert Quandt ha estado preguntando por él. Lo saben, lo saben todo, piensa Christian Leverkunt, y él a su vez sabe que tiene que huir. Coge entonces su mochila con sus cosas y parte hacia el túnel que ha estado diseñando.

Catalina: la fugitiva de Corinto

Sé muy bien que las historias que elaboro para los hijos de Magda y Joseph Goebbels no ocurrieron ni ocurrirán jamás fuera de mi imaginación. Entiendo que pertenecen a la conjugación de lo que posible, a un futuro imperfecto en el que Holdine Kathrin Goebbels, o quien yo quisiera que fuese Holde Goebbels, escapa como Medea sobre las nubes de Corinto hacia otra vida con un nombre que quizá deba inventarle por última vez, mal que nos pese. En el avión de mis fantasías la mujer que fue Catalina Herschel cabecea, suspira y se impacienta. Con las prisas de su huida ha olvidado su reloj en el camerino, y por más que lo intenta no logra calibrar hace cuánto despegó de Buenos Aires ni cuántas escalas le faltan para aterrizar entre los hombres que le prometieron un refugio seguro en un lugar que podría y no estar en Israel. Tantas veces ha planeado esta fuga y tantas otras le han fingido la muerte para salvarle la vida que hoy le cuesta creer que este viaje sea verdad y que vaya a ser el último. La mataron ya hace décadas cuando la sacaron del búnker y la mataron asimismo hace apenas unas horas en el Teatro Colón frente a una azorada cohorte de admiradores y puede que también ante la mirada incrédula de su oscuro perseguidor. La mataron o fingió morir inclusive durante la guerra, cuando jugaba con su hermana Hedwig a ser una princesa exánime y suspensa en la noche de los tiempos.

Qué lejos queda hoy para Holdine Goebbels ese juego de muertes simuladas y resurrecciones postergadas, qué distante pero qué hondo todavía en el ánimo de quien ahora mismo se exaspera a bordo de un avión cuyo destino se me escapa. La imagino y la describo refundida en su asiento, rebuscando una emoción que le confirme que sigue viva, una pulsión cualquiera que le indique qué le falta para sentir en los labios el beso del caballero que le dará por fin una vida libre y simple como la que soñaba para ella su maestra de música. El avión mismo me sugiere por momentos un traslúcido ataúd en mitad de un crudo invernadero, una cápsula vidriada suspensa como Holde en el vacío: la azafata sentada al fondo relajando su sonrisa mecánica, el cabezal de los asientos delanteros alineados en su apacible espesura de cabello y tela, el resto de los pasajeros dormitando entre sus propias ilusiones de escape, sopesando igual que ella la distancia y los plazos que les restan para empezar a ser otros o para volver a ser ellos mismos.

A Catalina apenas le sorprende el sosiego que se deja sentir en el interior del avión. Aun antes de que los llenasen de bombas y paracaidistas, Holdine Kathrin Goebbels miraba aviones surcar el cielo y se extasiaba en su maquinal altanería. Le gustaba pensar que en uno de esos altivos dragones volaba su medio hermano Harald cuando obtenía licencia e iba a visitarlos a la casa junto al lago con su uniforme refulgente de joven y el pelo muy corto y ese rostro rubicundo que ella con trabajos reconoció años más tarde, cuando Leni Riefenstahl le mostró una fotografía reciente de Harald Quandt y le reveló que éste es tu hermano, Catalina, éste que ves aquí es tu hermano Harald y tiene una mansión en Hamburgo y cinco hijos como soles y aviones privados y dinero suficiente para enmendarnos la vida, niña mía. Y diciendo esto Leni le entregó un ejemplar del *Argentinisches Tageblatt* donde se anunciaba que el señor Harald Quandt, empresario hamburgués, acababa de adquirir la mayoría de las acciones de la fábrica de automóviles BMW. Al calce de aquella nota estaba la fotografía del empresario sobre un auto de lujo y otra donde

Harald, mucho más joven y todavía muy rubio, posa al lado de la familia Goebbels enfundado en su uniforme de la Luftwaffe. Frente a él, como un séquito de duendes alineados en pirámide, se amontonan Joseph y Magda Goebbels con sus hijos, las dos más pequeñas en el regazo de la madre y los dos mayores mirando fuera del cuadro como si atendiesen la instrucción de una niñera o temiesen el reproche de un invisible director de cámaras.

Hace ya unos quince años que Leni le mostró a Holde esa fotografía y ella se esforzó en balde en recordar el día en que se las hicieron. Más adelante comprendió que no podría recordar jamás ese momento preciso de su vida porque la imagen en cuestión era falsa, o al menos inexacta. El retrato del joven Harald Quandt habría sido superpuesto a la fotografía familiar por instrucciones de su padrastro, el ministro Joseph Goebbels, en su campaña para exhibirse con los hijos propios y el ajeno como familia modelo del Reich, una familia que a la postre se evaporaría como el propio delirio milenario al que pretendía representar. En cuanto supo que esa imagen había sido trucada, Catalina Herschel se dio a sentirse igualmente difusa, falsificada, como si también a ella la hubiesen superpuesto en ésa y en las demás fotografías que le habían hecho en la vida. O peor aún, como si las incontables fotos y películas que insistía en hacerle Leni Riefenstahl le arrebataran un retazo de su alma y hasta partes de su cuerpo. Tenía la agobiante sensación de que la verdadera Holde se iba disolviendo en el ácido de los años y el revelado fotográfico, y que en su lugar quedaba sólo un vacío inmenso, un fantasma condenado a ser siempre la misma y siempre nada. Ella misma sería entonces una vaga superposición en el escenario de una existencia que se evaporaba gradualmente en el olvido. Cada que la filmaban o la grababan desempeñando diversos papeles, Catalina Herschel perdía algo quintaesencial y desde luego irrecuperable. De repente el pelo se le caía en mechones y se le corrompían los dientes, y le parecía que sus uñas se negaban a seguir creciendo y que ella misma se transformaba en una hipótesis a la que había que sostener con pelucas, dentaduras, polvos y postizos siempre distintos, siempre intercambiables. Y en tanto llegaba su extinción definitiva sólo le restaba sobrevivir, cantar, apocarse poco a poco en ese lienzo evanescente como quien camina sobre los restos de un espejo roto, pisotearse fragmentada, desasida, sujeta a la observación perpetua de hombres salaces y mujeres extrañas, traducida y usurpada para complacer a un público de ladrones carroñeros de su voz y su conciencia. A ese ritmo su última materia se desaguaría cualquier noche por las alcantarillas de Buenos Aires o se quedaría como un mechón sobre su almohada. Y su paso por la tierra se limitaría a las reverberaciones posibles de una placa fotográfica o al letargo combustible de las latas de una película guardada para siempre en un archivo junto a los restantes espectros de la familia Goebbels, todos ellos también disueltos y finalmente proscritos de la memoria de los hombres. Le quedaba al menos el consuelo de que quizás entonces, cuando llegase su extinción, podría descansar y ser tan sólo una alegoría. Quizás entonces podría peregrinar por una perpetuidad alterna donde cada persona fuese una proyección, una sombra incapaz de comunicarse con las otras, todas aferradas a la reverberación de un fotograma sobre una estantería polvorienta o en las páginas de un periódico alemán en Bariloche o en el escritorio de este futuro para ella hipotético donde la sigo recordando con una crueldad que hasta a mí me sorprende.

Miro a Holdine Kathrin Goebbels como un viejo lascivo desde este lado del tiempo. Me prendo de ello y le reinvento la vida según le voy succionando el alma. Escribo que ella siente que la escribo mientras me suplica con los ojos que la olvide de una buena vez, o que al menos le permita concluir su gran acto de escapismo, el último, lo juro. Con voz muy queda, como para que no la oigan hablar sola los restantes pasajeros del avión, me reprocha que insista en inventarla cuando estaba más que lista para desaparecer del escenario. Pero yo, torcido y necio, la ignoro. La ignoro y la desprecio, le doy vida para mantenerme vivo y conservarla muerta. A través de las cortinas de este palco del futuro la escribo aún para obligarla a reconocer que es sólo mía. Le recuerdo que desde el primer momento le ofendió el oropel cansado de la torre en el bosque, su opulencia desmoronada, la nocturnidad mohosa de las enredaderas sobre el muro. Justo a ella, que se creía habituada ya a aquilatar y hasta desear el boato de las grandes salas y mansiones, le chocó esa noche, sin embargo, la plata reluciente de la cubertería, la esmerada nitidez del cristal bohemio, los cuadros con paisajes bávaros o bíblicos, sin duda originales y muy caros. En el recibidor le pareció reconocer un lienzo de gran formato que había visto de niña en una de sus visitas a la mansión del mariscal Herman Goering, que en sus fiestas presumía su colección de obras de arte confiscadas a los vencidos. Catalina vio aquel cuadro colgado frente a una galería de espejos venecianos, recorrió el trazo flamenco de *Susana y los viejos*, y no pudo no pensar que los invitados a esa cena íntima en la torre eran sin embargo los mismos fisgones de antaño, los asiduos a las fiestas beodas del gordo Goering, los mismos apagados fugitivos que después habían navegado con ella en el trasatlántico que los llevó desde Génova hasta Buenos Aires.

Se congregaban por las tardes en el rincón más apartado del barco. Viajaban disfrazados de inmigrantes y sólo entre ellos hablaban en alemán. Se vampirizaban unos a otros buscando sobre la línea del mar el punto exacto donde se les había hundido el Reich. A veces también rodeaban a la niña que viajaba al cuidado de uno de ellos y le pedían que cantara como había hecho alguna vez con sus hermanos en el cumpleaños del Führer. La niña entonces elevaba un canto de nostalgias y aprehensiones, suavemente, asustada un poco de que los adultos la mirasen así, con ojos de gárgola, y de que distrajesen con ella su torpor para fingirse miserables y gitanos, sus temores de que alguien más notara que también ellos eran aún novatos en el arte difícil de la impostura: hablar lo menos, aprender sus nombres nuevos, evitar cruzar miradas con los demás viajeros, sentir que aquellos acaso los miraban como hacen los animales desde un refugio selvático, temiéndoles, sospechando, preguntándose quiénes son ésos o qué son o qué ganaré si los denuncio. Trataban a la niña como si dudasen entre compadecerla y aborrecerla porque tenían a la mano datos demasiado claros de su vida y de la muerte de sus hermanos, información que ellos seguramente juzgaban más terrible y más digna de morbo de lo que ella misma pensaba.

Desde aquel viaje de huida Holde sentía que caminaba sobre un suelo inestable. Desde entonces los hombres, jóvenes y viejos, le parecían simuladores. Desde entonces se ha sentido observada, gradualmente desasida, abrumada por la sensación de que su esencia se va gastando en capas que luego quedan sólo suspendidas en fotografías y películas que alguien proyectará para públicos secretos y selectos cuando ella se haya ya desintegrado por completo. Teme que su alma quede eternamente atrapada en esas imágenes, imagina que en el infierno del futuro ojos lascivos y crueles la mirarán como antes la miraban los paniaguados del mariscal Goering o como la miraron en la torre los generales bizcos y las señoras díscolas y hasta la propia Leni, que repartía la lente de su cámara entre los comensales, su pupila y la invisible figura del señor de la torre, que estaba y no estaba ahí, observándolo todo como hacía desde el palco del Teatro Colón, ubicuo, esquivo, reprobándolo todo, como si en la oscuridad dijera con los ojos no, no es ella, o no me gusta en lo que has convertido a esta niña, Leni, o te recuerdo bien Holdine Kathrin Goebbels, porque yo también iba en ese barco y te escuché cantar y llegué contigo y pienso que mejor hubiera sido que te quedarás así, obediente y núbil, con esa voz de ángel que te habíamos oído en los cumpleaños del Führer o en las fiestas del mariscal Goering frente a esos lienzos enormes que ahí tenía, un *Medea y Jasón* de Waterhouse y una *Susana y los viejos* de algún anónimo discípulo de Rembrandt, y tus hermanos y tú correteando por ahí y tu madre Magda de repente te hacía cantar un solo y tú obedecías sin saber que a partir de ese instante cantarías para mí, siempre y sólo para mí, aunque el mundo me creyera muerto con los otros oficiales y médicos del nacionalsocialismo, y aunque también a ti el resto del mundo te creyese muerta al lado de tu familia. Cantabas entonces, seguiste cantando luego sin saber que ese talento te iría eviscerando con los años, y que nunca cantarías mejor que cuando cantabas para el Führer o cuando viajabas en un barco de refugiados hacia Buenos Aires. Recibías como una artista nuestros aplausos, nos hacías felices y eras todavía feliz porque ignorabas que un día de muchos años después desearías con toda el alma no haber sobrevivido al búnker, haberte quedado dormida o de plano muerta en el ataúd vidriado de tu infancia, rogando al hombre invisible que te mira que te deje en paz porque estás lista para disolverte o fugarte o hacerte humo y no volver jamás a cantar para mí en un sala frente a lienzos que te recuerdan a tu madre y a ti misma en los banquetes tristes del mariscal del aire Hermann Goering.

Pero esta vez no eran sólo los lienzos los que parecían robados o sustraídos de sus muros primitivos en Bruselas o en Ámsterdam. Ahora la mansión entera transpiraba un aire ajeno a ese tiempo y a ese espacio. Algunas semanas después, arrebujada en su asiento en un avión con rumbo indefinido, Holdine Kathrin Goebbels había de recordar que ella misma llegó a sentirse como una Rapunzel en esa torre, y que al salir de ahí se sintió extrañamente agradecida con Leni por liberarla de ahí antes de que fuese demasiado tarde. O quién sabe, pensó luego entre las sacudidas de su vuelo, quién sabe si en verdad pudo escapar, porque al abrirse la verja y subir en el bote miró sobre su hombro y pudo constatar que la pesadilla no acabaría nunca y que desde el piso más alto de la torre la observaba alguien que no había estado presente en la cena pero que era sin duda alguna el amo y señor del conventículo transilvano para el que había cantado aquella noche. Lo vio asomado a la ventana, la mano blanca sosteniendo el visillo. Lo vio apenas un segundo que sin embargo le bastó para reconocer en él al admirador sombrío que desde hacía años la vigilaba desde el palco del Teatro Colón asediándola hasta en sueños y habitando el rabillo de sus ojos. Aquel ser sin sexo ni piedad la miraba desde siempre, la seguía y ocupaba cada poro de su piel emponzoñando cada instante de su vida. Holde lo sentía aún en la tristeza con que Leni la acompañó en el bote, lo había sentido en las recriminaciones de sus agentes, reconocía el estruendo de su silencio en el runrún de las multitudes sin rostro que la asediaban a la salida de los conciertos, sentía sus ojos clavársele desde la oscuridad de su palco en el teatro, presentía y temía su llegada ominosa o su partida impetuosa detrás de las puertas azotadas por el viento de su hotel en Bariloche, oía su risilla voraz en los timbrazos del teléfono por el que recibía a deshoras llamadas mudas, en la tos de los automóviles negros que aminoraban la marcha cuando pasaban junto a ella por las avenidas más amplias de Buenos Aires. Podía leerlo inclusive, le bastaba percibir algún perfume con base de lavanda para saber que otra vez la vigilaban los mil ojos de esa única sombra y que esos ojos estaban también presentes en el barco genovés y en el búnker y en la casa junto al lago, cuando ella y sus hermanos debían cantar en los jardines festoneados con flores de evidente papel. La sombra la miraba entonces, la miraba siempre y ella corría para encerrarse en su camerino, añorando en balde el abrazo protector de la señorita Grimm y su olor a chocolate, ayúdeme, por favor, ese hombre no me deja en paz, ayúdeme a que se vaya, ayúdeme a levantarme tarde y no tener que ir a un ensayo, a poder comer todo el chocolate que me venga en gana y a decir no, señores, no soy su títere, no soy una de ustedes ni me interesa opinar nada sobre la Callas. Ayúdeme, señorita Grimm, a deshacerme del peso de esa mirada y a quitarme este disfraz de pena entre lentejuelas y lanzas y escudos de utilería y directores con batuta bajo la axila y perfumes de colonia que sin embargo no bastaba para espantar ese tufo de lavanda emponzoñada que me pisaba los talones por los corredores abarrotados de actores hasta que llegaba a mi camerino inundado de flores anónimas cuyo polen me hacía estornudar, quién ha traído esto, su admirador de siempre, decía la tarjeta, y ella que llévenselas de aquí, devuélvanlas, tírenlas y díganle a ese hombre que me deje en paz de una maldita vez.

Giovanna: no lo sospecha nadie

Como quien va cayendo en el vacío hacia el final del camino de su vida, como quien se desprende de sí mismo en el último instante para amortiguar el fatal golpe. Así despierto cualquier noche a las cinco en sombra de la madrugada. Me levanto y entro en mi despacho para redactar mis remembranzas de papirolas, arriates sigilosos y cadáveres amoratados. Desde mi escritorio diviso al hombre que cada noche yace delirante o malherido en mi cama. En ocasiones ese hombre soy yo mismo enfebrecido en mi mansión en Hamburgo o alguien semejante a mí narcotizado hace unos meses en un hotel de Milán. Otras veces no soy más que un fantasma que sueña la postración de otros seres vagos que hace mucho tocaron fondo y están muertos. Mientras yacemos en nuestros sueños estamos despiertos en otra parte, así que cada noche somos muchos hombres. Esta misma noche, por ejemplo, el hombre yacente que quizá me sueña es mi hermano Harald resquemado y ahíto de morfina en un hospital donde no consigue recuperarse de su accidente aéreo. Tenemos que salvarlos, gime de repente el hombre aunque ya sea tarde y bien lo sepa, y yo acerco mi rostro al suyo para escucharlo mejor. Entonces lo comprendo: sé que en su delirio Harald se encuentra en el campo de prisioneros estrujando la carta que le ha hecho llegar su madre muerta. Lo escucho y lo entiendo tan claramente que acabo por apropiarme de su persona y de su súplica.

Salvarlos, repito ahora mientras pienso en los niños Goebbels como si aún hubiese modo de recatarlos de una muerte atroz o de vidas que no pueden haber sido mejores.

Salvarlos, recuerdo que me dije una noche cuando regresé de un viaje a las montaña italianas y entré dando tumbos en aquel hotel de Milán. Salvarlos, repetí al tiempo que colgaba en una silla mi camisa húmeda y apartaba mis zapatos embarrados como si se tratara de animales ponzoñosos. Me sirvo agua, trago de golpe dos somníferos extraídos de un blíster que no sé cómo llegó a mis manos. Coloco luego su epidermis de aluminio sobre la mesa de noche y yo mismo procedo a cambiar de piel: una parte de mí se desploma en la cama al tiempo que la otra se asoma a la ventana. Me parece que la furgoneta tísica que me ha traído hasta aquí por fin se va perdiendo en una avenida donde apenas quedan coches. Cierro los ojos, vuelvo a quedar preso de mi memoria reciente de terragales crudos y salobreños. Me siento seguro de lo que imagino pero incierto de lo que acabo de vivir. Vuelvo a la cama, trago otros dos somníferos, me adormezco y finalmente despierto en una habitación que desconozco. Vuelvo a asomarme a la ventana y veo que la furgoneta tísica no se ha ido todavía porque me espera para llevarme hasta una aldea montañesa llamada Malombrosa.

Descubro entonces, en sólo un pestañeo, que nada de eso está sucediendo ahora sino antes, mucho antes. Hace días o semanas que sin embargo me parecen ya una eternidad. En mi memoria atolondrada he ascendido casi a tientas por la escalera crujiente del hotel, me he quitado la camisa y me he dejado caer en la cama. Duermo, sueño con abismos. Despierto bruscamente y me cuesta creer que hace nada estaba en Hamburgo, cobijado por mi gente. Me anima pensar que pronto estaré nuevamente con ellos. O quién sabe, pienso: tal vez ahora mismo estoy ahí, en mi casona en Hamburgo. Tal vez he vuelto a despertar con fiebre y he aguzado el oído para escuchar el ladrido de mis perros en el patio. Puedo oírlos, pero sus ladridos se asemejan demasiado a los aullidos de los lobos de Malombrosa, y el ronroneo de una podadora en el jardín es de repente el motor de la furgoncta que no sé si me espera abajo para llevarme a la montaña o si acaba de regresarme a mi hotel en Milán.

En mi recuerdo a veces veo esa misma furgoneta virar en una avenida desolada y coger rumbo de la montaña. Otras veces baja por la calle hacia mi hotel. En cualquier caso no parece que avance mucho, de modo que no es posible saber si viene o va. Conmigo o sin mí, el cacharro tosigoso sigue una trayectoria circular: cada metro hacia Malombrosa o desde Malombrosa, y cada tumbo más violento a lo largo de un paisaje que se transforma como un ser vivo según recorre pueblos progresivamente tristes, majadas y rebaños que llegué a pensar extintos con la guerra, aldeas arrasadas por turbiones de sangre mediterránea, rancherías de mujeres enlutadas de los que mis abuelos y mi padre me hablaban con desprecio porque los italianos, Herbie, hacen sólo guerras que pierden, salvo sus tropas alpinas, no saben combatir, al igual que los pueblos balcánicos, con excepción de los griegos, su entrada en la guerra fue para nosotros una carga, Mussolini libra una lucha sin pueblo, un pueblo que incluso le ha traicionado de manera ignominiosa, son soldados malos y marrulleros, hijo, y te dejan solo cuando más los necesitas y te apuñalan por la espalda y te dejan morir en sus abadías normandas retorcidas arrasadas por corsarios y suplicantes fantasmas de damas blancas que te obligan en sueños a seguirlas.

Siempre igual, siempre a las cinco en sombra de la madrugada, recaigo y oigo ese motor fatigado. Los visillos en la ventana flanquean mis recuerdos como haría el telón de un cineteatro en que se proyectara eternamente una película italiana de ésas que están de moda: rudas, grotescas, salpicadas con arriates de aparatosa blancura y partisanos de ropas negras y carabina al hombro, las manos empujando al paredón a un nazi de mandíbula apretada y pocos remordimientos por haber asesinado a cientos de civiles indefensos, ancianos, mujeres, niños, sobre todo niños parecidos a los que hace días o semanas me recibieron en Malombrosa como si yo también fuese uno de esos temibles nazis del celuloide. Tironean de mí, me arrinconan para que me despeñe en un abismo o para que me encierre ya en una furgoneta que me sacará de ahí o que me conducirá hasta ellos. El proyector ruge y la película progresa en la penumbra del extenuado vehículo. Atrás se van disolviendo las agujas de la catedral de Milán, la plaza donde hace décadas fueron linchados Benito Mussolini y su amante. Se pierde la ciudad a mis espaldas a medida que avanzamos envueltos en efluvios de humo y combustible diésel. Otra vez la furgoneta, siempre esa furgoneta que me arrastra hacia un poblacho soñado de almas secas y tolvaneras de ira.

Me dejo llevar dócil a las indicaciones del conductor, que me traslada aprisa y desatento, sin duda irritado por mi compañía, muy pegado al volante, las manazas encallecidas por labores labrantías para mí desconocidas, un cigarro asomado a las comisuras de los labios. Es un hombre joven que sin embargo exuda una ancianidad de sucesivos soles a la intemperie. Ceñudo, la nariz achatada acaso a golpes y un maxilar ligeramente prognata que acentúa su aire prelapsario, quizá su engendramiento incestuoso. Las uñas sucias de las que evidentemente se avergüenza, una calvicie incipiente que se insinúa por debajo de su boina con cada salto de la furgoneta. Al verlo esta madrugada en el hotel, creí que el hombre iba a estrechar mi mano, pero se limitó a alzar la suya en ademán que no supe si era un saludo o sólo una orden displicente de que me apresurase a subir a su vehículo. Arrancó cuando yo aún acababa de cerrar la portezuela. Vamos, páter, me dijo, y el resto del camino lo ocuparon frases aún más breves aunque airadas, gruñidos casi: la orden de que me abrochase el cinturón cuando pasamos cerca de un gendarme motorizado, un escupitajo cuando intentaba encenderse otro cigarro con un yesquero renuente, un gorgoteo de imprecaciones cuando quedamos varados en el tráfico al salir de la ciudad. Me parece recordar que al recogerme me dijo su nombre, Paolo o Pablo, como el dantesco amante de Francesca de Rímini, y recuerdo también que no me llamó señor Quandt ni teniente Quandt, como haría más tarde el párroco de Malombrosa, sino que insistió en llamarme páter sin darme espacio siquiera para aclarar su confusión.

Si nos deteníamos en algún semáforo Paolo o Pablo me miraba de soslayo como si esperara que me hubiera arrepentido de visitar su aldea, y yo en efecto iba pensando qué mierda hago aquí, tendría que haber enviado a alguien más en mi lugar, no sé, a cualquiera de esos muchachos zalameros que trabajan en mis empresas y que se habrían sentido honrados de viajar al extranjero para atender un asuntillo personal del jefe. A esos mozalbetes nada de esto los agotaría como me está agotando a mí, que estoy harto de perseguir visiones y que tengo ya molido el esqueleto con mi propia senectud acelerada, el voltaje amortiguado de tanto cazar vidas que no se dejan atrapar. Me digo que mejor hubiera sido quedarme en casa, aunque al mismo tiempo reconozco que sólo para mí estaba guardado este sitio al lado de Paolo, y que no hay remedio y que estoy aquí, camino del fin del mundo junto a un guía que parece un matón de cine y que podría ser mi hijo, o un demonio que me confunde con un nazi o con un jesuita y sabe que lo paso mal cuando acelera su furgoneta y masculla una letanía de la que entiendo apenas dos frases enervadas, quizá no dichas por él y sólo por mí imaginadas: insultos, amenazas de otros tiempos dirigidas tal vez a otros forasteros como usted, páter, recuérdelo bien, la santa es nuestra, páter, más le vale que recuerde que la santa es nuestra.

Cada sueño es un descenso a los infiernos, un trayecto plagado de encrucijadas donde el camino elegido por la yegua de la noche será siempre el camino equivocado. El sueño es erradumbre y yerro en el constante acomodo de las piezas de lo que creíamos haber vivido. En algún lugar de ese inframundo habrá un lugar donde las almas lamenten las elecciones que las llevaron hasta ahí y compartan sus equivocaciones imaginadas en perpetua conversación. Un abismo donde nunca callan y sólo se torturan aún después de muertas en infinitos arrepentimientos.

Desde mi propio sueño veo lo que no ha sucedido todavía o lo que sucedió sólo en los sueños de alguien más. Desde aquí pienso que Harald tenía razón: el dolor nos vuelve visionarios. En este momento el dolor es mi único asidero a la verdad. Me ha despertado una pesadilla de desplazamientos concéntricos, un torbellino de espanto y rabia que podría haber sido una visión en la agonía de Harald y que seguramente acabará por matarme. La habitación en mi hotel, el estudio en mi casa, las calles, mis mastines bien alimentados, todo lo que alcanzo a ver desde mi ventana, la furgoneta afuera o lejos que frena y se abre camino a bocinazos, las agujas de la catedral de Milán. Lo contemplo todo, lo reviviré después ensamblándolo en mi memoria como si me pidieran el retrato hablado de uno de mis asesinos. De mis labios saldrán gruñidos mientras que de mi cuerpo manará un olor infecto. Desde el alféizar de la ventana giraré la cabeza para ver a mis espaldas al hombre que navega en mi cama entre alucinaciones de grullas y barrancos. De repente sentiré en el abdomen un rasguño que me he hecho por haberme ceñido demasiado contra la portezuela de la furgoneta de Paolo o Pablo, no para abrirla sino cercado por mi miedo a la ostensible mala saliva de ese neandertal calvo y amarillo que conduce sin dejar de aborrecerme, suspicaz, convencido de que quiero robarle a su santa. Sé que él sabe que voy reuniendo ánimos para saltar de la furgoneta apenas reduzca la velocidad y las cosas se pongan realmente feas y sea preciso huir, seguir huyendo hasta que nada de ese viaje me parezca cierto, o hasta que pueda recluirme a trasudar mis miedos, lamer mis heridas, dormir al fin sabiendo sin embargo que Malombrosa seguirá cayendo eternamente a mis pies y conmigo, pues está ya sin remedio pegada a mí con su fango rojo y sus cardos perfumados de aceña, sus arriates agobiados de boquetes y pedrones, las cruces de piedra acuchillando encrucijadas, los cardos pisoteados por yeguadas apocalípticas, las casuchas de madera apolillada, los silos plagados de gorgojos, los alcornoques y los sauces con remas peladas que se inclinan ante mí para acogerme entre sus muertos.

A medida que nos alejamos de Milán se me ocurre que ese paisaje apenas habrá cambiado desde que fue a Malombrosa el jesuita que me precedió en su intento de rescatar a Hedda Goebbels. Tampoco sería muy diferente del que rodeaba a Harald cuando fue prisionero de los aliados en un campo cercano. Por ahí se habrán encogido de horror los enviados de Hanna Reitsch o de Leni Riefenstahl cuando escoltaban a aquella huérfana reciente que parecía siempre abstraída y que podía ver cosas que nadie veía. La niña lánguida que decía ver siempre a una dama blanca que le anunciaba el porvenir de todos salvo el suyo, la muñequita desguazada a la que no hizo falta adormecer para sacarla en avioneta de Alemania y llevarla luego a un pueblo italiano donde iba a transformarse en una bestezuela temible y santa.

Al llegar a Malombrosa la pequeña Hedda Goebbels habría mirado al párroco con ojos ya transfigurados por su estancia en el búnker, sus ojitos de cristal acostumbrados a la ultratumba, tocados ya por el deterioro de las cosas y los hombres que había visto desde el aire cuando huía en el avión de la piloto Hanna Reitsch: las ciudades devastadas como Babilonias en llamas, las hileras de fugitivos para los que no se abría el mar ya tinto en sangre, las columnas de fuego soviético que no sirvieron para guiar a la otra orilla animales, personas o caballos que acabaron muertos de hambre en las cunetas, cadáveres como juguetes despanzurrados, la cúpula de la cancillería en llamas cada vez más lejos, igual que una frustrada ave fénix, las carracas de los camiones de bomberos, los zapatos viudos en el suelo, una bicicleta retorcida, otros huérfanos como ella misma mirándola desde las ventanas mal tapiadas de Malombrosa, otras mujeres altas y muy flacas viéndola llegar cualquier mañana con su maletita recargada de papirolas o ropa o apenas nada, y su cuerpo, de por sí raquítico, ahora más endeble por sus diez días de miedo en el búnker y por las semanas que ha tenido que escapar por medio continente sobrevolando ríos y eludiendo ciudades perforadas bajo la mirada recelosa de sus cuidadores, transferida de una mano a otra como una bestezuela contagiada por un virus indescifrable, adoptada un día tras otro por mentores postizos que le temen siempre, cuchicheantes, asustados por su mirada de vieja y sus presagios rotundos y nefandos de niña santa o de trasgo alumbrado.

Paolo acelera al notar mi palidez, vuelve a mirarme con el recelo de quien ya antes ha transportado hacia su pueblo a otros extranjeros incómodos, seguramente al jesuita que hace meses debió también de apretarse contra esta misma portezuela mientras el conductor calvo y amarillo le sonreía torcido para que supiese que no era bienvenido en Malombrosa. De repente un salto de la camioneta alza las solapas de Paolo y alcanzo a ver su sobaquera y la culata de un arma acaso incautada por sus padres durante la guerra, puede que una vez utilizada contra otros invasores como yo, quién sabe, quizás inclusive contra este páter romano con el que su dueño ha decidido confundirme o emparentarme. Me digo entonces que esa arma ahora debe ser casi inservible tras dos décadas de orín y malos tratos. De cualquier modo, me basta como amenaza. Su negritud de hierro me sentencia y me recuerda que de aquí en adelante Malombrosa será algo más que un simple nombre para mí, y que si un día vuelvo a Milán podré quitarme la camisa mas no el polvo de esta sierra, no el recuerdo del arma de Paolo ni la historia de Giovanna, que me asediará a partir de ahora cada vez que cierre los ojos y lo reviva todo por el amplio ventanal de mi entresueño.

Ahora mismo veo entre los visillos a la niña que me observa desde el granero que le han dado por refugio en Malombrosa. Siento su reclamo y evito cobardemente su mirada porque sé que ella jamás tuvo una oportunidad para escapar. Yo en cambio puedo irme, me iré pronto, me estoy yendo. Escribo en mi despacho de Hamburgo mientras me reprocho qué extraño, qué inconveniente y hasta artero es procurar así mi salvación, qué grosero descartar sin más la perspectiva de quedarme en aquel país de malas bestias, qué ingrato hallarme lejos de esa gente a la que he despreciado y temido sin otra razón que la de saber que también ellos me desprecian y me temen. Los aborrezco aunque sé que soy como ellos, como también lo fueron mi hermano Harald y Magda Goebbels y la capitana Reitsch. Me avergüenza saber que finalmente abandonamos todos a esa niña, a todos los niños de la guerra. Que renunciamos sin más a rescatar al menos su memoria, la dejamos en su perpetuidad fantasma sin otra compañía que sus papirolas, sola en su altillo recubierto de exvotos, sola a merced de una cuadrilla de fervientes defensores de la fe, de atrabiliarios crédulos de faca al cinto y pistola en la sobaquera, de abuelas gazmoñas y niños famélicos que transitan todavía entre las tapias donde fueron fusilados sus abuelos y donde éstos habrán fusilado a los abuelos de otros cuando cayó Mussolini. La cedimos, la entregamos a esa gente y hoy su espíritu pena entre ellos, pobre gente, a ellos, que al menos la aceptaron como nosotros no supimos o no quisimos hacerlo porque no somos mejores ni más nobles ni más santos que ellos.

Desde el primer momento esa aldea en el límite del siglo habrá sido para ella un peldaño en su ascensión o su descenso, apenas un lugar de paso en la trenza de visiones a las que para entonces habría empezado a acostumbrarse con esa aptitud que sólo tienen los niños y los bobos para acomodarse a las cosas detenidas entre esta vida y las otras. En cuanto la bajaron de la furgoneta, la cuarta hija de Joseph y Magda Goebbels tal vez aspiró hondo y le alegró un poco que allí el aire oliese a beleño y no a comida enlatada. Quizás aprobó en silencio que allá el ruido no fuese el de la estática de una radio averiada sino mugidos de vacas aburridas y cloqueos de gallinas que picoteaban sus zapatos de huérfana de guerra anudados con torpeza por la primera aviadora del Reich en una burda imitación de sus niñeras o de esa madre a la que Hedda nunca lograría olvidar del todo aunque ahora la viese como entre nubes, en el borde remoto de algo, jalándola hacia una irrealidad apenas más aceptable que los días transcurridos en el búnker. De sus oídos habría comenzado ya a borrarse el petardeo de los obuses sobre Berlín, los llantos entrecortados de los adultos, la voz coral de sus hermanos advirtiéndole que debía curarse de sus fiebres virulentas a tiempo para el cumpleaños del Führer. Si acaso, le quedaría tan sólo la voz de Hanna Reitsch en el avión repitiéndole la orden nerviosa de olvidarte de quién fuiste antes de abandonar Berlín, Hedwig Johanna Goebbels, no hables nunca de tus padres ni de tus hermanos, o simplemente no hables más de lo que debes ni digas las cosas que dices ni lo que ves por las noches ni lo que ves en el futuro, Hedda Goebbels.

Qué lejano debió de parecerle ese día su vuelo sobre Berlín, y cuán sola y lista debió de estar para cederse a los fantasmas que empezaron a seguirla en cuanto el párroco del pueblo le cogió la mano y le dijo en una lengua extraña que ahora éste será tu hogar, y te llamó Giovanna y te condujo todo sonrisas hasta un granero que apestaba a queso rancio entre pajares transpirados por amantes secretos y partisanos fugitivos. Aquí vivirás, te dijo el cura. Y ahí te quedaste sin vivir, Hedda Goebbels, pensando por las noches que habías estado antes en lugares peores que ése, cuando tu madre te hacía llevar a hospitales improvisados en las afueras de Bremen y tenías que entregar toda sonrisas canastas de comida a soldados mutilados y muequeantes. Pero en Malombrosa las heridas eran otras. Allá se hablaba en otro idioma y había en el barraco buitres corvos y en los corrales vacas que podrían romperte el cráneo si no aprendías bien a ordeñarlas, y había campos de sorgo triste aún sembrados de minas antipersonales y pupas virulentas de posguerra y tábanos cuya picadura podía tumbarte días o hasta semanas en el camastrón de ese granero irrespirable donde un día hallaste arrumbadas cajas devoradas por ratones y carteles con las caricaturas del Duce y el tío Adolf y letreros ominosos que sólo sabrías leer cuando aprendieses la lengua con que te hablaba el cura cuando te cogió la mano al llegar: *Operai italiani arruolatevi! La grande Germania vi protegerà!*, y encima, entre nubes y aeroplanos, la imagen de una mujer con vestido blanquísimo y pechos enormes enarbolando una bandera con la cruz gamada. La Madre Patria protectora, enaltecida antes de languidecer de hambre, la señora espectral que luego te ha mirado desde el río mientras un sacristán calvo y amarillo te buscaba en la oscuridad vitriólica del granero y se quitaba la sobaquera y se metía en tu lecho de paja y trapo roído, y sólo te dejaba al amanecer para que limpies este chiquero o barras la sacristía o escardes el algodón, Giovanna, y más te vale que no digas nada, más te vale que así te quedes porque aquí vivirás y así quedarás entre nosotros, sumisa y torpe al principio, siempre abstraída y mística, y adolorida luego por las caricias del sacristán amarillo. Así te levantarás cada día muy temprano a limpiar ese chiquero y palearás la nieve que obstruye el paso a la cañada, y ayudarás en la parroquia a las beatas del pueblo, en quienes nunca hallarás una mirada de conmiseración, no digamos de reconocimiento, más bien temor, ese amedrentado recelo que provocarán en ellas tus pupilas de alumbrada y tus palabras crípticas y tu soledad y tu endiablada aptitud para entrever el porvenir y hablar no sola sino con los muertos. Te entregarás a ellas mientras el olvido te proteja o hasta que el viento helado te endurezca al extremo de negarte ya el estupor o el asombro, y un domingo de Epifanía irás con todos ellos en procesión a la cañada, y verás pasar, como otras veces, a la dama de blanco entre los árboles, rumbo al río, con una cajita en las manos y en los brazos un bulto que podría ser el cuerpo de un niño de pecho. Esa tarde, al pasar la procesión por las parcelas, un muchacho con el rostro cruzado por una cicatriz te gritará algo que el viento te impedirá entender, y el sacristán calvo y amarillo, fumando junto a él, te guiñará el ojo, no digas nada, Giovanna, no te muevas, no respires. Y tú, obediente, seguirás la peregrinación unos pasos, y cuando al fin la dama blanca se detenga entre los árboles, el sacristán calvo y amarillo escupirá una voluta de humo sin notar que la señora de blanco se ha detenido a mirarte y se ha llevado el índice a la boca implorándote silencio en la tarde de repente oscurecida, no digas nada, Johanna, y antes de perderse otra vez en el bosque se detendrá como si le faltase el resuello, mirará iracunda al sacristán calvo y amarillo y luego a ti, y el tiempo se paralizará con ella. El sol y la luna, que hasta entonces se habían movido en dirección opuesta a la que llevaban los peregrinos, quedarán suspensos, y la niña entonces comprenderá que el hombre calvo y amarillo morirá esa misma noche entre dolores atroces, aunque ahora mismo permanezca estático junto al muchacho de la cicatriz, el humo del cigarro congelado en una voluta exacta, las hojas de un sauce apartadas del suelo en un inerme remolino, quietos todos, todos muertos muy pronto, los santos macabros en su capilla gimoteando la parálisis de sus niños pétreos, las beatas petrificadas en su avemaría purísima, las campanas atragantadas con sus badajos. De pronto un nuevo golpe de aire evaporará a la dama blanca y se llevará los algodones, el sol reemprenderá su curso y la niña entonces alzará la voz para anunciar que el sacristán que la toquetea por las noches va a morir esa misma noche por intercesión de la Befana. Y el cura qué dices, Giovanna, y ella que me lo ha dicho nuestra señora, pero nadie podrá escucharla porque para entonces habrá comenzado a convulsionarse y a echar espuma por la boca mientras el sacristán calvo y amarillo avanza iracundo hacia ella por el sembradío, grita algo, da unos pasos y finalmente revienta atomizado en sangre y fuego porque ha pisado la mina antipersonal que estaba esperando su descuido, así quería verte, gusano, desde los primeros años de la guerra.

Susanne: retorno a Hamelín

Puede ser que hasta aquí y hasta hoy me haya engañado. Sólo ahora me doy cuenta de en qué abrumadora medida me he mentido en este asunto de historiar las vidas de Helga Susanne Goebbels y sus hermanos. Por un tiempo creí que la muerte de mi hermano Harald había detonado en mí el deseo de esta búsqueda de la verdad ineluctablemente condenada a la duda, a la reinvención y finalmente al fracaso. Descubro ahora que fue otro el principio de mi viaje, otra su motivación. Fue mi encuentro con Albert Cornwall y el encontronazo con su fe desesperada en Susan Grey lo que me empujó entonces y me sigue empujando hoy a remirar con más entusiasmo que rigor histórico la posibilidad más bien remota de que uno o muchos de los hijos de Magda y Joseph Goebbels pudieran haber sobrevivido a la guerra y al búnker. Antes, la sentencia de las Cortes de Bonn sobre la identidad de Susan Grey me convenció porque entonces me convenía, o porque también a mí, como a Harald y todos aquellos que la abandonamos, nos acomodaba no remover más en culpas, responsabilidades y dolores de los que necesitábamos renegar si queríamos seguir viviendo. Pero desde que la muerte o la propia extinción se han convertido en nuestra cita más inminente, parecemos mejor dispuestos a desechar las pruebas que convencieron a nuestra razón y a rescatar como tesoros de la duda aquellas cosas del corazón que alguna vez pasamos por alto porque nos incomodaban o sencillamente no nos convenían.

Cuando ahora reviso los argumentos expuestos ante las Cortes de Bonn y aquellos que acaso llevaron a mi hermano

Harald y nuestra familia a sentenciar a Susan Grey como loca e impostora, noto que a cada una de esas pruebas podría oponerse una o varias en el sentido opuesto. Durante el juicio de reclamo, una de las primeras enfermeras en atender a Susan Grey en el Hospital de Santa Ana confesó haber mostrado a la interna una revista donde se publicaba un reportaje titulado "¿Viven los hijos de Joseph y Magda Goebbels?". Con menos rigor que ánimo de escándalo, aquel artículo sembraba por primera vez la duda de que uno de los niños Goebbels podría haber salido con vida del búnker y argumentaba una dudosa serie de señales que incluían la famosa fotografía trucada de la familia Goebbels donde aparece hábilmente superpuesto mi hermano Harald en compañía de su madre, su padrastro y sus pequeños medio hermanos.

Se entiende que la lectura precoz de ese artículo por parte de Susan Grey habría servido luego a sus detractores para desacreditarla y culparla de haber concebido entonces su gran fraude. Pero ahora esa misma revista, que antaño pareció a todos un galimatías conspiratorio y amarillista, corrobora en mi ánimo las señales que yo mismo he rescatado sobre el caso y que hoy, a la luz de mi encuentro con Cornwall, me parecen, si no verdades, sí al menos posibilidades, cabos sueltos a los que me aferro para desmadejar una historia en la que necesito creer.

Así, por ejemplo, he acabado por reunir los testimonios dispersos que sin embargo apuntan a la posibilidad de que una de las hijas de Magda Goebbels hubiera sido extraída del búnker por Erich Kempka, el contradictorio chofer de Hitler cuyos testimonios ante los soviéticos se corrigen mal y dejan abierta la posibilidad de un intercambio de niñas poco antes de la caída de Berlín. A esto he sumado la declaración, desestimada en su momento, de la mujer a la que los asistentes del ministro Goebbels habrían pagado por ceder los documentos de identidad de su hija muerta cuando una bomba alcanzó el autobús escolar en el que la llevaban con otros niños a visitar el búnker de Hitler. Le añado por último mis dudas sobre el reconocimiento del cadáver de Helga Goebbels el día en que llegaron los soviéticos y sacaron los cuerpecitos del búnker, ese testimonio de un oficial y un radiodifusor cautivos que en el fondo carecían de autoridad para saber si el cuerpo de una niña anónima desfigurada por la muerte o el cianuro era en verdad el de la hija mayor de Magda y Joseph Goebbels.

Lo sé: todo esto es tan endeble que por sí mismo se desploma, todo se desparrama si se le deja así, descoyuntado, desnudo de la imaginación. Adquiere sin embargo una solidez de plomo si la miro con la voluntad de quien quiere saber, necesita saber y preguntarse si Helga Susanne Goebbels podría haber sido reemplazada por otra niña pocos días o pocas horas antes de la caída del búnker. Después de todo, nadie puede asegurar que el cuerpo extraído fuese el suyo. ¿Cómo habría sucedido? ¿Quién lo habría hecho? ¿Quién sería entonces la niña que ocupó en la muerte el lugar de Helga Goebbels? No tengo para responder estas preguntas otra cosa que mi imaginación sazonada con pivotes de verdad y acaso algún sueño, alguna pesadilla persistente en la que invoco la historia del flautista de Hamelín, un diabólico reclutador de niños que siguen hipnotizados por la música hacia una hendidura en la montaña. Esta historia y las pesadillas recurrentes que la rondan vienen de uno de esos instantes singulares en los que la mente rebusca en la propia memoria y enhila cosas que antes pasamos por alto, o que descartamos porque creíamos o sabíamos que no nos servían. Pero esas cosas se quedan guardadas porque pueden servirnos, hasta que puedan hacerlo. Y esto es lo que ha sucedido ahora con el caso de los niños que visitaron el búnker hacia el final de la guerra. Trataré ahora de explicarlo como mejor pueda.

Al regresar de Londres después de mi encuentro con Albert Cornwall volví, sin entender bien por qué, a lo que sabía y tenía de la historia de Helga Goebbels. Revisé sus recortes, sus cartas, sus fotografías, las actas de Bonn, el examen forense, las noticias y los testimonios perdidos sobre la destrucción de los cadáveres en el búnker. Entonces, ni bien releí el libro que señalaba las sugerentes contradicciones del chofer Erich Kempka, sentí volcarse sobre mí cuanto había visto y leído antes sobre la muerte de Helga Goebbels y la suerte de Susan Grey. Recuperé en mi memoria la mañana de sol en que leí la noticia más bien sombría de la destrucción de los huesos rescatados en el cementerio de Magdeburgo y les añadí el recuerdo de mi propia inquietud al leer y releer aquel periódico mientras mi café se dilataba sobre la mesa del desayunador. Volvió entonces a fluir ante mi vista cansada el río donde otra vez imaginé un manchón de cenizas de niños, hombres y perros que se volcarían después en el Mar del Norte, en cuyo fondo las esperaba el alma anegada de la impostora Susan Grey. Quise también recitar punto por punto mi conversación londinense con Albert Cornwall y hasta el fraseo judicial y horrible de la sentencia de las Cortes de Bonn. Hice desfilar frente a mí la marejada de rostros e historias que había visto y leído en los recortes que antes de matarse había reunido sólo para mí la propia Susan. Lo vi todo, quise reunirlo todo como si también yo buscara dar otra respuesta, una solución nueva y distinta a los enigmas que la ahogada de Queensferry me heredó. Lo sumé al hombre que soy ahora y a las cosas que ahora sabía de ella y que ella acaso ignoraba o había olvidado.

De repente aquellos retazos de vidas y decesos, aquellos desencuentros y desconocimientos, las declaraciones, los sinsabores y las contradicciones, mil verdades rotundas o dos mil mentiras a medias me exigieron, al final de mi propia vida, que tomase una nueva postura, una solución que sin embargo no me había atrevido a inventarle.

Más que nunca los espectros de Helga Susanne Goebbels y Susan Grey me empujaron en una dirección distinta de la que hasta entonces había seguido, un rumbo que empezó a parecerme tan preciso como ineludible. Por más que yo intenté nadar contra esa corriente salvaje, la fuerza del pasado me impulsó bruscamente hacia una respuesta que no por disparatada parecía ahora menos cierta que las respuestas que otros, en otros tiempos, habían hallado para el drama de Susan Grey. Al caer la tarde subí con gran esfuerzo hasta mi cuarto, cerré los ojos y sólo alcancé a ver, como en un mal sueño, la mano fría de un hombre que golpeaba con una flauta un rostro cerúleo y yerto, la saña invisible que desfiguraba y reconfiguraba mecánicamente las máscaras de muchos niños atraídos con engaños a su refugio subterráneo, el médico o el soldado o inclusive el padre que cumplían la orden terminante de que se alterasen las evidencias de modo que a los vivos y a los muertos no pudiese reconocerlos nunca nadie, o para que no se parezcan a quienes fueron, ya me entiende, teniente, porque no vaya a ser que además del vicealmirante venga luego a molestarnos también esa señora Behrend, la abuela de los hijos del ministro Goebbels, que ha estado preguntando por ellos y exige que le mostremos los cuerpos porque quiere verlos aunque esté casi ciega, esa vieja que seguirá pidiendo verlos y morirá preguntando por ellos, la pobre al menos dejará este mundo sin ver la foto de su nieta mayor muerta, se ahorrará la pena de que la encaren con una tal Susan Grey, nadie le arruinará cualquier mañana el desayuno con la declaración de un tal Yuri Andrópov, ese comunista de Satanás que dice que ha quemado los cuerpos de sus nietos y que los ha arrojado al mar para que nunca, menos aún su abuela muerta, pueda reconocerlos jamás.

Me pregunto a veces si la abuela Auguste Behrend habría reconocido efectivamente los cadáveres de sus nietos, o peor aún, si la propia Susan Grey se habría reconocido en la foto de Helga Goebbels. Qué habría dicho, qué habría pensado al ver su propio cuerpo sin vida. En qué sección de sus carpetas póstumas habría incluido esa imagen, si verse muerta la habría llevado a desistir al fin de su reclamo en Bonn o si habría pensado más bien, con su melancolía infinita de solitaria y loca, lo que yo no dejo de pensar ahora, es decir, que ese cuerpecito amoratado no era el de Helga Susanne Goebbels, y que la impostora entonces es ella, alguien semejante a Helga Goebbels, una suplantadora a pesar suyo, una niña como tantas otras de las que visitaron el búnker en los últimos días de la guerra.

En los años que inmediatamente sucedieron a la muerte de Harald, muchos de los cuales los ocupó también la debacle última y la muerte de Susan Grey, leí una docena de memorias de hombres y mujeres que fueron niños en la guerra y la sobrevivieron para contarlo. Niños escondidos como Ana Frank en sótanos y granjas de Holanda, hijos arrancados de los brazos de sus padres y entregados a otros padres en el siniestro programa del Lebensborn, gemelos secuestrados para la selectiva y terrible investigación médica de los médicos del Reich. Y leí también dos o tres memorias de quienes fueron niños en Berlín durante el sitio de los soviéticos, algunos de los cuales participaron, durante las semanas últimas de la guerra, en un singular programa de visitas al búnker de Hitler. He asistido inclusive a algunas de las conferencias de estos sobrevivientes. Por un tiempo los leí por distracción mientras me ocupaba de lo que yo entonces juzgaba más importante o más estrechamente ligado con los niños Goebbels o con los avatares de personas que podrían haber sido ellos o sabido algo sobre ellos. Debo de haber sentido hacia esas memorias alguna suerte de prevención, pues interrumpía siempre mis lecturas sin intención clara de retomarlas. Las abandonaba como otros habían abandonado a sus vástagos, las dejaba sobre el sillón o en la mesa, sin concierto ni defensa, las páginas apenas marcadas, y yo seguramente enfadado con la idea de que en las semanas o días finales del sitio de Berlín otros niños que no eran los míos hubieran pisado el búnker donde se gestaba un drama que no les incumbía. Los imaginaba famélicos, conducidos en autobuses destartalados como siguiendo sumisos el trino de un músico diabólico y seductor que les habría prometido comida, calor, refugio o dicha si lo seguían al país de los juguetes o al reino de las hadas o al corazón del laberinto donde los aguardaba una casa de chocolate bohemio y pan de centeno y embutidos de inusual pero agradable sabor. Pensaba en una lista de niños elegidos por vaya uno a saber qué virtudes o desgracias, todos similares, todos rubios y posibles sujetos de intercambios o experimentos o engaños. En fin, los veía desfilar frente a mis ojos camino de su extinción o, mejor, de la redención de otros niños como ellos.

Sin embargo, un día, justo después de conocer los detalles de las autopsias de Magdeburgo y las encontradas declaraciones de Erich Kempka, reparé en que al final del cuento del flautista de Hamelín aparece un niño inválido, demasiado lento para seguir el paso de los otros niños hacia la cueva infernal de su raptor. Pensé entonces en Susan Grey, desvalida siempre y solitaria siempre. La imaginé a la saga en una ristra de niños perdidos, de vuelta en un pueblo de padres sin hijos que al verla regresar sola y renga del ultramundo la habrían convertido en la víctima propiciatoria de sus propias mezquindades, de su ineptitud para reconocer o reconocerse en el flautista que se llevó a sus niños para siempre. Culpable de sobrevivir, inepta para asumirse todavía viva, recuerdo permanente, ante los otros, de los niños que nunca regresaron, los que se fueron, los que de algún modo se salvaron de esta páramos desolado y culpable donde todavía penamos los sobrevivientes.

Así vi yo entonces a Susan Grey, y así volví mi atención y mi emoción a buscar en ella a los que no regresaron. Cuando ya pensaba que los fragmentos de la historia de Helga Goebbels jamás tendrían otro sentido que el oficial, justamente cuando me describieron con minucia perversa los detalles de su cadáver y el destino de sus huesos, entonces, digo, decidí volver a los libros de sobrevivientes y encontrar en ellos una explicación que no por irreal sería menos plausible aunque sí más aceptable que las otras. Era quizás una versión ciertamente horrible y rocambolesca, pero era la única en la que todo encajaba y me servía al menos porque me daba el consuelo de creer que Susan Grey había sido efectivamente Helga Goebbels.

Uno de los testimonios de sobrevivientes a los que recién he vuelto lo firma una mujer que irónicamente se llama también Helga. Es probable que esa coincidencia haya inspirado en buena parte mi inventiva resolución de lo ocurrido con la hija mayor de Magda y Joseph Goebbels. Helga Schneider, por lo que entiendo, vive ahora en el norte de Italia, escribiendo lo mismo en su alemán nativo que en su italiano adoptivo. Su relato del día en que ella y su hermano pequeño visitaron el búnker de Adolf Hitler es preciso, descarnado, ajeno a las invocaciones lacrimógenas, las hipérboles y los enconos que he hallado en otros testimonios semejantes. La mujer sencillamente va contando cómo un día de invierno, poco después de que Goebbels pronunciara en el Sportpalast su discurso de Guerra Total, visitó el búnker en compañía de su hermano y otros niños que por entonces quedaban en Berlín. Los llevaron, dice, por las calles de la ciudad devastada en un autobús calentado con carbón. Cuenta que el humo les irritaba los ojos y que al avanzar por una callejuela vio cadáveres de niños renegridos por bombas de fósforo. Sinceramente, escribe, a ella no le interesaba conocer a Hitler, pero ansiaba en cambio el pan y las salchichas que habían prometido darles durante su visita. En el antebúnker, dice, había taquillas militares en las que tuvieron que guardar sus efectos personales. Luego los sometieron a un reconocimiento médico para comprobar que no estuviesen incubando enfermedades que pudieran contagiar al Führer y a los otros habitantes del subsuelo. Los colocaron bajo una lámpara que daba calor y cuya luminosidad azulada desentonaba con la atmósfera fúnebre del refugio. En algún momento les sirvieron un plato con una buena rebanada de pan de centeno, distinto del pan de col ácida, papa podrida y serrín que solían darles, si tenían suerte, en los refugios antiaéreos. Avanzaron después por corredores y escalerillas desnudas, y observaron angustiados los gruesos tubos, quizá de la calefacción, que corrían por el techo húmedo y caliente. Vieron en las cocinas montañas de latas de carne con etiquetas en un idioma extranjero, bidones de aceite, grandes paquetes de bizcocho y pan negrísimo de trigo entero, mucha agua mineral, zumo de manzana y vino. Oyeron un monótono zumbido de ventiladores, voces difusas y amortiguados timbres de teléfono. Siguieron hasta un puesto de control en la entrada del búnker donde los recibieron más mujeres uniformadas, robustas, rubias. En ese instante se fue la luz y se hizo el silencio. Helga, abrazada por un fuerte hedor a moho y diésel, buscó en balde el brazo de su hermano pequeño y comenzó a sentir náuseas y entró en pánico. La frente se le cubrió de sudor y, temerosa de vomitar en el búnker, se apretó la boca del estómago y se hundió en la oscuridad.

Dice Helga Schneider que volvió en sí en la enfermería, sola y tumbada en una camilla entre muros desnudos. Pensó enseguida en su hermano, quiso preguntar por él pero de su boca apenas emergió un gemido. Se levantó como pudo de la camilla, se apretó contra la pared y sintió que se hacía muy pequeña. Pensó aterrada en las arañas que dicen que viven en los tubos de calefacción e imaginó que una de ellas, negra y afelpada, le caía en la cabeza y anidaba en su pelo. No recuerda en qué momento consiguió reincorporarse al grupo de los otros niños. El caso es que los condujeron hasta una salita recreativa donde había libros de Karl May y de Alejandro Dumas, periódicos nazis y juegos de mesa. Uno de los niños se puso a cantar una canción compuesta para las Jungvolk, otros entusiastas se le unieron. Helga seguía sin encontrar a su hermano, o tal vez simplemente no lo veía. De allí los condujeron a un cuarto más amplio donde los esperaba el Führer, pero ella sólo recuerda que sólo pensaba en encontrar a su hermano y escapar de allí cuanto antes. Volvió a sentir náuseas, se apagó otra vez la luz y, con ella, su recuerdo.

Daría lo que fuera por saber qué habría dicho Susan Grey si hubiese leído o escuchado el testimonio de Helga Schneider. O si al menos hubiese vivido lo suficiente para ver la fotografía oficial del cadáver de Helga Susanne Goebbels, o de quien nos dijeron un día que había sido en vida Helga Goebbels. Quizás habría pensado lo que yo, pese a mí mismo, pienso ahora: que ambas niñas eran ella, otra y la misma, una trunca adolescente berlinesa desaparecida cualquier tarde de su casa en ruinas, vendida, engañada o simplemente secuestrada y después asesinada y usada para impostar en la muerte a la hija del ministro de propaganda del Reich. Quizás inclusive para agilizar su huida a un lugar seguro, su tránsito a otra forma de vida, su disolvencia en la nómina gigantesca de los niños de la guerra, los que murieron y los que sobrevivieron sólo en parte porque se les construyó sin preguntarles otro nombre, otro destino, otros padres tal vez no mejores y seguramente menos amorosos. En tal grado me aterra esa posibilidad, que con frecuencia me descubro acatando otra no menos abominable ni improbable: que Susan Grey, la ahogada de Queensferry, la interna de Santa Ana, fuese sólo una de las niñas que visitaron el búnker en los días postreros de la guerra, una niña cuya suerte o los hados hubieran puesto en situación de hacerse pasar por Helga Goebbels más tarde y a vivir la muerte o morir la vida que le habría correspondido a la hija mayor de Magda Goebbels si ésta, efectivamente, definitivamente, no la hubiese envenenado con sus hermanos en el búnker. Entiendo que en cualquiera de estas dos opciones habrá habido sufrimiento por partida doble, por lo menos, y que una niña murió sin duda en abril de 1945 y otra sólo murió más tarde sin que su existencia hubiera sido mejor que la otra.

A veces, atenazado entre estas dos alternativas, he pensado en buscar otra vez a Albert Cornwall para preguntarle por cuál se decantaba o si mi idea es tan disparatada como parece. Me he contenido sin embargo al descubrir que la respuesta del abogado, cualquiera que fuese, me abatirá más de lo que estoy en condiciones de soportar. Que la niña muerta en el búnker fuese una anónima habitante de Berlín, o que Susan Grey fuese definitivamente una impostora que sin embargo habría conocido el búnker de Hitler, eran cosas que no podía digerir. Una respuesta contundente en uno u otro sentido me habrían lastimado más que la duda que conservo, y me habría mutilado acaso la esperanza de hallar otra opción, una en la que no muriese ni sufriese nadie, o al menos en la que no hubiese niños de por medio, una historia en la que pudiese salvarlas así fuera sólo en mi fantasía, así fuera sólo para unirlas o redimirlas más allá de la muerte. En el estrafalario universo de mis miedos y mis deseos, aún era posible encararlas. En mi ánimo plagado de dudas, una niña de doce años aún está viva mientras pasea perdida por el búnker de Adolf Hitler. Sola, separada de los otros niños que han llegado con ella, busca comida en las cocinas o repuesto en la enfermería o a su hermano pequeño en un cuarto de máquinas que le hace pensar en un submarino. Avanza por los corredores, alerta a los síntomas de su desmayo inminente o reciente, hambrienta, sudorosa o simplemente ilusionada con el instante en que volverá a casa para decirle a su madre que ha visto al Führer. Olfatea en el aire enrarecido la comida que les prometieron antes de traerlos, camina a tientas, quizás entra en un cuarto de baño y se topa al fin con un espejo desde el cual la miran unos ojos que son y no son los suyos, una niña desde el otro lado, y otro más, en un equívoco de cuartos infinitos, todas niñas de la guerra, todos hijos de Medea o de Magda en sus espejos, una sucesión interminable de pequeños hipnotizados por el tañido de una flauta o por el olor a comida fresca, todos en un tris de ser asesinados por sus madres o enviados al búnker de Hitler por sus padres hambrientos. Quizás ese día, ante el vértigo de los espejos o de la anemia, la niña que había de ser Helga Goebbels se desmayó y fue necesario conducirla a la enfermería, donde al abrir los ojos volvió a ver que desde la puerta la observaba todavía su reflejo, su doble pálida y desconcertada, la hija mayor del ministro de propaganda, ni más ni menos, y ella entonces no pudo no sentir el guiño incómodo con que la enfermera le dijo al médico mire usted, cuánto se parece esta pequeña a nuestra Helga, la menos pequeña y la más rebelde de las hijas del doctor Goebbels, la más consciente y la única de veras preocupada de lo que podría sucederles si perdiesen la guerra, la que luego dijeron que se resistió a beberse la morfina con cacao o a tragar el cianuro con que al cabo la asesinó su propia madre. Puede ser, pensó la niña desde la puerta, esa doble suya que yacía en la cama de la enfermería también tenía miedo, de seguro recelaba del bebedizo que le iban dando y de las manos que la sostuvieron para que lo tragase. Pensó que esa niña, su gemela o casi, habría podido ser cualquiera de sus hermanas, tal vez su amiga en otras circunstancias. Juntas habrían retozado por el jardín de la casa junto al lago, se habrían burlado por lo bajo de la torpeza regordeta y caprichosa de la hija del mariscal Goering, que no podía trepar los sicomoros como ellas. De la mano, como amigas o siamesas, habrían entrado a furto en la habitación de la madre, se habrían asombrado unísonas al ver que Magda Goebbels se maquillaba ante otro espejo para de repente ser otra, una mujer más segura y más histriónica, acerada y firme cuando enfrentaba como una emperatriz a su cohorte de criados, si bien dulce cuando miraba sobre el hombro a las Helgas siamesas que la seguían por los pasillos del búnker. Esa madre en el reflejo bromeaba incluso con ellas, les regalaba dulces para hacer rabiar al padre, que fingía leer el periódico ante una taza de café, la cara velada para no quemarse con los ojos de reproche de su esposa, disminuido también por esa diosa jánica de hierro que podía ser muchas mujeres en momentos distintos de la jornada, como si también ella tuviese mil gemelas o un ejército de dobles, como si dentro de ella habitasen por lo menos dos madres también siamesas, una para Helga Suzanne y otra para su amiguita nueva, una llena de vigor materno y otra siempre en cama, apaleada por la jaqueca, una que revisaba con sus hijos los deberes al final de cada tarde y otra que se refugiaba en su habitación cuando llegaban a visitar el búnker esos niños de la calle, muertos de hambre y nunca limpios, y se quejaba del ruido que hacían y exigía en balde a su marido que se suspendiesen aquellas rondas al búnker porque los niños podían traer de la calle espantos y enfermedades que podían contagiar a sus hijos, y porque de pronto el búnker se llenaba de lloriqueos y de mocosos que se asomaban a su cuarto para verla transformarse en dos persones o en dos mitades de una persona, una sonriente y otra gélida como una máscara de teatro griego o de carnaval veneciano por la que retumbaban carcajadas descaminadas al llanto, sonrisas torcidas de colombina hemipléjica, siniestra, suspicaz, reacia a que sus niñas se junten con otras niñas de la calle, anda Helga, no te acerques, dime, cómo se llama tu amiguita nueva, Helga, trae acá, dile que pase a la cocina para que le den un buen trozo de ese pastel que tanto te gusta, toma, hija mía, no seas díscola, prueba el pastel del tío Adolf, bebe tu cacao aunque sepa amargo, deja que el doctor te inyecte una vacuna para que no te enfermes si viniesen otra vez los niños de la calle al búnker, para que no nos contagies tú, hija mía, y duermas por fin el sueño de los justos antes de que entren aquí los rusos y nos hagan daño.

No puedo dejar de oírla, no consigo no sentir que al ahogarse Susan Grey alcanzó a ver la vida o las muertes que le he dado. Tal vez, mientras dejaba que el agua le invadiese el cuerpo y que su alma se escapase entre los peces, creyó que en otro mundo le darían una nueva oportunidad y diseñó en su futuro submarino un peregrinaje hacia sí misma presintiendo que todos somos sueños de una niña que se va extinguiendo en un búnker, envenenada por su propia madre o colocada en un cuarto que no es el suyo, febril, arrebujada en un camastro ajeno donde una noche abrió los ojos, miró sus pies asomarse bajo las sábanas y notó que se habían convertido en los pies de alguien más. Podía moverlos pero ya no le pertenecían, eran los pies de otra persona, podrían haber sido los pies de cualquiera de sus hermanos o de cualquiera de los niños que a veces visitaban el búnker. O de una hermana inexistente ubicada en algún sitio de su pasado o hasta de su futuro. El frío que sentía era entonces el frío que sentía esa otra niña. Era ella por quien ahora sacudía los dedos imaginando que caminaba por un prado escocés de súbito impregnado por un penetrante olor a almendras amargas. Allá se calzaría ella un día sus zapatones de monja laica y sentiría el cosquilleo que ella misma o la otra, paralizada en su camastro por el pelotazo de la morfina, sufriría sin poder pedir ayuda a gritos con esa boca que tampoco le respondería porque tampoco era suya, o porque en realidad estaría bajo el mar o debajo de una colcha militar desde la que se asomaban unos pies y unos dedos que no eran los suyos, el pulgar desmedido, humillando al resto de los dedos como una madre tiránica o como una peculiar hermana mayor. Hacia la madrugada, casi al tocar el fondo marino, se daría finalmente por vencida al notar que los demás dedos no la obedecían, cada uno envenenado en su prado de morfina, cada uno concentrado en su tránsito a la muerte por cianuro, todos dedos abiertos, separados los unos de los otros como un pequeño escuadrón de gusanos enviados a la guerra de la manta militar. Helga habría jurado que esos deditos rebeldes estaban planeando algo en su contra o en su daño, y que de pronto un día partirían de su lado sin que ella pudiese hacer nada para remediarlo, cinco o nueve dedos hermanos ya sin ella, cinco niños solitarios junto a una niña que ya era otra porque hacía horas la habían apartado con engaños de su hogar y la habían reemplazado por su gemela para conducirla a un lugar donde no había sicomoros sino piedras, un millón de piedras para meterlas en su gabardina si le pidieran viajar por barco hasta Hamburgo, los dedos ahora bien ceñidos en el interior de sus zapatones de monja laica, con el peso exacto para llevarla sin mayor trámite hasta el fondo del mar. Y cuántas moléculas del cuerpo de la otra niña navegarían una tarde hacia el mar Báltico para encontrarse con la moléculas del cuerpo que habría sido suyo. Aquí estoy, amiga, quién eres, yo también soy Helga, yo también soy Susan, por fin estaremos juntas y en paz para toda la eternidad. Y reirán acto seguido aunque ahora tengan más frío que miedo, un frío de muerte, amiga, y una comezón de ganas de saltar por la borda, un deseo intensísimo de ya no ser.

No tardarás, Helga Susanne Goebbels, en tragar tu cápsula de cianuro y en sentir primero el golpe del agua helada, en escuchar el sonido de los rotores del transbordador tan parecido al de los extractores averiados del búnker, las marejadas de espuma iguales a las que salieron de tu boca cuando te mató el cianuro, los soldados soviéticos como los pasajeros a bordo del transbordador explicándole a Albert que te arrojaste al agua o a tu madre diciéndole que te han salvado, que has saltado dejando tu veliz sobre cubierta y que te has hundido con la ilusión de ver en el fondo de las aguas tu pasado y tu futuro, mi casa de millonario cobarde en Hamburgo, el ramo de rosas o tulipanes blancos y muy pesados, tu madre con su sonrisa bifronte de dos madres frente al espejo. Te hundirás, Helga Susanne, te perderás Susan Grey, pero en el fono sólo hallarás lo que quiera que haya tras el espejo de la muerte, que es silenciosa y negra. Entonces, imitando la voz de tu madre, querrás decirle a tu gemela que no te ilusiones ni te equivoques, Helga. Querrás advertirle demasiado tarde, querrás contarle el cuento del flautista de Hamelín, demostrarle que ni ella ni tú despertarán jamás de la pesadilla. A nadie le darás, menos aún a tu madre, una razón para que vuelva a considerarte débil, ni recordarás con nadie con cuánta entereza soportaste la adversidad, ni te jactarás, como hacía tu hermano Helmut, de haber sido un valiente cuando los soviéticos fueron derrotados por el ejército alemán que ya venía, esa legión fantasma y submarina que tu padre les prometía cuando ya las bombas arrasaban arriba el edificio nuevo de la cancillería. Ni siquiera replicarás cuando notes el rostro duplicado de tu madre a la hora de la cena, su mano trémula jugando al solitario, el rictus horroroso de su cavilación asesina. Sólo callarás, Helga Goebbels, callarás y sonreirás para las cámaras que han salido de un submarino alemán en el fondo del mar. Aun en tu muerte te dejarás llevar como un fardo minúsculo cuando vengan los soldados rusos o ucranianos a buscarte, y cerrarás fuerte los ojos si el doctor te revisa el cuerpo o si un soldado detiene el camión con cuerpos inertes que lleva en la redila hacia el cementerio de Bachau. Sólo hasta el día siguiente, cuando el vapor envenenado se disipe, te atreverás a abrir los ojos, aunque lo hayas hecho muchas veces ya mientras dormías o te hundías en el Mar del Norte. Despertarás y te hallarás sola de nuevo, tus hermanos desaparecidos, tus padres muertos en el patio del búnker. Verás entonces el rostro de Erich Kempka y comprenderás que ya no volverás a ver a tu familia, y que el ejército quimérico prometido por Hitler nunca llegará para salvar al Reich y que Erich Kempka está ahí para explicarte que de ahí en adelante, niña, deberás evitar decir quién fuiste y comenzarás a ser otra. Las nubes entretanto se habrán disipado, pero tú seguirás oliendo a pólvora quemada, la carne pútrida, el polvo alzado de la guerra mientras Kempka te habla aún como un padre severo o un flautista gitano que te dice con qué nombre vivirás de aquí en adelante. Te alejarán de aquí y de ti misma, Helga Goebbels, y si alguien alguna vez te pregunta quién eres, y si un día despiertas pálida de frío sin saber si te ronda un sueño o los retazos de una pesadilla que no estás segura de haber vivido, saltarás por la borda y te hundirás en el mar sólo para poder decir al fin, sin lugar a dudas, que Helga Susanne Goebbels ha muerto.

Christian: el recuento de los daños

Me desvela con frecuencia la impresión de haber cometido muchas torpezas o puede que hasta un crimen. O me para en seco en plena calle porque de pronto he comprendido que no sólo he atisbado sino deshecho existencias que estaban ya resueltas y en paz antes de que yo me entremetiese con ellas. Sólo entonces admito y casi agradezco que parezca tan cierto, tan auténtico el crimen de Magda Goebbels, pues ella al menos habría terminado de cuajo con las vidas de sus hijos ahorrándoles destinos infames que yo en cambio insisto en darles. En sus delirios de budista grotesca, en ese esoterismo procaz que al parecer compartió con Adolf Hitler, la señora Goebbels creía que después del Juicio Final sus niños resucitarían a un mundo mejor. Pero yo, aunque quisiera, no comparto esa fe ni tengo por tanto pretexto para haber prolongado las desdichas de esos niños en este mundo postergando algunos años y con infinita crueldad su irremediable extinción.

He leído que cuando observamos un fenómeno lo alteramos, de manera que no es posible saber cómo fueron las cosas o quiénes las personas antes de que reparásemos en ellas. Me pregunto si eso es válido también para las historias que investigo y me reinvento, si en efecto he alterado las vidas de los niños Goebbels, esas vidas cuyos retazos elegí para enhilarlas con mi especulación ociosa o para acomodarlos a mis fantasías. Esta idea me atormenta especialmente en el caso de Helmut. A él no me bastó imaginarle una sonrisa con bráquets o un escape espectacular por el metro subterráneo de la Berlín sitiada. Tampoco me conformé con proponerle a su fantasma una adolescencia insumisa y tal vez infeliz con la familia Speer ni incorporarlo luego a la Stasi con el improbable grado de teniente y la misión, aún menos creíble, de alzar muros y detectar túneles en la Berlín dividida.

Por contraste con sus hermanas, cuyas suertes he rastreado sin apenas intervenir en ellas, a Helmut Christian Goebbels sí que es posible que le haya cambiado literalmente el destino y que hasta le haya causado la muerte. No sé si sepa explicar ahora lo que yo mismo todavía no tengo enteramente claro, pero puedo al menos redactar esos temores, esa sospecha que me recrimino cuando me paro en seco en plena calle abrumado por la sensación de haber inquirido demasiado lejos o demasiado hondo en las suertes probables de Helmut Christian Goebbels, o de quien yo decidí que fuese Helmut Goebbels.

Sobre el que fuera su escritorio en las oficinas de Seguridad del Estado, sus antiguos camaradas han alineado las cosas que llevaba en su mochila cuando lo capturaron en el túnel. También están allí algunas de las cosas que llevaba consigo hace veinte años, cuando escapó del búnker de la cancillería, todo junto y alineado contra el revoltijo de su doble vida y de su eterna fuga: las llaves inútiles, una postal donde Anna Speer lo llama por su nombre, la bola de vidrio donde a veces nieva sobre una catedral gótica. Sobre la escuálida silla de metal donde él mismo se ha sentado tantas veces, el camarada Shliepner garrapatea en su cuaderno, el rostro detenido en un mohín helado, como si también él estuviese hecho de cromo. De pie, a sus espaldas, está un guardia muy joven que lo ha traído a empujones desde la enfermería y le ha indicado que se siente en la silla helada con las manos bajo los muslos. Un reloj circular, paralizado como él, lo mira burlón desde la pared detrás del escritorio. El lápiz de Shliepner lo enerva, le rechina en la espina dorsal recordándole lo que él mismo ha hecho muchas veces cuando estaba del otro lado de ese escritorio. Ahora es como si mirase desde la cara opuesta del Muro de Berlín que él mismo ayudó a levantar y bajo el cual ha intentado huir, como si de repente se hubiese salido del espejo en el que estuvo inmerso muchos años para volver al fin a su realidad de fugitivo sin remisión, siempre a punto de caer, siempre listo para lo que venga. Una pila de papeles junto a Shliepner anuncian que van a estar ahí mucho tiempo dedicados al ya absurdo ritual de interrogar a un antiguo camarada a quien sin embargo deben tratar como a un desconocido. Si acaso, el tratamiento especial vendrá más adelante. Por el momento cumplirán religiosamente con el trámite del interrogatorio formulando y respondiendo las preguntas de rigor, su nombre, su número partidario, su adscripción, con quién vive y convive, por qué la hija del fascista Albert Speer le escribe y lo llama Helmut, cómo explica que el heredero del empresario colaboracionista Gunter Quandt se muestre interesado en verle. La misma historia, los mismos cuentos de hadas zafias contados y recontados millones de veces a hombrecillos idénticos a Shliepner o a él mismo mientras fue el teniente Christian Leverkunt, el juego inagotable y exasperante de quieres que te cuente un cuento, el estribillo infinito del gallo capón repetido hasta que el hambre, el sueño, el frío o el sudor lo obliguen a confesar faltas no cometidas o a aceptar culpas propias y ajenas.

En este momento Christian Leverkunt sabe que más le vale que vaya buscando a alguien a quien traicionar, más le vale inventar una denuncia que apacigüe o que al menos resulte verosímil aunque tanto él como Shliepner sepan que al final todo serán mentiras o medias verdades. En su cráneo atribulado por los golpes y el encierro conviven dos tiempos distintos, no el pasado y el presente sino dos presentes que se alternan en él igual que si tuviera a la vista dos fotografías de sí mismo, como los relojes de la Plaza Universal, que marcan simultáneamente los horarios de Moscú, La Habana y Berlín. En uno de esos tiempos él está en el puesto de Shliepner interrogando al fugitivo que sobrevivió a la caída del último túnel. En el otro, él es el fugitivo sobreviviente y es Shliepner quien lo cuestiona y espera que, por simple trámite o cortesía, denuncie algo o a alguien, no sé, lo que sea que pueda aminorar unos grados, unos gramos, el calvario que a ambos les espera. Desde ambos tiempos Leverkunt piensa que no estaría mal denunciar, por ejemplo, al propio Adolf Hitler o al ministro Albert Speer. Quizás aún esté a tiempo de anunciar que un niño llamado Helmut Christian Goebbels se escurre ahora mismo por la estación del metro subterráneo con una mochila en la que ha colocado un libro de aventuras, unas llaves sin puerta, una esfera de falsa nieve. Quizá deba hablarle a Shliepner de ese grupo concreto de fugitivos, decirle que en el Berlín de su memoria ahora mismo habrá caído ya la tarde, y que en sus calles abrumadas comenzarán a encenderse pronto algunas fogatas, muy pocas, pues las bombas soviéticas han caído como caerá hoy la tarde y como ayer cayó la noche, anegándolo todo, devastando la ciudad entera hasta que sólo ha sido y será posible distinguir las ruinas por las luces tuertas de los camiones de la Gestapo que recorren el páramo de escombros en busca de desertores y saqueadores. Helmut tiene que inventarse esas escenas ya que por ahora no consigue ver completa aquella ruina. Está todavía encerrado en el búnker y no puede ver con claridad a los grupos de fugitivos ni a las mujeres que hurgan en montañas de ropa infecta ni a un muchacho de escasos quince años que se abraza agotado a una bazuca en lo que vienen los tanques soviéticos. Allí están sin que pueda verlos Helmut, cautivos en la guerra como el niño en el búnker y el adulto en su memoria, ambos aplastados entre muros de concreto que sin embargo tienen la fragilidad de la incertidumbre, la promesa de que al cabo terminarán reblandecidos por la ira y el tiempo.

En ese lugar y en ese tiempo hasta el aire del búnker era una cárcel. Averiados, los motores del sistema de ventilación impregnaban los pulmones con olores repelentes, y uno sólo podía respirar como es debido si alcanzaba la escalera que conducía hasta una torreta simulada en los jardines de la cancillería, aquella por la que Speer, muchos años después, dice que quiso verter veneno y de la que otros dicen que no existió nunca. Real o no, lo cierto es que una noche, acongojado por la apresurada despedida de Speer, el pequeño Helmut Goebbels buscó esa torre, que según sus cálculos sería la única salida si los soviéticos obstruyesen la entrada principal. Llegó pues hasta la escalera de caracol que entraba en la torre y, aunque no le estaba permitido, ascendió con pasos quedos pero firmes. No había alcanzado la mitad de la escalera de caracol cuando se topó con el Führer, o con lo que de él quedaba. Nada más verlo ahí, sentado frente al descansillo que conducía a una especie de bodega donde estaban los perros de Hitler, Helmut supo que Alemania había perdido la guerra y que ni él ni cuanto había significado el Reich saldrían jamás indemnes de aquel maltrecho laberinto. Hitler no reparó en la presencia del niño, ni alzó la cabeza ni lo escrutó siquiera con sus ojos inusualmente bovinos, lustrosos en la luz que descendía por la boca de la torreta. Tampoco se esmeró por controlar la tremolina de sus manos, como antes hacía cuando estaba con sus generales. Definitivamente aquel hombre ya no parecía concentrado en estrategias ni discursos, ni siquiera animado por la espera de un regimiento que milagrosamente vencería a los soviéticos. Sólo temblaba y apretaba bajo la axila su propio fárrago de mapas ya inservibles, seguramente planos de victorias ya pasadas o ya imposibles en las que se resucitaba a un general caído hacía seis días o que señalaban la potencia de un aeropuerto ya desmantelado.

Helmut reconoció los mapas enseguida. Los había admirado a hurtadillas en algún paseo por el cuarto de campaña y sabía que apenas ayer habían sido desprendidos por el Führer en su último ataque de rabia. De un día al otro aquellos mapas habían dejado de representar el mundo en guerra, y su dueño y artífice se había convertido en una sombra salivante y abatida en el descansillo de una escalera que ni al cielo conducía. Al niño le sorprendió la rapidez con que ese mundo y este hombre se habían pulverizado, y cuán pálidas eran ahora sus manos, como si se hubieran desangrado de tanto repartir saludos y transformarse en pinzas para estrangular o en mazas para demoler. Daba vascas tanta fragilidad, la solidez de pronto desvanecida sin que nadie se atreviese a explicarlo, no digamos a aceptarlo o conseguir que ese cuerpo de alfeñique readquiriese la entereza de antaño, aquella fuerza eléctrica que hace nada parecía proteger a Hitler de todo, hasta de la pena de llevar sobre los hombros el destino de muchísima gente, de muchísimas naciones hoy arrasadas en nombre de un delirio milenario. Aquel cuerpo en la escalera era apenas una exhalación, aquel ramillete exangüe de dedos cortos nada tenía que ver con las manos que hacía unos meses se volvían de mármol si se extendían para anunciar una visión divina, si se apretaban para hacer andar a la Alemania tullida, si se imponían para resucitar a los rudos de espíritu porque ellos quemarán el cielo en esta tierra. De acero habían sido esas manos alzadas en las arengas de Núremberg, de hierro las que le sostenían el codo izquierdo o las que se cerraban por los aires en una poderosa flor carnívora dispuesta a consumir el universo entero, la gloria, la algazara milagrosamente unificada del gentío, las miradas humedecidas por le emoción, los pechos henchidos bajo las camisas pardas que sudaban rabia mientras que el padre de Helmut, napoleónico y engominado, sonreía junto al ministro Albert Speer, siempre más alto que el ministro de propaganda, y más dichoso también con su propio fárrago de mapas delirantes bajo la axila, más guapo en las fotografías que luego le hizo Leni Riefenstahl, y más entero, hasta el último momento, hasta su última visita al búnker, donde todos menos él y la pluscuamperfecta Eva Braun se habían reblandecido hasta adquirir una consistencia de cementerio y niebla.

Le contará después al camarada Shliepner que la tarde en que vio al minotauro en la escalera había podido verse unos instantes en el espejo descascado que llevaba consigo la piloto Hana Reitsch, quien por esos días estuvo allá con ellos y les contó sus aventuras y les enseñó a doblar aviones y grullas de papel. Esperó con impaciencia a que primero se mirasen sus hermanas, y mientras aguardaba su turno dibujó una mueca de fastidio viril que disimulase un poco su avidez tan femenina de mirarse él también. Cuando al fin llegó a sus manos el espejo, Helmut Goebbels pudo constatar con inquietud que también él estaba padeciendo una metamorfosis, y se reprochó haber tenido ese aspecto al despedirse en los pasillos del incombustible Albert Speer. Se notó desaliñado, de improviso endurecido por el insomnio y el miedo, un aniñado Edmundo Dantès refundido en el castillo de If, como si aquel laberinto de hormigón tuviese un efecto desgastante en quienes lo habitaban. Aunque les diesen carne fresca de comer, aunque el doctor les inyectase vitaminas, aunque los colocasen cada día bajo la lámpara de calor, en el búnker nada retenía la vida. Allá no duraban los soldados garbosos ni los libros abiertos ni el café recién hecho, allá no encajaba el recuerdo de los paseos dominicales por las calles de la Berlín refulgente de antaño ni las del futuro alumbrado en la maqueta de Albert Speer. En el búnker ahora los soldados demarraban como espectros, cada vez más demacrados, unificados en el remiendo de sus insignias, las botas de los rasos manchadas con barro y las de los médicos con sangre, las gafas de los miopes remendadas con horquillas que les habrían prestado secretarias con las que ya no salían a divertirse, las medias y los pantalones desgarrados por el clavo herrumbroso y tetánico que ya nadie se molestaba en extraer, todo descompuesto, todo agotado hasta su expresión más ruin, todo igualmente expuesto y recordado esta noche mientras el sudor gotea del cuello de prisionero Leverkunt y abaja por su espalda hasta el nacimiento de las nalgas sobre la silla fría y escuálida donde le han ordenado que coloque las manos. Todavía hoy le parece que jamás dejará el subsuelo de Berlín y que Axmann, el violento y cobarde Axmann, le ha soltado la mano en un túnel inundado de agua aceitosa, o no agua exactamente, más bien una marisma de retazos de mundo, siluetas huidizas, revistas flotantes, cuerpos hinchados. Todavía hoy sus recuerdos de entonces y sus respuestas de ahora le parecen tan absurdas como las preguntas que insiste en hacerle el camarada Shliepner, exactas, inconcebibles, la mano izquierda adolorida ya mientras le obligan a firmar un acta donde afirma que los americanos le pagaban veinte dólares por cada alemán fugado a occidente, o que el empresario fascista Herbert Quandt lo había infiltrado de la RDA desde sus años universitarios y le hacía llegar dinero y armas a través de una espía encubierta que le entregaba simulados paquetitos de dinero cuando iba al kosum, y que había sostenido con Anna Speer, nada menos que la hija de un ministro de Hitler, una correspondencia cifrada para estrechar la red de espionaje y escape que él había alimentado mientras fingía detectar y desmantelar túneles bajo Berlín.

Helmut Christian Goebbels, o quien yo ahora no quisiera que fuese Helmut Goebbels, no necesita cerrar los ojos amoratados para ver de nuevo al niño que es él mismo, también aquél de once años, abandonado en el túnel del tren subterráneo, el huérfano que ya no espera a nadie ni sabe qué ocurrirá con él, el que ha abandonado en un rincón su mochila militar con una esfera de vidrio, un manojo de llaves sin puerta y una novela de aventuras. Ese niño está asustado y abandona su mochila mientras arriba siente retumbar los tanques, caer desde las ventanas los colchones en llamas o rasgados por los rusos en busca de dinero o joyas, y él allá abajo, tan solo, tan resignado, tan ansioso por que todo se desplome sobre su cabeza de una maldita vez, tan muerto y tan inofensivo que ya no vale la pena dispararle, increparlo, arrestarlo, interrogarlo, salvarlo.

En un extremo del túnel que esa mañana han detectado sus hombres, el teniente Leverkunt parpadea entre el fango y alcanza a ver a dos mujeres que acaso buscan a sus hijos entre los escombros o quizá solamente esperan el momento propicio para salir del túnel y comenzar una vida no necesariamente mejor, pues de repente las noches en Berlín han dejado de ser frías, y sin que nadie lo notase ha comenzado a construirse un muro justo encima de donde alguna vez estuvo el intrincado pasadizo del tren subterráneo. Se rumora que también en el campo se están alzando alambradas fronterizas que parten el país y el tiempo en dos. Circulan historias lóbregas de gente que ha intentado salir antes de que la pinza se cierre por completo. En las ciudades de Alemania también han comenzado a repetirse las tragedias y las noches se han alargado desde que el Primer Ministro anunció la erección del Muro de Resistencia Antifascista, la defensa del país contra una invasión de hermanos que no es fácil entender. Se suponía que ese muro devolvería a Christian Leverkunt la paz, pero no ha hecho sino regresarlo a las tinieblas de Berlín bombardeada y al horror de sus noches en el búnker, que sólo comenzaron a ser insufribles cuando fueron cosa del pasado y se hincharon en su memoria de los espacios reducidos y sin ventanas donde los olores más repulsivos se confundían con el perfume de mujeres espléndidas y el olor a pan recién horneado. Bajo el agua que inunda el túnel o en la cubeta en que le ahogan, Christian Leverkunt se transporta a la casa junto al lago, oye pasar unos aviones, busca una ventana. El recuerdo lo golpea y él entonces empieza a acariciar la posibilidad de ahora mismo estar dormido en su camastro, atrapado en una somnolencia inusitadamente vívida, tan intensa y absorbente que Helmut no alcanza a saber de cuál lado del sueño está el búnker de la cancillería y de cuál el túnel de su infancia en la casa junto al lago.

Si en verdad está dormido, piensa, entonces le bastará despertar y esperar a que lo llamen para llevarlo a la escuela. Lo extraño es que sabe que tiene bien abiertos los ojos bajo el agua de un retrete en los subterráneos de la Stasi. Vuelve a parpadear buscando su cama suave, pero sólo alcanza a encontrar su litera de campaña en el búnker. En la parte baja de la segunda litera, un niño lo sueña en esta noche de muchos años más tarde, con Berlín amurallada y perforada por túneles y herida por delaciones y arrestos e interrogatorios en los sótanos sin ventanas del temible edificio de Seguridad del Estado. Otra vez rechinan los techos, otra vez los guardias marchan aturdidos entre la Berlín presente y la de la guerra, custodian a los niños que murmuran de una cama a otra, qué va a pasar con nosotros, Helmut, cuándo volveremos a la casa junto al lago, cuándo saldremos de este agujero. Y Christian Leverkunt va a responderles pero el túnel en el que se encuentra se sacude de repente, una mano providente y cruel le saca la cabeza del agua hedionda y él toma aire y se siente amortiguado ante la perspectiva de una muerte próxima. Recuerda que algo así sintió cuando Traudel Junge lo sacó del búnker por una ventanilla y entonces él pudo por instantes respirar la libertad, tomar aire antes de que Axmann volviese a sumergirlo en el metro subterráneo, en uno de cuyos rincones dejó enterrada su mochila militar con una bola de nieve, justo antes de que la mano providente y cruel del camarada Shliepner volviese a sumergirlo en el agua hedionda. Sintió el aire anegarle los pulmones y sólo entonces pudo ver la ciudad como entre falsa nieve y despedirse de ella, sólo entonces y sólo por un momento pudo sentir la dicha de estar casi a salvo, en el otro extremo del túnel después de un desplazamiento infinito, después de una vida entera apartado de la luz, sin más rumbo que la distancia, caminando siempre en el jardín de un presidio como si recorriese el mundo hacia un futuro inminente y distinto. Sintió la dicha de la suspensión, la inamovilidad tranquila de ya no esperar nada ni deberle nada a nadie, ni siquiera un adiós a sus hermanas, ni siquiera la obligación que por mucho tiempo le agobió de rebelarse contra sus camaradas y negarse a responder sus preguntas, a burlarse y reconocer a los cuatro vientos que es efectivamente el hijo de Magda y Joseph Goebbels, que como quiera no están ahí para desmentirlo ni confirmarlo, enterrados como están en algún lugar de Berlín, aniquilados por su soberbia sin que haya sido necesario arrestarlos y fusilarlos y colgarlos en Núremberg. O encerrarlos en Spandau como encerraron a Albert Speer y a Rudolf Hess. Ahora sus padres están muertos por la corrosión del fracaso, la fatiga, el hartazgo de no querer renunciar a sus ilusiones, el acabamiento del desdoro, el peso de la mochila militar traída y llevada de un refugio a otro porque vamos perdiendo la batalla, hijo, y él entonces corrió a su cuarto para rellenar su mochila como si se tratara de una caparazón o una cápsula de tiempo, una cornucopia repleta de recuerdos que algún día recuperaría, incluida la burbuja de falsa nieve, las llaves sin puerta, su ejemplar ilustrado de *El Conde de Montecristo*, la mochila que dejaría olvidada en el metro subterráneo y que encontraría sólo muchos años más tarde, cuando inspeccionara un túnel en busca de un fugitivo que no era sino él mismo. Nunca antes se había detenido a pensar en qué tendría que elegir si se marchase, por ejemplo, a una isla desierta, ni se le ocurrió que en ese universo de objetos compartidos con sus hermanas tuviese ya tantas cosas que eran decididamente suyas. Acomodó, apretó, sacó y descartó entonces hilos de colores, una fotografía, el fragmento de pirita que le había regalado Speer cuando era ministro de minas.

Sus hermanas estaban ya en cama cuando él terminó de empacar. Cogió la mochila, la puso junto a su cama y se internó en el sueño como quien se interna en un túnel. Ahí avanzó en cuatro manos hasta que sintió que el túnel se cimbraba. Vio al final una luz, pero no supo si era la de su libertad o la de su muerte, sintió que su mano encontraba una mochila bajo el lodo, oyó a sus hombres gritarle que salga de allí, Leverkunt, pero él ya estaba del otro lado, fuera de la oscuridad y del agua, deslumbrado por una figura sin sexo ni rostro que había estado esperándolo desde siempre para quitarle con un beso el desagradable sabor a almendras amargas de la cápsula de cianuro que hacía unos segundos su madre le había reventado entre los dientes.

Giovanna: súcubos

Por más que lo intento, no consigo reconocerme en quien era antes de ir a Malombrosa, tampoco así en el hombre que se supone que después regresó a Hamburgo desasido, enfermo, rebuscando con perplejidad las notas que había hecho en su descenso a los infiernos italianos. Durante un tiempo estuve seguro de haber salido entero de Malombrosa. Lo creí firmemente hasta que descubrí que no tenía una sola prueba de mi estancia allá, ni siquiera el cuadernillo que me vendieron cuando visité el altillo junto a la cañada. Tanto lo he buscado en vano que he llegado a pensar que nunca existió. Con frecuencia me descubro escarbando maletas y cajones como si persiguiera más bien una parte de mí que se quedó cautiva en las montañas, ese yo quintaesencial que hace meses o tal vez años leyó en ese cuadernillo la historia de Giovanna sin demasiadas ganas de creer en ella.

Por cortesía o por mera distracción, había hojeado el cuadernillo con la historia de la santa en mi viaje de regreso a casa, con impaciencia y temblor había repasado el mal inglés, los latinajos, el dibujo más bien burdo de la niña pasmada junto al barranco, los testimonios salpicados de quienes la conocieron o creyeron conocerla. Releí aquello en los avances de la fiebre que contraje en mi desventura serrana y seguí leyéndolo cuando Paolo o Pablo me devolvió apaleado a mi hotel. Lo leí camino al aeropuerto de Milán en un trayecto del que apenas recuerdo nada, pero en el que sin duda iba preguntándome qué sucedió realmente con Hedda Goebbels cuando la transformaron en Giovanna, y qué con el jesuita que me precedió en la ruta para estudiar las visiones de la niña o para salvarla de ellas. Lo leí todo, creo, sin entender gran cosa, encabalgado ya en este fervor de espanto que sé que no me abandonará jamás.

Repasé en fin la historia de la santa seguramente con fruición y al tocar Hamburgo caí enfermo durante varios días con sus noches. Al recuperarme ordené que me trajesen el cuadernillo, pero nadie supo darme razón de él. Fue entonces cuando comencé a pensar que ese documento y las cosas de las que trataba podrían ser solamente una proyección de mi mente enfebrecida, lo cual podría ser un pretexto, un consuelo o un modo de engañarme o no aceptar que somos yo y mi vuelta a casa lo que en realidad no es más que una ilusión. Todavía hoy me pregunto dónde estará ahora ese cuadernillo o si también sus hojas fueron arrancadas y dobladas para hacer las grullas de papel que desde entonces pueblan mis pesadillas.

Me gustaría asimismo saber dónde ha quedado la parte de mí que leyó esas páginas sin mostrar por el relato de la segunda vida de Hedda Goebbels la misma devoción que le habría concedido Harald, o la que brindaron sin tapujos a su santa los rústicos de Malombrosa, o la que decidió tenerle el párroco cegatón cuando vio que así le convenía hacerlo. Desde que volví a Hamburgo, si lo hice, he buscado las pruebas de mi viaje con avidez igual a la que desde entonces tengo por recuperar al hombre que se perdió una tarde en las cañadas italianas, no sólo yo sino aquel jesuita que una vez fue a ver a la santa. En la vigilia o dormido me palpo el cuerpo en busca de la herida que me dejó en el vientre la portezuela de la furgoneta o de cualquier otra señal que me demuestre de manera inequívoca que aún existo. Pero no lo encuentro, no los encuentro, no consigo recuperar nada claro ni cierto desde que volví de Italia, si lo hice.

Muchas veces desde entonces la fiebre ha vuelto a mí con sus delirios de caída libre, sus cañadas hondas y sus grullas de papel. Presiento entonces que la gente de Malombrosa nunca me permitió volver a casa, o que una parte sustancial de mí quedó en prenda con ellos, esclavizada a ellos sin redención ni valor de cambio, imposibilitada de reintegrarse a la civilización. He perseguido a mi fantasma en miles de espejos, lo he rastreado en cada rincón de Hamburgo, y al final me he resignado a darme por perdido. Me he convertido en mi propia sombra. Definitivamente no soy el mismo que partió de casa una mañana con el propósito de indagar en el destino de Hedda Goebbels. He vuelto transformado en un extraño y como tal me ha recibido mi ciudad, tan fría como desconcertada, reticente a aceptar que soy sólo una mala réplica de Herbert Quandt, heredero dilecto de una estirpe de empresarios de pasado escabroso de colaboracionistas o nazis. Mi ciudad me acepta resignada acaso porque le recuerdo a su hijo pródigo y porque peor sería quedarse sin nada. Hamburgo hace lo que puede por recuperarme con su ruido blanco, sus calles bien asfaltadas, su existencia letal de multitudes macizas, sus personas fatuas empeñadas en banalidades, sus ejecutivos de carne y hueso y poca alma, sus obreros cínicos y sus policías desatentos, sus señoras estilosas que van de compras mientras sus hijos quedan a cargo de gobernantas turcas o polacas que los arrullan con cuentos sobre damas blancas y en pueblos tan anómalos que sólo pueden provenir del reino de las hadas.

Acá en Hamburgo el hormigón niega la madera apolillada de Malombrosa, su humillante aduana de labriegos torvos y árboles salvajes. Acá hasta los árboles son distintos, crecen peinados, domesticados con podadoras de acero que manipulan hormigueantes cuadrillas de sanidad urbana. Éste es otro mundo y yo soy otro, inepto para cobijarme en la seguridad aparente de las cosas ciertas y para atribuirle a mi recuerdo del campo italiano la inconsistencia de las apariciones. Algo se ha roto aquí dentro. Algo hicieron conmigo cuando estaba en la montaña. Cada madrugada veo esta ciudad iluminarse lentamente y siento que estoy aquí por vez primera, me aferro al cristal y al acero como haría con un espejismo un fugitivo en el desierto. Pero no acabo de sentirme a salvo, ya no. No consigo calcular con tino el tiempo de los relojes ni aceptar que fui alguien antes de ir a Italia y que no volveré allá en lo que me reste de vida. Estas multitudes y estos rascacielos se esfuman antes de que termine de levantarlos en mi mente, me niegan el cobijo de solidez y asepsia que requiero para no pensar en el pueblo troglodita en el que de algún modo permanezco preso.

Temo que tendré que acostumbrarme a comparar mi ciudad y sus certezas con el ultramundo escurridizo de Malombrosa. Me resignaré a desvelarme más de la cuenta y a revivir en sorbos de café la amargura de los saucos junto al río, a buscar el cuadernillo de la santa en el periódico de finanzas que me dan a leer cada mañana, el mismo donde leo noticias sobre los restos de Heda Goebbels hallados en un cementerio berlinés o sobre la inminente caída del Muro de Berlín. Aceptaré tomar más somníferos de los que me receta el cardiólogo, cancelaré juntas de negocios porque ahora debo pasar inconvenientes horas inerme en esta especie de malaria que me inyectó en Malombrosa algún insecto avieso. Finalmente haré mía la rutina de despertar sobresaltado de un mal sueño y me habituaré a no creer que mi ambición me ha enterrado bajo el manto de los miedos que me asedian desde niño.

En su libro *Realidad daimónica*, el padre Giorgio A., antropólogo y exorcista jesuita desaparecido en 1971, dedica un capítulo entero a las apariciones de damas blancas y explica que es característico de la psique en etapas preliterarias individuales y en las sociedades prelógicas, reconstruir mentalmente imágenes de madres providentes al tiempo que malévolas, vírgenes o secuestradoras confrontadas que no son otra cosa que la bifurcación o escisión de la incomprensible madre única que nos odia y nos ama y a la que odiamos y aborrecemos. Abunda el jesuita en ejemplos de esta división ficticia, ejemplos que van desde las apariciones de vírgenes en Lourdes o Fátima hasta las leyendas que en todas las culturas existen sobre raptoras de niños, brujas y hadas protectoras. De Italia invoca la historia de la Befana, popular en los pueblos al norte de la península, cuya historia fue recuperada por Benito Mussolini en su intento por dar a ciertas tradiciones universales un baño de nacionalismo romano. La Befana, explica A., es una bruja sonriente, espectro de una vieja que asistió a los Reyes Magos en su trayecto a Belén pero que se rehusó a acompañarlos hasta el pesebre. Arrepentida, la anciana vaga aún por el mundo repartiendo caramelos y carbones a los niños con la esperanza de que alguno de ellos sea el ungido de Belén.

Bruja peregrina y bifronte, dice el jesuita, la Befana tiene una raíz romana que Mussolini procuró difundir y recuperar en sus tiempos de mayor gloria. La historia prometida, sin embargo, queda trunca en el libro, pues su autor desapareció en 1975 cuando fue en una misión de exorcismo al norte de Italia. Poco he podido saber más sobre él.

Desde que volví, si lo hice, no puedo calcular con tino el tiempo que transcurre ni acabo de aceptar que fui quien era antes de ir a Malombrosa. Ya no creo ser quien despertó una madrugada para ser llevado a un pueblo en las brasas de la tierra. Ya soy otro, como otros serán los que me llevaron allá y los que allá hablaron conmigo y acaso me empujaron al barranco donde antes había sido arrojado un abogado del diablo. No quiero hacerme a la idea de que mi estancia en las montañas lombardas tomó escasas ocho horas, y que no volveré ahí en lo que me reste de vida ni tendré que pasar de nuevo por esa caravana de pueblos que me aborrecieron desde antes de conocerme, o que no volveré a esquivar las miradas torvas de sus aldeanos ni a clavar la mía humillada en el suelo sólo para que me permitiesen hurgar en sus capillas y en sus altillos, fingiendo por complacerles un respeto que no les tenía o una fe cavernaria de la que tendría que disculparme si alguien en Hamburgo se enterase de que he actuado de ese modo. Creo que ni siquiera Harald habría aprobado ese comportamiento, aun cuando también él debió de fingir similares devociones y sumisiones en el pasado. Estoy seguro de que mi hermano se habría burlado de mí, aunque su risa habría tenido un no sé qué de culpa por el recuerdo de sí mismo cuando acudió a la ayuda del cura, ni más ni menos, y para colmo italiano, en los días aciagos en que estuvo prisionero de los aliados.

Ahora mismo me sorprende no tener alerta los sentidos contra la irrupción de los demonios de Malombrosa en mi habitación, no recelar del acecho de sombras iguales o parecidas a mí en una ciudad donde ni ellas ni yo acabamos de sentirnos presentes. Y me extraña no querer ser otro ni el mismo de antes, me alegra casi sentirme ajeno a Hamburgo, como si mi verdadero ser estuviese todavía en el fondo de una cañada a miles de kilómetros de aquí, embozado y tímido y enfermo como el niño que fui cuando escuchaba las historias de mi aya. Cualquier día te pierdes en busca de algo y te das cuenta demasiado tarde que nunca debiste buscarlo; o que eso te estaba buscando a ti. Luego nunca puedes desasirte de lo que te ha encontrado, lo quieres aunque te hace daño, quieres regresar a él aunque sepas que va a matarte o que de algún modo te ha matado ya en mitad de la búsqueda, en la habitación del hotel, en el fondo de un abismo con papirolas y lobos.

Todavía hoy me pregunto si Hedda Johanna Goebbels ascendió a los cielos o si el altillo que vi una tarde en un ribazo italiano contenía también sus huesos milagrosamente incorruptos. Ni siquiera tengo forma de probarme que Giovanna era Hedda o si alguna vez visité Malombrosa. Por un tiempo estuve seguro de haber salido de ahí sano y salvo. Lo creí con fe de carbonero hasta que descubrí que no tenía una sola prueba de que había realizado aquel viaje. Entre los documentos que dejó mi hermano Harald no hay uno que aluda al párroco de Malombrosa, no digamos al jesuita que me antecedió en el vano intento de redimir o comprender a Giovanna. Es como si todos los que tuvieron que ver con esa historia se hubiesen disuelto, también ellos afantasmados, raptados por una dama blanca que tanto tiene de infernal cuanto de divina. Demasiados huesos y demasiados huecos me dejó el párroco de Malombrosa con su relato, y rellenarlos con mis sospechas es algo que cada vez me apetece menos. Desde que regresé de Italia he querido apartarme del influjo de ese pueblo de que sea también tarde para mí. Pero Malombrosa y su niña santa vuelven siempre, me acosan con fogonazos de información que llegan a mí como la fiebre, sin que yo los busque ni comprenda. Alguna vez una de mis nietas me regaló en el día de la Epifanía el libro de un sacerdote y abogado del diablo que no sé si fuera el mismo que se perdió en Malombrosa antes que yo. Lo leí, en cualquier caso, como si lo fuera, o como si yo fuera él. Lo leí no queriendo creerlo, no he querido saber pero he sabido que aquel jesuita experto en apariciones y posesiones visitó una vez el norte italiano y que luego no se supo de él más nada. Supe también que el párroco de Malombrosa escribió una vez a mi hermano Harald advirtiéndole sobre la comprometedora visita al pueblo de un abogado del diablo, y que mi hermano no le respondió porque para entonces ya había muerto. También he sabido que en los últimos días de la guerra la piloto Hanna Reitsch inició a los niños Goebbels en el arte de hacer papirolas y que fue ella quien extrajo del búnker la carta que Magda Goebbels escribiera para su hijo Harald horas antes de la caída de Berlín y que se la entregó a Leni Riefenstahl para que la hiciese llegar a buen puerto. El resto es más bien incierto.

Ignoro por ejemplo si Leni Riefenstahl alcanzó a entregar personalmente la carta mientras Harald estaba aún prisionero en Italia, o si el fatídico mensaje llegó a su destino por interpósitas personas cuando ya a mi hermano lo habían transferido a otro campo en las costas africanas. Desde luego, tampoco puedo asegurar que la aviadora llevaba consigo a la pequeña Hedda Goebbels cuando escapó de Berlín. Eso apenas puedo suponerlo, o mejor dicho, desearlo. Lo imagino con la misma devoción con la que quiero creer que esa niña enferma acabó por convertirse en la santona de una aldea en el confín del mundo cuyo influjo me ha destruido para reemplazarme por un hombre no sé si mejor.

Daba miedo, me confesó años después el cura de Malombrosa, esa niña daba miedo y veía cosas, señor Quandt, un horror tranquilo pero cierto que la hacía inabordable, siempre en lo suyo, indiferente. No se quejó ni pareció importarle que la llamasen Giovanna, ese nombre que no era el suyo y al que acabarían por añadirle epítetos de endemoniada o santa, palabras que para ella fueron siempre tan ajenas como los rostros resquemados de los labriegos, contra los que su palidez parecía efectivamente la de un angelito salvaje a punto de elevarse. Ella misma habría sido una y muchas personas durante esos años, su espíritu y sus nombres permutables por los de las mujeres que alguna vez la cuidaron, su madre, la capitana Reitsch, la madre patria, todas ellas numerosas y cerúleas como las vírgenes y los cristos en sus nichos. Qué disminuida se sentiría ahora esa niña por aquellos figurones de piedra o escayola macabramente adornados con pelo de verdad, qué abrumada por ese polvo que impregnaba los aleros, las pendientes medulosas, los senderos retorcidos que acababan en una abadía en ruinas donde los teutones habían sembrado hacia siglos sus espectros, sus propios huesos de infantes santos asesinados por madres duquesas, sus mártires abyectos con nombres parecidos a los que el Joseph Goebbels recitaba en las sobremesas junto a ese otro general que tanto gustaba de las calaveras. Cuánto debieron confundirla las Bruynhils transformadas en Brunildas, las esculturas templarias en la cripta con sus espadas de conquistadores de Bizancio, al lado de perros leales y señoronas también marmóreas aunque aún veladas, iguales a la dama que muy pronto comenzó a visitarla en el granero de noche o hasta en eclipses. Giovanna la veía, la buscaba y le temía, pensaba en ella cuando el sacristán amarillo se le metía en la ropa, más te vale que te calles, y ella callaba porque si se lo contaba al párroco éste la miraba como si trajera al diablo dentro, la acallaba con absoluciones y emplastos, la forzaba a rezar por su salvación hasta que las rodillas le sangraban. Giovanna entonces rezaba y sangraba recordando sus días en la casa de su abuela alemana, la vieja santiguándose cuando le prohibieron instruir a sus nietos en otra fe que no fuese la patria y su Führer, la casa en penumbra y alumbrada por velas, la biblia abierta en el regazo y los niños todavía en torno a ella, ansiosos por saber cómo sigue la historia de Judith, abuela, y ésta con la voz rasposa encomiando la sumisión de María niña, la cabellera de Magdalena, la firmeza del patriarca con el puñal alzado y listo para abrirle el pecho nada menos que a su hijo. Cuando llegaba al capítulo de la Pasión la abuela les mostraba al nazareno apaleado y después muerto en brazos de la madre extática llorando a un vástago que más bien parecía su hermano. Entretanto el reloj en la casona marcaba las horas con una precisión en la que los niños confiaban para escapar tan pronto diesen las cinco, esperanzados de que la abuela no tuviese tiempo de sangrarles las rodillas recitando el rosario.

Si las beatas hubieran sabido desde un principio quién era esa niña, sabido que la dama blanca la visitaba con mensajes de amor y muerte, quizá la habrían maltratado menos, la habrían buscado para pedirle que intercediera por ellas ante la Virgen, habrían alzado las manos gritando milagro, milagro, y el cura de pie entre ellas, con el hisopo en alto, salpicando agua bendita, empapando a los gatos negros, los gorgojos que pululaban en el trigo, esos topos de Satanás que nos arruinan la cosecha, *vade retro*, Satán. Pero como Giovanna no le temía a la dama, rechazaba a las beatas con la mirada envuelta en lacrimosa ternura y volvía a la señora cada vez con más tesón y menos miedo. Alguna vez incluso cogió dinero de las urnas y se lo llevó a la señora junto con una manta para que se cubriese, pero la dama no los aceptó. Fue como si no quisiera deberle favores a Giovanna, nada que la obligase a atender sus ruegos de que interviniese para que no la despertasen tan temprano para palear la nieve ni que el sacristán calvo y amarillo la visitase para cubrirla justo a la hora en que la dama acababa de irse y Giovanna aún la sentía temblar, oía su castañetear de dientes, el tronido de sus huesos, los gruñidos de su estómago que bien podrían ser sus propios dientes y su propio estómago. Qué quieres, señora, le preguntaba, dime si tienes frío, si estás cansada como yo de que te hablen en lenguas que no entiendes y te traten como a un monstruo. Dime si también tú, cuando tenías mi edad, escuchabas el llanto de la madera, si veías guerras y muertes por venir, si te espantaban como a mí los cuentos de la Befana y el tableteo de las lagartijas blancas, tan parecido a metralletas. Háblame, señora, no te vayas otra vez, no me dejes aquí sola, elévame contigo sobre las nubes para que desde allá vea a mi madre y las ciudades en llamas, decía.

Pero la dama no respondía, y a Giovanna entonces se le ocurría que la señora estaba enfadada con ella, o que sólo la visitaba para espantarse la soledad de la ultratumba. Si la esperaba junto al granero y quería hablarle, la dama no venía, si la veía dibujada en el humo de las veladoras, le quedaba la impresión de que en sus ojos habitaban sólo la ira y el remordimiento, si creía reconocerla en un cromo de la Virgen, terminaba por cambiarle los rasgos hasta afearla. Sus gestos pidiendo ayuda confundían a Giovanna, pues se suponía que la dama estaba ahí para protegerla del sacristán amarillo. Le parecían hipócritas sus sonrisas, mustia su mirada, su boca helada de madrastra a regañadientes, su fragilidad sólo aparente, su ubicuidad en las figuras que desfilaban en andas durante las procesiones de Semana Santa llorando lágrimas de sangre por Cristo muerto. Giovanna la veía y ansiaba preguntarle por su madre, reclamarle que llorase así por ella, por qué ella sí la visitaba y no su madre, por qué nunca estuvo para defenderla cuando el sacristán amarillo pegaba su cuerpo al suyo, por qué no salía en pleno día de sus cromos ni bajaba de su nicho para que al fin la vieran todos y creyeran que ella no era una huérfana ni una alumbrada, por qué no estuvo allí cuando vino un hombre de Roma y la durmió con palabras e inyecciones y la devolvió a un pasado que creía olvidado y le hizo ver cosas que no quería haber revivido y confesar otras que nunca debió confesar.

Muy despacio el somnífero fue penetrando en su cuerpo y la voz amable de aquel extraño la fue llevando más allá de su cuerpo y del tiempo. Entonces vio y dijo que veía claramente a ese mismo hombre desvanecido en el fondo del barraco, y que ella lo amortajaba con una parvada alucinante de figuras de papel, aviones, grullas, tal vez palomas. Hedda Goebbels no quiso decir pero dijo que había visto muchas veces su propio rostro reflejado en las aguas primordiales de sus sueños, disparado un instante hacia el futuro desde el centro de un espejo en el baño de Eva

Braun o desde un puente en Malombrosa, y sobre su hombro su madre lívida y vestida de blanco que había subido por las escaleras de la casa junto al lago, inconfundible en su memoria de una noche en que los despertó gritando que tenían que irse de ahí. La voz del extraño se encimó sobre la de su madre y Giovanna se dejó llevar más hondo, volvió a habitaciones de su conciencia en las que hacía mucho no entraba, cuartos y más cuartos, la casa del lago dentro de la cual estaba el laberinto del búnker, y al centro, la abadía y la cañada. Entonces escuchó y dijo que el recuerdo de su madre era ahora el recuerdo de una mujer pálida que la seguía ya a todas partes, un minuto siempre tarde para protegerla, y no hablemos de su silencio, hablemos de su olor, que todo lo penetra. Hablemos del aliento gélido que recuerda la humarada del cigarro del sacristán amarillo que antes de morir la visitaba en el granero, dijo, y me habla al oído mientras miro su ropa removida sobre el pajar, y luego esa ropa es la de muchos pobres amontonados en un hospital de Bremen, montones de cuerpos como ropa encimada en un dédalo donde irremediablemente se perdía, el búnker, la capilla y el pilón de agua bendita que olía a cualquier cosa menos a agua bendita. Ni hablar de que la voz que la seguía embozada en los ladridos de perros sin casta y muy negros. Ni del viento que soplaba en el campanario para componer corales de fantasmas que en realidad eran una sola voz, la de la dama blanca que es la madre ida: la voz de las cosas que se desplazan a voluntad aunque luego ella diga que no quiero que se caiga el cáliz, padre, ni la cornisa que se desprendió justo en el instante en que pasaba debajo el sacristán amarillo que no volvería a tocarla, ni la olla con agua hirviente que escaldó a una beata, ni la roca que de pronto se soltó para que este forastero se rompa la crisma y amanezca muerto en el barranco, no he sido yo, padre, no es mi culpa que los hombres que me tocan mueran, es la dama blanca quien hace que mueran aquellos que yo desearía muertos. Vio y dijo que había siempre una voz que la reconvenía y otra que la azuzaba, una voz de afuera que la iba adormilando, el jesuita escandalizado cuando ella vio y dijo en alemán que mi nombre es Hedda Johanna Goebbels, y la del párroco incómodo diciendo que no haga caso, padre, esta niña está enferma, siempre estuvo enferma y daba miedo, teniente Quandt, decía cosas de loca, dice que una voz la persigue y sólo se aparta de ella cuando responde sí, mamá, y cuando se persigna, o cuando se le tuercen los ojos y babea y dice que la dama blanca la acompaña por las noches y ella despierta bruscamente con la sensación de estar de vuelta en el búnker, y que su madre mala ha vuelto del bosque, y le dice que estoy aquí para ordenarte que te portes bien, Hedda, y reprocharle que no comas bien, qué descuidada estás, en qué pocilga te han metido, Hedda, éste es un lugar indigno de la hija de un ministro del Reich, ven acá, hija, apresúrate, nos vamos al refugio de la cancillería, si tu padre viviera.

Pero mi padre no está aquí, dijo Giovanna, y en Malombrosa no hay criadas a las cuales pedir que arreglen el cuarto para la visita de la dama blanca ni dinero para comprarse un vestido lindo y cantarle en su cumpleaños al Führer, ni guardias que la reciban con banderolas desde nichos de santos laicos. En Malombrosa sólo queda ella, una mujer de treinta años, feral y loca, a la que temen y respetan los pueblos vecinos. Camina despacio y sabe que la han dejado sola, que en ese pueblo han desaparecido todos y sólo quedo yo, que todos se fueron yendo, perdiendo, muriendo después de que estalló la mina que mató al sacristán amarillo. Ahí sólo quedan espectros, como el fantasma de un sacristán amarillo que la tocaba por las noches y beatas perversas y el espectro inflamado de la madre diciéndole que no mereces ser mi hija, Hedda, pero aun así te amo tanto que no permitiré que sigas viva en un mundo sin el Führer, la madre ya impalpable aunque implacable, la madre ectoplasma siguiéndola sin tregua mientras la de carne estaría ya enterrada en alguna parte, incinerada bajo una lápida sin nombre o profanada y quemada y arrojada a un río, la madre de verdad refundida en su recuerdo, acicalada ya para ser la madre perfecta porque ha muerto, quién sabe, la madre postiza contándole historias de caníbales y heroicos vuelos sobre Marruecos mientras ella y sus hermanos doblaban papirolas y pedían secretamente a los ángeles que terminasen pronto la guerra y que al entrar en su cama los demonios no hiciesen tanto escándalo porque los guardias podían oírlos, y ya se sabe que los fantasmas son a veces perceptibles, se meten por las rendijas del acero, nos cobijan, nos tocan, nos hablan al oído con aliento de tabaco, nos montan y nos dicen despierta, Giovanna, y nos abrazan aunque nos cozamos de calor, nos remueven las sábanas para taparse con ellas, miran dentro de nuestros cajones y bajo nuestra cama para ver si tenemos algo que comer, se inclinan ante el crucifijo para que luego sea necesario acomodarlo antes de que venga el párroco, nos tiran al suelo nuestra colección de cromos de la Virgen, el cordel que conservas desde que escapamos del búnker volando en un avión, la pulsera con el amuleto que te dio la señorita Junge, tus zapatitos que todavía te quedan porque apenas has crecido desde que te trajeron a Malombrosa, un pueblo vacío y arruinado en el que dicen que morían los forasteros y por el que a veces se ve penar a una mujer loca y careada de viruela.

No he querido saber pero he sabido que después de la muerte del sacristán el pueblo se fue muriendo, abandonando, y que nunca se levantaron después de que los visitó el jesuita. Como una maldición, se transformaron en murmullos y rencores vivos, y sólo los sobrevivió la niña, aquí vivirás, aquí te quedarás para siempre, Giovanna.

Sucumbieron a la enfermedad y a los eclipses como si se les castigara por la muerte del forastero. La niña entonces creció y te vio llegar y te tomó de la mano mientras sentías a los demonios y veías a la dama junto a ellos, como una madre impaciente, con una maleta en la mano, invisible para todos salvo para ti. Y no bien ponías un pie fuera de la iglesia, el cura te preguntaba a dónde crees que vas, y tú que voy con la señora, y él que no irás a ninguna parte, y ella entonces daba mamporros y patadas, la espuma le bajaba por la cara hasta profanar el suelo, todo para que la dejaran regresar a la cañada con el forastero cadáver, y ella misma exánime después musitando cosas que los demás hacían como que no entendían porque ella hablaba en el alemán cifrado de su infancia que ellos creían que era arameo, un milagroso don de lenguas. Le gritaba a su madre para que los demás creyeran que invocaba a la Virgen, y los demonios allí diciéndote despierta, Giovanna, insuflándote pesadillas pobladas de insectos y ogros africanos que se agitan en el desierto y alzan sus copas por la victoria que ya sabemos que no vendrá, ya sabemos que al final los demonios y los santos nos dirán adiós con un beso húmedo en la frente y nosotras nos sentiremos asfixiadas, pues cómo no iban a asustarle los demonios si no la dejaban en paz, si le dejaban en la sábana lamparones de orina y sangre, si había pasado la noche con ellos sobre el pecho, pesados como esfinges o súcubos calvos y amarillos, hasta quitarnos el aire y hasta que nos muramos y nos guarden en un ataúd pequeñito.

También vio y dijo que en los pasillos había gente que le recordaban ángeles uniformados de negro que se preparaban para su caída. Los observa ahora desde su fiebre y ya presagia algo terrible para sus hermanos, para Eva Braun incardinada en el búnker como un hada anuente y regia, contenta de que entren en su cuarto, donde la llave del baño sigue goteando y la manija de la puerta rechinando, el mundo entero deshaciéndose en perfume, y su madre en cama con jaqueca, languideciendo igual que ahora languidecía en el borde del bosque, cada vez más tenue, como si estuviese siempre a punto de partir de nuevo, ubicada ya en un lugar lejano desde la otra vida, un trampantojo del cuerpo fulgente que por fin, un día de tantos, me extendió la mano desde el borde de la cañada y me dijo ven, y me llevó consigo hasta el lugar donde había caído también el jesuita, atrás todos disueltos y sólo ella presente recordando cuando era también niña y otra dama blanca, su madre, la Befana, le extendió la mano y la llevó al lugar donde habitan las madres muertas con los hijos asesinados por otras madres, queriéndolos como si fueran propios, prefiriéndolos a los hijos fantasmas porque en ellos aún hay vida, porque hablan alemán y llevan apellidos sonoros. Al mirarla desde el otro lado de la cañada, Hedwig Johanna Goebbels, o quien yo pensé que era Hedda Goebbels, sabía que la dama blanca nunca estaría por completo con ella mientras no muriese, que era otra su misión, que nunca le sonreiría como le sonreía a los muertos, y que se mantendría elusiva, parecida pero nunca idéntica a su madre de carne y hueso, desatendida del nombre de sus seis hijos, mirando a Hedda como a una pariente lejana o como a la niña que le resulta familiar pero que no acaba de identificar porque la vio y la amó y la asesinó hace ya demasiado tiempo en otro mundo, en otra vida.

Lo que sí sabe Medea
Epílogo

No alcanzo a recordar cuándo fue la primera vez que Nacho me habló de su idea de escribir sobre los hijos de Joseph y Magda Goebbels: debió haber sido en Salamanca, a fines de los noventa, en alguna de las incontables comidas que compartimos —en esa época nos veíamos a diario— o en algún paseo por la Rúa de vuelta a nuestras casas después de haber comido unos pinchos en la zona de Van Dick. Su obsesión, en cualquier caso, venía de muy lejos y se vio reforzada cuando, años después, él mismo se convirtió en padre.

En esos años yo escribía la novela que terminaría convirtiéndose en *En busca de Klingsor* y el tema nazi nos fascinaba por igual; a él le impresionaba sobremanera que el antiguo propagandista del Tercer Reich, convertido tras el suicidio del Führer en Canciller, hubiera tomado la decisión, de la mano de su esposa —a quien Hitler tenía en muy alta estima, al grado de forzar a su subordinado a terminar con sus numerosos *affaires*—, de asesinar a sus seis hijos el 1º de mayo de 1945, justo antes de que las tropas soviéticas tomaran el control completo de Berlín. Nacho no tardó en relacionar el momento en que Magda les administró el cianuro a Helga, Hilde, Helmut, Holde, Hedda y Heide —la *H* en sus nombres era un obvio homenaje al Führer— con el antiguo mito griego de Medea, la princesa griega que, tras ser abandonada por Jasón, cobra venganza matando primero a su rival, Creúsa, y luego a sus propios hijos.

Dándole un singular giro a estas historias, Nacho se atrevió a imaginar las vidas posibles de estos niños: no deja de resultar paradójico y amargo que, al lado de otros proyectos, él trabajara en estas resurrecciones literarias hasta el día mismo de su muerte. Resulta imposible saber cuánto más habría trabajado Nacho en el manuscrito —era un corrector impenitente—, pero, salvo unas cuantas líneas finales que el lector podrá completar con su imaginación, esta versión de *Lo que no sabe Medea* contiene, al igual que los relatos contenidos en la *Micropedia*, algunas de las mejores páginas que escribió. Su publicación, a seis años de su muerte, permite ofrecerle una nueva vida no sólo a los hijos de Magda, sino también a su autor.

JORGE VOLPI

Índice

I

II

III

Lo que no sabe Medea de Ignacio Padilla
se terminó de imprimir en el mes de septiembre de 2022
en los talleres de Diversidad Gráfica S.A. de C.V.
Privada de Av. 11 #1 Col. El Vergel, Iztapalapa,
C.P. 09880, Ciudad de México.